殺戮狂詩曲

印刷簽名版

人でなしにも救いは
あるのだろうか。
本編の主人公と犯人、双方に
共通するテーマです。

中山七里

「可恨之人必有可憐之處？這是本集主角與凶手的共同主題。」—— 中山七里

讀小說
Reading Novel

殺戮狂詩曲

殺戮の狂詩曲(ラプソディ)

中山七里

李彥樺／譯

瑞昇文化

目次

一

殘暴的嫌疑人

1

時間一到傍晚六點，園內一如往昔響起了鐘聲。單調乏味的五個音階，反而比任何音樂都不容易聽膩，因此幾乎沒有職員針對此事抱怨。

「美路奶奶，妳今天好嗎？」

忍野忠泰問道。躺在床上的神池美路瞇起了眼睛，笑著說道：

「嗯，很好。」

眼睛本就細長的美路，這一瞇起雙眼，更是只剩下兩條線。美路是個沉默寡言的老婦人，但有著豐富的表情，溝通上一點也不困難。消極被動的性格讓她說的話常常沒有抑揚頓挫，但開朗的性格讓她不至於讓人討厭。

忍野任職的這間安養院，最大的賣點就是廚師會依據每一名老人的狀況，個別設計營養均衡的餐點。除了注重健康及食材品質之外，就連擺盤及餐具的使用都特別講究。今天的晚餐是美路最喜歡的酥炸龍舌魚，美路一瞥見，雙眸登時為之一亮。

「我好愛龍舌魚。」

住在安養院裡的老人，除了失智症之外，身上大多帶有一些慢性病。由於每一名老人的狀況不盡相同，廚師準備的餐點也往往大相逕庭。美路患有糖尿病，所以雖然愛吃油炸物，但廚師每個月只會讓她吃一次。

美路非常有規矩地雙手合十，接著才一臉幸福地吃起了盤裡的酥炸龍舌魚。雖然嘴角不時掉下飯粒，但床上已事先鋪了一塊布，清理起來一點也不麻煩。

忍野等入居者用餐完畢，便收拾了餐盤。提供看護服務的私立安養院，大多有著固定的作息時間。忍野任職的「幸朗園」也不例外。吃完晚餐之後，接下來就只剩下洗澡、換衣服、刷牙，以及上床睡覺。美路住的是單人房，所以有比較多的自由，如果是四人房，連熄燈也有固定的時間。

八點是老人們的洗澡時間，但忍野今天的班已經結束，正準備要回家。

忍野向值班的仙川交接了工作，正準備要走向更衣室，仙川忽然說道：

「忍野，你人緣好，真的幫了我們大忙。」

「是嗎？」

「就連大家都沒轍的田伏爺爺，見了你也會客氣三分。」

「謝謝誇獎。」

有些老人因為罹患嚴重失智症的關係，會對看護師動粗。雖說並非惡意傷人，但這些老人大多已無法控制下手的輕重，所以看護師只要一個不小心，很可能就得申請職業傷害賠償。因為這個緣故，園內的看護師大多是身強體壯的男人。
「辛苦了，我先走了。」
「噢，辛苦了。」
忍野向坐在辦公室裡休息的資深看護師們打了招呼，離開安養院「幸朗園」。到了九點，院門會自動關閉並上鎖，除了內部職員之外任何人都不得進出。
忍野所居住的公寓，就在安養院的附近。走路就能回家，不需要搭乘交通工具。但忍野並沒有直接回家，而是走進家庭用品中心，採買一些必要的道具。厚膠帶、束線帶、六條毛巾，以及一雙運動鞋。運動鞋不便宜，實在是大傷荷包，但這筆錢不能省。
接著忍野走進了一家經常光顧的中華料理餐廳，點了蒜苗炒豬肉及店長最自豪的黃金蛋炒飯。等了大約十分鐘，餐點一送上來，忍野便猛往嘴裡扒，兩三下就吃得一乾二淨。
「謝謝。」
「多謝惠顧！」
忍野填飽了肚子，走出餐廳，時間已過了晚上十點。
回到自己住的公寓，忍野先查看了一樓的信箱。裡頭只有到府按摩服務的宣傳單，以及各種帳單，沒有任何能夠吸引忍野注意的信件。
但忍野也不在意，舉步走向位於二樓走廊盡頭處的自己房間。這棟公寓由於屋齡老舊，門板開關時都會發出刺耳的吱嘎聲響，但忍野完全不放在心上。今天晚上的忍野，有著異常亢奮的情緒，根本沒有心思理會那些雞毛蒜皮的小事。

進了房間之後，忍野立刻走進浴室。但今天跟以往不同，在浴室裡要做的事情不是洗澡，而是「除穢」，因此忍野拿著蓮蓬頭以冷水往身上沖。沖了一會，忍野感覺身心舒暢，於是換上了一套方便活動的運動服。這是為了今天這個大日子特地購買的新運動服，使用排汗速乾材質，一穿在身上，感覺布料緊貼著皮膚。

接著忍野拿出了一個小型的運動提袋，把必要的道具全部放進去。由於東西不多，放進袋裡完全不成問題。

拿起手機瞥了一眼。現在的時刻，深夜十一點四十五分。

不行，時間還沒到。

忍野在房間中央抱膝而坐，靜靜等待時間一分一秒流逝。

午夜十二點。忍野終於站了起來。

提著運動提袋，走出房間，輕輕將門帶上。由於這一帶屬於偏僻的郊區，從公寓到安養院的沿路上，在這個時間幾乎不會有行人。忍野已經花了好幾天的時間，在同一時段沿著路線走了好幾次，絕對不會有錯。這幾天試走，忍野一次都不曾遇上夜巡中的員警。

於是忍野沿著不久前才走過的路，往反方向前進。十二點出發，大約十二點十五分就能抵達安養院。

過了十二點之後，不管是中華料理餐廳，還是家庭用品中心，都已拉下鐵門。這個時間還在持續營業的店家，大概就只有便利商店吧。

一步步接近目的地的過程中，忍野逐漸沒有辦法壓抑心中的亢奮。步伐越來越快，呼吸也越來越急促。

冷靜點！

忍野停下腳步，做了兩次深呼吸，終於恢復了冷靜。

從大馬路轉入一條小巷，又前進了一會，黑暗中已隱約可以看見安養院的建築物。雖然門口的燈已經關掉了，但屋內透出了緊急照明燈的微弱亮光。

忍野拿出員工證，靠近門口的感應區，門鎖旋即開啟。

從這一刻起，一秒鐘都不能浪費。

忍野首先走向值班室。今天的值班人員共有三人，分別是仙川、室伏及米田。依據法規，提供看護服務的私人安養院內，看護師與老人的比例不得低於一比三，也就是每收容三名老人，至少必須配置一名看護師。至於夜間值班的人數，則沒有明確的規範。但夜晚有多少人值班並不重要，因為在這裡工作的看護師都是孔武有力的男人，假如正面對打的話，忍野一個也打不過。

當然，那指的是正面對打的情況。

膠底的運動鞋，非常適合用來走在這裡的走廊上。因為完全不會有腳步聲。忍野從運動提袋中取出厚膠帶及束線帶，將值班室的門打開一道小縫，往裡頭窺望。

果然不出所料，三個人都發出了鼾聲。忍野和他們每個人都一起值班過，很清楚這三個人一睡著就像死了一樣，除非有老人按緊急呼叫鈴，否則絕對不會醒來。但在今晚，緊急呼叫鈴絕對不會響起，因為線路早已被忍野事先割斷了。

忍野先從看起來最不好對付的仙川開始下手。值班室的床就跟入居者使用的床一樣，兩側有護欄。忍野將一隻手伸進護欄底下，以束線帶捆綁住了仙川的雙手手腕。

捆綁的過程中，仙川醒了過來。

「咦……忍野……」

仙川一句話還沒有說完，忍野迅速抓起一團毛巾，塞進他的嘴裡。接著又拿另外一條毛巾，蓋在他的嘴上綁緊，讓他完全沒有辦法說話。仙川拚命掙扎，卻發不出半點聲音。

忍野接著又以同樣的手法，限制了室伏與米田的行動。由於忍野的動作非常簡潔俐落，最後的米田甚至到了嘴被摀住才醒來。

「真的很抱歉，我沒有加害你們的意思，只是想請你們乖乖在這裡待上一陣子。」

三人在病床上各自掙扎，卻是徒勞無功。忍野不再理會他們，走出了值班室，進入老人們安眠的寢室棟。

一樓共有四間單人房，以及「A大寢」、「B大寢」這兩間四人房，分別位在走廊兩側。以房間的排列來看，走廊的兩側都是兩間單人房將一間四人房夾在中間。忍野首先走進了距離最近的美路房間。

美路正發出規律的鼾聲。在晚餐中加入的安眠藥，果然發揮了效果。

忍野走到美路的身旁。

「美路奶奶。」

忍野試著在她的耳邊輕喚。沒有任何反應。忍野暗自鬆了口氣。她沒有醒來，那是再好不過了。一切都在睡夢中處理完畢，就不必徒增她的痛苦。

忍野掀開美路身上的棉被，取出預先準備好的生魚片刀，插入她的胸口。

這一擊，忍野把全身的體重都壓了上去，因此刀尖直接貫入胸膛深處。

就在那一瞬間，美路瞪大了細長的雙眼，眼神充滿了驚愕與痛苦。

「抱歉了。」忍野一邊說，一邊伸出手掌，摀住了她的嘴。握著生魚片刀的手更加了三分力道。

從刀柄傳來的觸感，忍野知道刀尖已貫穿了美路的身體。

一拔出尖刀，鮮血登時狂噴而出。按著口鼻的手掌，清楚地感覺到美路在掙扎。但她的掙扎並沒有維持太久的時間。

過了一會，美路就完全不動了。忍野輕輕放開了手，掌心沾滿了唾液及淚液。

這是個好的開始。

忍野接著走進了四人房的「A大寢」。這房間裡也正響著陣陣鼾聲，但為了保險起見，忍野沒有立刻動手。忍野走向距離門口最近的久代八重子，仔細一瞧，差一點發出驚呼。

久代八重子竟然睜著眼睛。

「誰啊？」

或許是因為眼睛還沒有適應黑暗的關係，八重子似乎看不清楚忍野的身影。

「久代奶奶，妳怎麼還沒睡？」

忍野的口氣跟平常毫無不同。八重子搖頭說道：

「我剛剛醒來，就再也睡不著了。」

「沒關係，我有辦法讓妳睡著。」

忍野伸出一隻手，摀住八重子的嘴，以另一手的生魚片刀刺入她的頸中。年過花甲的老婦人，咽喉比想像中更加柔軟，刀尖直貫而入，幾乎沒有感覺到任何阻礙。

拔出刀子的瞬間，眼前突然充滿了液體。原來是從咽喉噴出的鮮血，剛好濺在忍野的臉上。

忍野驀然感覺心頭湧起一股怒火，朝著八重子的喉嚨又刺了一刀。

八重子一動也不動了。

市田妙子患有輕度的ADHD（Attention Deficit Hyperactivity Disorder，注意力不足過動症），六十歲之前一直是在自家進行療養。丈夫過世之後，她才入住「幸朗園」，已在這裡住了四年多。所謂的ADHD，說穿了就只是靜不下來，以及會做出一些衝動的舉動而已。但忍野心想，或許這樣的症狀已經足以讓她沒有辦法一個人生活。

園內的生活及三餐明明非常規律且健康，妙子的身材卻是不斷發福。忍野經常想像她的心情。她活著的這段期間，一定很討厭自己的身體。不，豈止是討厭而已。搞不好還會感到極度丟臉及自卑。忍野帶著滿心的慈悲，將刀尖深深插入她的喉嚨。大量鮮血從中噴出，伴隨著吱吱聲響。又有不少血滴濺在忍野的臉上。

接下來的行動，可說是成敗的關鍵。

忍野在心中暗自鼓舞自己，同時使出渾身解數，又朝妙子刺了兩、三刀。陰暗的視野中，妙子的睡衣及旁邊的床單早已被染紅了。

趕快死吧！

快！

忍野在心中大喊，手中的刀子同時刺落，妙子的身體終於完全靜止不動了。

「妳們在吵什麼？」

睡在旁邊的土肥惠忽然開口說道。她的聲音聽起來有氣無力，似乎還在半睡半醒之間。忍野立刻衝了過去，毫不留情地把生魚片刀插入她的胸口。

土肥惠發出了短促的慘叫聲。跟其他老人比起來，土肥惠算是比較年輕的一個。她的身體較為強健，並沒有因為這一刀而斷氣。而且忍野這一擊也因為刺中肋骨，並沒有真正貫入胸膛。土肥惠沒有死，忍野只能盡全力瓦解她的抵抗。

忍野迅速改變戰術，改為攻擊她的腹部。土肥惠有點肥胖，所以攻擊腹部的命中率很高。第一刀刺中腹部，土肥惠痛得在床上不斷翻滾。但刺了兩、三刀之後，她的動作逐漸變得緩慢。

如果可以的話，實在很想將她完全殺死，省去她的痛苦。但畢竟後面要處理的人還很多，沒辦法在她一個人的身上耗費太多時間。忍野決定不再理她，直接走向下一個獵物。

房間裡的最後一個獵物，是睡在最內側的瀨名步美。或許是因為平常從來不吃安眠藥的關係，安眠藥對她的效果十分顯著。在這種充斥著慘叫聲與碰撞聲的環境裡，她竟然還能睡得如此香甜。

如果平常的她，也能這麼聽話就好了。

忍野帶著心中的三分遺憾，拉開她的棉被，看準了她的心臟。忍野心裡很清楚，自己並不是殺人魔。下手一定要俐落，盡可能減少對方的痛苦。

刀尖精準地刺入了心臟的位置。

沒想到此時發生了意料之外的狀況。刀尖只沒入胸口約兩公分，就沒辦法再推入了。步美同時張大了眼睛及嘴巴。

下一秒，宛如殺雞般的尖叫聲迴盪在整個房間之內。

住口！

拜託妳，安安靜靜地死去吧！

忍野改為以生魚片刀刺她的腹部，但還是沒有辦法深入體內。幸好睡在同一寢室的其他老人，此時已經不會被吵醒了。忍野一邊在心中祈禱，一邊不斷刺落手中的尖刀。

不知從何時開始，步美已不再抵抗了。

忍野取出隨身攜帶的手電筒，檢查手中的生魚片刀。從刀刃到刀柄，全都沾滿了濃稠的鮮血。忍野試著朝床單上砍了一刀。果不其然，因為油脂的關係，鋒利程度大減。

聽說戰國時代的武士，每次上戰場都必須帶好幾把刀。而且在交戰的時候，刀刃往往沒辦法真正砍傷敵人，只會造成脫臼或骨折。忍野心想，古人傳承下來的經驗果然彌足珍貴。

只帶一把武器是不夠的。這一點，早在忍野的預期之中。

忍野將殺死了五個人的凶器拋在床上，抓起原本蓋在步美身上的棉被，擦拭自己的雙手。但手掌的情況就跟那刀刃一樣，沾滿了黏滑的油脂，根本擦不掉。

在這種節骨眼，可不能把時間花在洗手上。早知道會遇上這種狀況，應該準備一瓶消毒用的酒精才對。

沒有時間了，後面還有很多人等著自己去殺，可不能慢慢來。忍野快步走出A大寢，來到了走廊上。

驀然間，忍野停下了腳步。

走廊的牆壁上，掛著一面大鏡子。如今自己的身影，就映照在那面鏡子上。

緊急照明燈的微弱燈光中，可清楚看出此時自己的全身正鮮血淋漓。不管是剛買的運動服，還是運動鞋，全都血跡斑斑。就連臉孔也完全染紅，幾乎看不到原本皮膚的顏色。

忍野一方面覺得極不舒服，另一方面卻又感覺到全身的血液彷彿都沸騰了起來。沾在身上的鮮血，是身為英雄的證據。要成就大業，就不能怕髒。

一股原始的本能，讓忍野熱血沸騰，士氣大振。如果可以的話，忍野好想扯開喉嚨，大聲嘶吼。

心中的亢奮已達到了巔峰，大腦彷彿正在釋放無窮無盡的腎上腺素。

忍野走向了B大寢。今天晚上，忍野在所有入居者的晚餐中都下了安眠藥。照理來說，B大寢的老人們應該也都處在熟睡狀態才對。若依照原定的計畫，應該是要將A大寢這一側的房間全都處理完之後，再前往B大寢。但忍野改變了主意，決定先處理人數較多的B大寢。

忍野壓抑著滿腔的鬥爭心，踏進了B大寢，手上握著第二把生魚片刀。

調勻了呼吸後，忍野以宛如正在執行勤務般的口吻，對著房內的老人們輕聲喊道：

「有人睡不著嗎？」

忍野豎起了耳朵仔細聆聽。等了好一會，沒有聽見任何回應聲。

忍野決定先從睡在門口附近的田伏三起也開始下手。這老人今年已經八十五歲了，聽說從前是厚生省（現在的厚生勞動省）的官員。在幸朗園的所有入居者之中，就屬他的年紀最大。如今的他不僅罹患失憶症，而且有暴力傾向，讓所有的園內職員們都感到相當頭疼。他只相信自己所想到或記得的事情，任何人一旦逼他做出違背意願的事，他總是會用盡各種手段反擊。吐口水、用指甲抓，甚至是掄起拳頭打人，都是家常便飯。在忍野的眼裡，田伏其實很清楚自己罹患了失憶症，攻擊他人只是為了掩飾心中的羞慚。

你可真是讓我吃足了苦頭。

忍野在心中對田伏說道。

雖然大家都說田伏對忍野比較不會動粗，但是對田伏這個老人，忍野的心中可說是充滿了苦澀的回憶。忍野永遠記得那一天，田伏故意拿糞便丟到自己臉上，害自己在浴室裡洗到臉皮都快脫了一層。忍野永遠忘不了，田伏當時那得意洋洋的表情。但忍野並不認為自己現在的行為是在報仇。自己只是在執行著一項崇高的任務，無關私人的恩怨。

忍野拉開田伏的棉被，接著又將睡衣翻至胸口附近。根據剛剛的經驗，隔著衣物比較難將刀子刺入。反正自己已經習慣鮮血噴在身上的感覺了。比起避免大量鮮血噴出，不如嘗試更方便刺殺的做法。

忍野看準了心臟，將整個身體抵在刀柄上，以全身的體重壓了下去。

過程中，忍野還不忘避開肋骨的位置。這一刀刺得非常順利，直接貫穿了對方的身體。

咕！

田伏的喉嚨，只勉強發出了一聲輕響。他緩緩移動眼珠，看見壓在自己身上的人是忍野，露出了一臉納悶的表情。

忍野心滿意足地將身體從田伏的身上移開，同時抽出了刀子。就在這個瞬間，鮮血自傷口激射而出。

田伏就這麼維持著納悶的表情，停止了呼吸。

接下來的殺人工作，對忍野來說已經跟例行公事沒有兩樣。殺第二人時，比殺第一人熟練一些。殺第三人時，又比殺第二人熟練一些。殺了三個人之後，忍野對殺人這件事已完全不再抗拒。殺了六個人之後，忍野對殺人這件事已駕輕就熟。

棟方弘務，六十多歲年紀，罹患失智症。記不住新的經驗或規定，永遠都在犯相同的錯誤。由於不知道自己患病，所以他會把所有的錯都怪到他人的頭上。而且當職員們嘗試跟他講道理的時候，他有時還會突然動怒，做出暴力的行為。由於他的心情陰晴不定，職員們抓不到他動怒的時機，所以總是不知道該拿他怎麼辦才好。

但忍野心想，或許就連楝方自己，也不知道該拿自己怎麼辦才好。忍野同樣將刀尖抵在他那薄薄的胸膛上，將全身的體重壓了上去。

伴隨著一聲悶響，刀刃貫穿了楝方的心臟。但手掌感覺到的阻礙，比剛剛刺殺田伏時更加明顯。看來這把刀也已經變鈍了。確認楝方完全斷氣之後，忍野將生魚片刀拋在他的身上。

忍野取出第三把凶器，走向床舞由高的床。八十二歲的床舞，擁有優秀的社交能力，可說是這間大寢裡的和事佬。職員們向來把其他三名老人當成了難以應付的燙手山芋，恐怕在床舞的心中，也有相同的感想。如今他終於可以不用再理會那麻煩的三個老人，這對他也算是一種慈悲吧。

貫穿胸口的一擊。或許是因為位置精準的關係，床舞幾乎完全沒有抵抗。

第九個老人，是布川久須男。七十八歲，入居不到一年。這也是一個非常難搞的老人。他在身材魁梧的仙川等人面前，乖得像一隻小綿羊，但是一遇上體格瘦弱的忍野，馬上就會換一副刁鑽的嘴臉。沒想到一個需要看護的老人，竟然還會欺善怕惡。忍野原本有些驚訝，但根據仙川的說法，欺善怕惡並不是一種智慧，而是人類的本能。

忍野雖然對這些老人心懷怨恚，但不希望在使命中夾帶私人情緒，因此一再提醒自己必須維持平常心。忍野以雙手緊緊握住刀柄，縱身一躍，將刀尖插入布川的胸口。

然而布川雖然上了年紀，體力卻相當不錯，並沒有因為這一擊而死亡。他在床上劇烈掙扎，將忍野推了出去。

布川一面慘叫，一面翻滾。忍野不禁暗自慶幸，其他三人已經先處理掉了。像他這樣大聲嚷嚷，就算是昏睡中的重症病患，恐怕也會被他吵醒。

忍野迫於無奈，又朝腹部刺了兩刀，接著又割斷頸動脈，布川才漸漸安靜了下來。

到目前為止，總共才處理了九個人。雖然沒有確認時間，但進度恐怕已經大幅落後了。這間安養院裡總共有三十九個老人，如今才處理完兩成左右。

接下來得更加快速度才行。忍野再度抓起棉被，以邊角擦去手上的鮮血及油脂，轉身走出了房間。

就在這個時候……

「忍野！」

走廊的另一頭，竟然出現了四道人影。站在最前面的那個人，以手上的手電筒朝忍野照來。忍野並沒有必要確認對方的長相。因為剛剛那聲音，一聽就知道是園長鶴見。

四人一看見忍野，第一個反應都是僵立不動。忍野見了四人的反應，心裡也有些摸不著頭緒。仔細一想，或許是因為自己滿身血汗，讓那四人看傻了眼。

但是那四人的遲疑，只維持了相當短暫的時間。片刻之後，他們不約而同地跨出步伐，朝忍野走來。

「你這王八蛋！」

「小心點！他手上有刀子！」

四人之中，有兩人手上拿著拖把。以殺傷力而言，當然是生魚片刀比較優秀，但拖把有著攻擊範圍較長的優勢。再加上對方有著人數上的優勢，不一會，其中一人就以拖把擊中了忍野的肩膀。生魚片刀脫手墜地，四人立刻一擁而上。

眾人的鐵拳不斷打在忍野的腹部及臉上。或許是因為體內分泌了大量腎上腺素的關係，忍野一點也不感到疼痛。但一次又一次的打擊，還是讓忍野的身體逐漸不聽使喚。

「快把他的手腳綁起來！」

從聲音聽起來，說話的人是仙川。這麼看來，應該是園長鶴見為他們三人鬆了綁，從後頭追了上來。

現在輪到忍野遭他們捆綁了。不過一眨眼功夫，忍野的身體已遭五花大綁，躺在地板上動彈不得。

接著他們打開了走廊的電燈。刺眼的燈光，讓忍野一時瞇起了雙眼。雖然身體完全動不了，忍野還是抱著最後一絲希望，向鶴見懇求道：

「求求你解開我身上的繩索。」

「你三更半夜闖進來，綁住了三個同事，現在還想要我幫你鬆綁？要不是我改變了預定行程，今晚剛好在園長室裡，可真不知道你還會……」

「園長！」

鶴見的話還沒有說完，只見米田上氣不接下氣地跑了過來。

「神池奶奶……跟A大寢、B大寢的所有人都……」

忍野依然不肯放棄，繼續哀求道：

「求求你，讓我完成我的工作。還剩下三十個。」

「你在說什麼啊？」

「我的職責是讓園內所有入居者離開這個世間。」

鶴見聽了忍野的話，面露詫異之色，趕緊帶著米田走向大寢。不一會，大寢內傳來鶴見的急促尖叫聲，以及米田戰戰兢兢地打電話報警及通知消防署的聲音。鶴見走了回來，臉色慘白地問道：

「那到底是怎麼回事？」

鶴見看著忍野的眼神，簡直像是看見了怪物。

「你的腦袋到底在想什麼？為什麼要做出那麼殘忍的事情？難不成你嗑了藥？那可不是一般的殺人，是一場大屠殺。」

「我沒有嗑藥，我的意識非常清楚。」

忍野挺起了胸膛，語氣堅定地說道：

「而且這不是屠殺，是天譴。」

2

令和二年十一月八日，凌晨兩點四十五分。市川警署及千葉縣警本部的員警們，在接獲通報後趕往私人安養院「幸朗園」。慘絕人寰的現場狀況，讓所有員警一時說不出話來。

受害者都是安養院內的入居者，嫌犯則是安養院的職員。通報者對案情的描述只說得簡單扼要，但是當員警們目擊現場時，都有種看見了地獄的錯覺。

負責在現場進行指揮的刑警，是縣警本部搜查一課的峯坂啟一。這個命案現場所帶來的強烈衝擊，足以讓峯坂將過去偵辦過的每一起命案都忘得一乾二淨。現場包含了一間單人房及兩間四人房，由於牆壁跟床都是以白色為主，呈現半乾狀態的大量鮮血形成了強烈的對比，更是讓人觸目驚心。不久之後，急救員也抵達了，但經過確認，九名受害者都是當場斃命。若是一般的命案，急救員還會抱著一絲的希望進行急救，但這裡的九名受害者幾乎都是心臟受了致命傷，根本沒有救活的可能。

與刑警們一同抵達現場的檢視官[1]深町，見了現場那慘不忍睹的景象，也不禁皺起眉頭。過去深町不管面對什麼樣的屍體，都是板著一副撲克面孔，連眉毛也不會動一下。可見得即使是在堂堂的深町眼裡，這也是一起相當特別的案子。

「得讓嫌犯做尿液檢查。還有，起訴之前，應該要做精神鑑定。」深町提出了建議。「在兩個小時之內，他以尖刀刺死了九個人。身上應該早就沾滿了鮮血，他卻沒有停止殺戮的行為。而且隨著殺害人數的增加，致命傷的位置越來越精準。一個心智正常的人，絕對不可能做得到這種事。」

昨晚值班的三名職員，以及園長鶴見，都在值班室裡等候接受問話。他們是制伏了嫌犯的大功臣，神情卻只能用愁雲慘霧來形容。峯坂原本以為那是因為下手殺人的嫌犯是他們的同事，但後來一問之下，才得知另有隱情。

由於四人的證詞、現場的狀況及嫌犯忍野忠泰的供詞完全一致，搜查本部的員警立刻將他逮捕，帶回市川警署。

忍野身上的運動服沾滿了鮮血，員警們臨時找了一套休閒服讓他換上，同時採取了他的尿液。簡易檢驗的結果，全部都呈陰性反應，這意味著忍野並沒有服用或吸食任何違法的藥物或毒品。

進行偵訊的時候，忍野給峯坂的第一印象，完全就是個誠懇、務實的善良百姓。他在峯坂的面前打直了腰桿，認真回答峯坂所問的每一個問題。

「姓名、年齡、住址及工作地點。」

「忍野忠泰，四十四歲。居住地址為市川市國分○—○—○，在『幸朗園』擔任看護師。」

「工作幾年了？」

「四年。」

「在這份工作之前，你做過什麼樣的工作？」

「我原本在另一家安養院工作，後來那家安養院倒閉了，我花了一年半的時間，才找到這份正職的工作。這段期間，我一直在便利商店打工，賺取生活費。」

「有家人嗎？」

「原本有兩個哥哥，但他們在我十歲的時候相繼過世了。在我十八歲的時候，我的父母離了婚。我原本和母親住在一起，但是在十年前，我的母親也死於癌症。」

「你的父親呢？他現在在哪裡？」

「不清楚。自從我父母離婚之後，我和父親就沒有見過面，也沒有說過話。我想他可能早就已經忘記他是我的父親。」

峯坂心想，這麼聽起來，這傢伙現在是舉目無親的狀態。這樣的命運是否對他的人格造成

1 指針對死因不明的屍體進行初步勘驗，確認死因及是否有他殺嫌疑的警職人員（有別於對屍體進行精密解剖的解剖醫），通常由階級在警視上下的資深警官擔任。

了影響，恐怕得聽完了全部的供述才能做出判斷。

「好，現在我們進入案情的部分。今天凌晨十二點多，你偷偷溜進了平常上班的『幸朗園』，將今晚負責值班的仙川、室伏、米田這三人捆綁了起來，接著持刀攻擊了睡在寢室裡的入居者，是嗎？」

「對。」

「你攻擊的對象，是這些人嗎？」

峯坂遞出了一張紙，上頭列著受害者的姓名。這份名單是根據鶴見園長提供的入居者資料所製成。

A大寢

・神池美路（六十歲，女性）
・久代八重子（六十五歲，女性）
・市田妙子（六十四歲，女性）
・土肥惠（六十六歲，女性）
・瀨名步美（七十歲，女性）

B大寢

・田伏三起也（八十五歲，男性）
・棟方弘務（六十二歲，男性）
・床舞由高（八十二歲，男性）
・布川久須男（七十八歲，男性）

忍野伸出手指，逐一確認名單上的受害者姓名。

「是的，沒有錯。姓名和年齡都沒有錯。」

「你使用事先準備的三把生魚片刀，將這九人一一殺害，這部分也沒有錯嗎？」

「是的，沒有錯。」

忍野毫不遲疑地說出了這關鍵的證詞，臉上竟沒有絲毫羞慚之色。這讓峯坂產生了一種錯覺，彷彿眼前這個人只是犯了微不足道的小罪。

「除了現場的三把凶器之外，我們還在你的運動提包裡發現了四把生魚片刀。你打從一開始，就為了殺害這九個人，準備了多達七把的生魚片刀？」

「不，我並不是原本只打算殺害這九個人。我原本打算把『幸朗園』的三十九個入居者全部殺死。」

忍野輕描淡寫地說出了更加驚人的事實。峯坂愣了一下，接著才說道：

「你說你想要殺死『幸朗園』的所有入居者？我可要提醒你，你說的每一句話都會成為呈堂證供，最好不要亂開玩笑或隨便回答。」

「我並沒有開玩笑，也不是隨便回答。我是真的構思殺死三十九個人的計畫。否則的話，我為什麼要準備七把生魚片刀？當然我在買刀的時候，謊稱自己是廚師。」

「你跟每個入居者都有仇？還是你跟『幸朗園』有仇？」

「完全沒有。我原本在便利商店打工，生活過得很拮据，『幸朗園』雇用我為正職員工，我感謝都來不及了，怎麼可能有仇？對那些入居者，我當然也沒有什麼仇恨。雖然有些老人家的性情比較孤僻，常常會動粗或罵人，但我認為這就是我的工作。我只是有點生氣，但並不恨他們。」

「這麼說來，你的仇恨是對園長個人？」

「不，鶴見先生把『幸朗園』經營得很好，而且他是個很正直的人，從來不曾性騷擾或欺壓員工。我對他雖然稱不上尊敬，但不管再怎麼說，他也是錄用我的恩人，我沒有理由要恨他。」

「既然是這樣，你殺害三十九位入居者的動機是什麼？」

「天譴。這一點，我對園長也說過了。」

忍野的口氣變得有些激動。

「刑警先生，你知道住在我們這間安養院裡的老人，都是些什麼樣的人嗎？」

「都是有錢人，是嗎？」

當初看了幸朗園的豪華入口大廳，峯坂大概就已經知道這是什麼樣的地方。這裡並不是一般的私人安養院，而是一家相當高級的安養院。內部裝潢極具現代感，有如第一流的大飯店。根據鶴見的說明，這裡頭連交誼廳之類的房間都一應俱全。但入居者有等級之分，所以才會有些人住在單人房，有些人住在多人房。

「入居者一搬進幸朗園，立刻就得繳納一千萬至兩千萬圓的初期費用，此外每個月還得繳五十萬圓的租金。相較之下，入住一般的安養院，初期費用平均只需要一百萬左右。」

峯坂心想，如果忍野沒有誇大其詞，這金額確實高得嚇人。與其說是安養院，不如說是高齡人士專用的高級大飯店。

「說穿了，就是故意不讓一般民眾入住。這裡只供上級國民使用，窮人別想踏進來一步。住在這裡的老人，年輕時不是國會議員、高級官僚，就是大企業家，或是其家人。」

忍野的眼神逐漸流露出一股不尋常的情感。

「刑警先生，你看過園內的裝潢了嗎？」

「看過了。」

「有什麼感想？」

「非常豪華，顛覆了我對安養院的印象。」

「聽說園內的裝潢，是請專門負責大飯店內裝的業者來做的。提供給入居者的餐點，也是由一流餐廳的主廚，使用精挑細選過的高級食材進行烹煮。入居者要是感覺身體不舒服，主治醫師會在五分鐘之內從醫療大樓趕過來。這裡根本不是安養院，而是專供上級國民居住的豪華公寓。」

峯坂聽到這裡，心中產生了疑竇。相同的名詞，忍野已經使用了兩次，似乎這個名詞對他有著特別的意義。

「你對上級國民有什麼看法？」

「雖然每一個上級國民的情況不太一樣，但整體而言，這些人可以說是社會上的害蟲。發生在池袋的汽車暴衝事件，正是最好的例子。」

二〇一九年四月十九日，東池袋四丁目的十字路口附近，一輛轎車失控暴衝，闖紅燈連撞數車，導致經過斑馬線的一對母女死亡，以及包含車輛駕駛本人在內共十人受傷。

這起車禍之所以引發社會關注，除了因為傷亡慘重之外，更是因為轎車駕駛是一名年事已高的老者，而且身分相當特殊。他在退休之前，曾是通商產業省（現在的經濟產業省）的技官，而且曾擔任某產業機械製造廠的副社長。

車禍發生之後，警察不僅沒有以現行犯將這名老人逮捕，而且新聞媒體在報導這起車禍時，也沒有稱老人為「〇〇嫌犯」。這種種跡象引發了社會大眾的不滿，認為肇事的老人完全是因為具有前高官身分，所以才擁有特別待遇。「上級國民」這個名詞，正是在那個時候流傳開來。

「但是新聞媒體起初沒有使用『嫌犯』這個稱呼，有他們自己的一套理由[2]，而且肇事的老人也在出院後，被檢方以過失致死的罪名提出在宅起訴[3]。」

「那只是新聞媒體看風向不對，才趕緊編出來的說詞。何況就算我們退一百步，認定刑警先生你所說的，這也不能改變上級國民君臨在一般百姓之上的社會結構。正是這一群人，創造出了日本的階級社會。」

忍野的口氣越來越激動。令他陷入亢奮情緒的理由，正是他自己說出來的這些話。

「入居者的一日三餐，吃的都是不輸給高級餐廳的豪華料理。但是在園裡工作的我們這些職員，一星期頂多吃一、兩次定食，其他的日子都只能吃便利商店的便當。同樣是在園內生活

2 這是一起真實案件。根據新聞媒體事後的解釋，沒有使用「嫌犯」這個稱呼，是因為肇事老人在車禍發生後受傷住院，警方考量其年事已高，並無逃亡之虞，所以沒有立刻加以逮捕。而依照新聞媒體長年來的慣例，在警方正式逮捕或通緝之前，並不使用「嫌犯」這個稱呼。然而日本的社會大眾普遍並不接受這樣的說法，認為這只是將袒護加害人的立場予以正當化。

3 在宅起訴指的是檢察官在沒有羈押的情況下起訴嫌犯。

的人，卻有這麼大的貧富差距。『幸朗園』本身就是一個小型的社會。那些入居者不用工作，對這個社會也沒有任何貢獻，卻能過著這麼奢侈的生活。像我這麼有才能的人，卻因為不是上級國民，只能在底層吃餿水。」

「入居者的奢侈生活，令你感到憤怒？」

「那些人根本沒有活著的價值。他們的生產性是零，連一雙免洗筷都生產不出來。他們只是每天過著奢侈生活，浪費社會的資源。為了我們的社會著想，這種人應該早點讓他們消失。」

峯坂聽到這裡，早已皺起了眉頭。重刑案嫌犯的愚蠢藉口，峯坂過去已不知聽過多少次。但是忍野的這番說詞，與一般嫌犯的自我辯護頗有不同。在忍野這幾句話的背後，似乎有著某種更加違背社會道德的本質，有別於其他犯罪者的自私想法或個人仇恨。

「我自己在安養院裡工作，可以清楚感覺到，這些生活在安養院裡的老人，都明白自己並不被社會需要。當他們在接受看護的時候，我可以感受到他們心中的自卑與罪惡感。他們每個都很後悔，覺得自己不該活這麼久。他們非常渴望能夠立刻從這個世界上消失。因此我把他們送回天堂，這不僅是天譴，對他們來說也是一種救贖。」

「你問過他們嗎？他們親口對你這麼說？」

峯坂雖然在用字遣詞上相當小心，口氣還是不由得變得嚴峻。

「痴呆老人的最大悲哀，就是他們沒有辦法正確說出心中的想法。但我跟他們相處這麼久了，可以感受到他們的心情。」

忍野的口氣既不是隨口胡謅，也不是虛張聲勢。從他的眼神及說話方式，峯坂可以看得出來，他是打從心底以殺害那些入居者作為實現社會正義的手段。

就算是原本對忍野抱持良好印象的人，在聽了這些供述之後，也會認定眼前這個人是個萬中無一的變態殺人魔。不，就算是在聽供述之前，光是他奪走九條無辜的性命，就可以知道他絕對不是個普通人。

這傢伙根本不是人。

他只是披著人的外皮。

「你把安養院當成了棄老山[4]？」

「當然我並不奢望刑警先生能認同我的思想。不管那些人是否對這個社會有幫助，殺了他們就是犯了殺人罪。刑警先生，我明白你必須逮捕我。這是你的工作。」

「你看開了？」

「這不是看開，而是覺悟。我只是想要完成自己所背負的使命。刑警先生，請你基於你的

4 棄老山指的是拋棄老人的山。古代日本有些貧窮的村莊，有著將老人帶往山中拋棄的習俗。

職責，把我移送檢察廳吧。」

「你可真是豁達。該不會是在打什麼鬼主意吧？」

「起不起訴我，是由檢察官判斷。檢察廳跟警察組織不同，裡頭都是第一流的人才。我相信檢察官一定能夠理解及認同我的主張。」

「像這麼重大的命案，到目前為止還沒有不起訴的例子。」

「這我能理解，畢竟檢察廳也得給社會一個交代。社會大眾不見得對真理感興趣，檢察廳為了避免社會的譴責與批判，或許表面上會將我起訴。但我相信法院最後會做出合理的判斷。畢竟法庭的存在目的，並不是替受害者家屬報仇，而是斷罪及量刑。」

「你殺了九個人，難道以為能夠逃過死刑？」

「這就得看對法理如何解釋了。我殺的都是毫無生產性的有錢老人，這樣的行為是否有罪？我相信只要是懂得邏輯思考的優秀法官，一定會判我無罪。」

峯坂不禁心想，這傢伙似乎以為所有的法官都跟他一樣抱持歧視主義。

要反駁忍野的論點，一點也不難。但峯坂並不打算與他進行言詞上的爭辯。再跟他繼續談下去，最後只會證明自己的愚蠢。自己只是一個警察。自己的工作只是製作筆錄，以及將凶嫌移送給檢察官。自己沒有義務也沒有時間陪這傢伙繼續討論法律問題。這次的案子，或許需要在起訴前進行精神鑑定，但那也是交由檢察官判定的事情，與自己無關。

「既然你自己有自信能夠打贏刑事官司，那是再好也不過了。接下來我們會製作偵訊筆錄，麻煩你把剛剛的主張、價值觀及對入居者的想法再說一次。」

「沒問題。」

忍野以一副助人為快樂之本的態度說道。

接下來，便是一段漫長的偵訊過程。因為時間實在太長，過程中警方還換了兩次負責偵訊的刑警。要把殺害九個人的詳細過程記錄得一清二楚，單靠一名刑警是絕對不夠的。

這起發生在千葉縣市川市郊區高級安養院「幸朗園」的入居者謀殺案，在很多層面都震驚了全日本。

首先，受害者的人數極多。

再者，嫌犯是在安養院中工作的看護師。看護師的嚴苛工作環境，向來被視為社會上的一大隱憂。薪水低、工時長，而且還暴露在遭看護者施暴的風險之中。如何改善看護工作者的這三大困境，多年來讓政府決策者傷透腦筋。在這樣的社會局勢之下，有很多人主張看護師的工作環境問題是造成這起慘劇的主因。

但是這起案子引發社會恐慌的主因，還是在於忍野在供述中主張的老人無用論。近年來有不少以保守派自居的歧視主義者，大量散播排除少數族群的仇恨言論，忍野的價值觀彷彿是在迎合這股風潮，足以撼動世人那搖擺不定的良知。

新聞報導一出，立刻引來大量人權團體發表聲明。

無論精神或肉體，其生產性優劣不應成為人權遭侵犯的理由。

屏棄弱者的思想，乃是以價值凌駕於其尊嚴之上的舊時代思維，自古以來屢屢引發道德爭議。

此種歧視思想，向為人權之大忌，自二戰之後，便已徹底背離民意主流。

每一篇聲明都說得大義凜然，不給人絲毫反駁的餘地。但是像這種沒有反駁餘地的道德常識，總會引來匿名的反對聲音。在這個社會上，永遠存在著一定數量的反骨者。對一切道德常識提出質疑，是他們滿足表現慾望的唯一手段。

在正常的情況下，這些人只會存在於網路社會之中。他們的毒害很少對現實社會造成影響。但無法消弭的恐懼氛圍，有可能引發社會不安，這才是各人權團體及政府高層所擔憂之事。

將忍野移送千葉地檢廳之後，峯坂才稍微能喘一口氣。雖然這案子本身還是得繼續調查下去，但是移送之後，主導權就轉移到了檢察官的手上，這讓峯坂感覺肩膀上的重擔稍微輕了一些。

沒想到就在這時，搜查一課的課長西浦忽然將峯坂叫了過去。根據以往的經驗，西浦課長把人叫過去說話，九成是要告知壞消息。峯坂勉強壓抑下憂鬱的心情，走進課長的辦公室，沒想到西浦臉上神情的憂鬱程度，與自己不遑多讓。

「本部長的記者會，你看了嗎？」

西浦問道。當初忍野認罪之後，搜查本部旋即下令將他逮捕，當天晚上縣警本部長便召開了記者會。峯坂是在網路上大致看了那場記者會的即時轉播。如今回想起來，那場記者會正是讓整個社會受恐懼陰影籠罩的肇始。

「記者俱樂部[5]那些人，要求公布忍野的個資。」

「忍野的個資？本部長在記者會上不是就公布了嗎？」

「本部長只公布了姓名及地址，那些記者們要求連忍野的家庭成員及老家地址也一併公布。」

「就算公布了也沒用。」

峯坂搖頭說道：

「他的父母在他十八歲的時候就離婚了，而且母親十年前就死了，他跟父親也斷了音訊，

5 記者俱樂部是日本各大媒體為了長期進行採訪而設置在公家機構或大型企業內的組織，多半有記者輪流值班，以便一有風吹草動可以立即採訪。

連住在哪裡都不知道。就算想公布，也沒有東西可以公布。」

「這案子死了那麼多人，而且加害者抱持著極度反社會的逞凶動機。雖然聽說檢察官打算在起訴前進行精神鑑定，但至少目前沒有任何證據足以證明忍野罹患精神疾病。從筆錄看來，他是在腦袋非常清楚的狀態下連續殺害多人。像這樣的案子，新聞媒體當然會對嫌犯的家人感興趣。既然忍野的父親是他唯一還存活的家人，依媒體過去的手法，那些記者們一定很想找出那個父親，問上一句『你的兒子是個殺人魔，能不能請你談一談現在的心情』。他們逼迫本部長，無非是想問出關於其父親下落的線索。」

「這種新聞媒體的風氣，實在讓我覺得很沒有意義。」

「他們沒有辦法直接採訪忍野本人，只好想辦法找個代罪羔羊。而且他們總是想要為觀眾或讀者編造一個淺顯易懂的故事，例如『異常的家庭環境，養出了一個怪物』。」

西浦說得若無其事，但從他的表情，可以看出他自己也相當不認同這樣的採訪文化。西浦這個男人的最大特徵，就是當他心情不好的時候，他就會板起一張撲克臉孔。

「但就算是搜查本部，也找不到他父親的下落。何況既然忍野已經全盤認罪，我們也沒有必要調查他的人際關係。」

「你別誤會，上頭下達的指示，是不要對媒體記者洩漏任何有關忍野家人的消息。」

依照慣例，搜查本部會定期將調查的最新進展告知記者俱樂部。但如果有現階段不希望公開的消息，搜查本部會與記者俱樂部簽署保密協定。

「不是簽署保密協定，而是直接隱瞞記者？」

「為了將來的公訴審判，我們的調查行動當然還會持續進行下去。或許過一陣子，我們會找到一些關於其父親的線索。搜查本部的方針，是不要把這些線索告知記者俱樂部，當然也不准任何一名員警私下洩漏給新聞界的人物。」

峯坂聽了，不禁有些肅然起敬。

「上頭那些人，竟然會保護加害者的家人？他們怎麼突然轉了性？」

「不，你想太多了。上頭只是不希望外界的輿論，影響了公訴審判的結果。畢竟他父親的現況，以及說出口的話，有可能會讓世人對忍野產生同情。」

「社會上的流言蜚語，有可能影響公訴審判的結果？」

「現在大家都說，這起案子是進入令和年代之後最重大的刑案，這你應該也聽過吧？受害者人數眾多，凶手卻只有一人，而且還有著反社會的犯案動機。為了避免這起案子在社會上引發模仿效應，搜查本部及檢察廳都希望盡早將忍野送上法庭。而且必須是由檢察官這一方獲得壓倒性的勝利，絕對不能讓忍野有一絲一毫博取同情的機會。」

西浦伸出手掌，食指與拇指之間露出一道縫隙。

「為了杜絕世人對忍野的同情，所以要封鎖消息？」

「不是封鎖，是管制。注意你的用字遣詞。」

峯坂微微低頭鞠躬，接著說道：

「關於這個部分，我想應該是完全不用擔心才對。每個參與偵辦這起案子的刑警，都巴不得親手將忍野送上死刑臺。這次的箝口令，保證是滴水不漏。」

「弟兄們沒有人對忍野抱持同情？」

「任何一個親眼看過殺害現場的人，都不會同情那傢伙。」

峯坂這句話，其實是偷偷嘲諷了只會坐辦公室的上司，西浦卻是完全不放在心上。

「現場的照片，我也看過了。該怎麼說呢……那副景象真的會讓人對人性徹底絕望。」

西浦難得坦率地說出了自己的感想。但他所感受到的絕望，畢竟比不上親自在現場聞到了那股血腥味的峯坂等第一線的刑警。同樣是血肉之軀，忍野竟然能對同類做出那麼殘忍的行徑，光是這一點就挑戰了所有人的道德底線。

「雖然俗話說『竊賊也有三分理』，但這句話完全不適用在忍野身上。絕對不會有人對他抱持同情或認同，這可以說是全體同仁的共識。」

「那就好。對了，關於忍野的信念形成背景的部分，調查有沒有什麼進展？」

「我們搜索了他的公寓住處，扣押了所有的書本。以目前的調查結果來看，他似乎沒有到圖書館借書的習慣。如今我們正在分析他的手機的網頁瀏覽紀錄。」

從前刑警偵辦動機異常的案件，為了確認嫌犯的信念形成背景，必須徹底清查嫌犯在錄影帶出租店及圖書館的租借紀錄。但現在網路上充斥著各種粗製濫造的網站，足以提供嫌犯所需要的一切資訊，因此清查錄影帶出租店及圖書館已經沒有太大意義。

「負責的檢察官要我們找出一切足以證明這傢伙人格扭曲的證據，就算是間接證據也沒關係。」

「他的同事的證詞，也能算在內嗎？」

「你這麼問，意思是同事的證詞恐怕不符合我們的期待？」

「倒也不見得，只是當初我們趕到現場的時候，從那個園長鶴見的表情看來，他似乎很驚訝忍野會做出那種事。我猜忍野平常工作時給人的印象，或許和殺人魔相差很遠。」

「自己雇用的職員竟然是一個怪物，誰不會驚訝？」

峯坂也不禁點頭同意。

移送忍野的隔天，峯坂將「幸朗園」的相關證人一一請來問話。

第一名證人，是園長鶴見。還沒踏進偵訊室，他就已經是一副愁眉苦臉的樣子。犯下重罪的嫌犯竟然是內部職員，身為園長的他當然會感到相當懊惱。峯坂不禁對他抱持些許同情。

「你從什麼時候開始擔任『幸朗園』的園長？」

「算起來已經十年了。」

「幸朗園」是由社會福祉法人「千葉援護會」負責營運。所謂的園長，其實也只是受雇的職員。

「忍野忠泰是從四年前開始在『幸朗園』工作，是嗎？」

「是啊，他原本是便利商店的店員，但他說光靠在便利商店打工的薪水，實在沒辦法過活。」

「當初是你決定錄用他？」

峯坂這句話一問出口，鶴見登時露出一臉驚懼的表情。他大概是很擔心被追究連帶責任吧。

「我哪有權力決定要不要錄用？我只是把面試的結果回報給『千葉援護會』，然後把『千葉援護會』的決定告訴忍野。」

「鶴見先生，你不用緊張，我們並不是想要追究你的監督責任，只是想要確認忍野在任職期間的工作態度。」

「謝謝你的體諒，可惜我早就已經被追究監督責任了。」

「被負責營運的『千葉援護會』嗎？」

「決定錄用的是『千葉援護會』，他們卻怪我當初面試的時候沒有看出嫌犯的本性。」

「這聽起來有些強人所難，畢竟面試官並不是會看面相的算命仙。」

「是啊，但他們說一般企業的面試官都能輕易做出那樣的判斷。」

從鶴見的這番話聽來，社會福祉法人「千葉援護會」顯然有著轉嫁責任的企業風氣。職員裡頭出了一個世間罕見的殘忍犯罪者，高層卻似乎想把所有的責任推到鶴見一個人的頭上。

峯坂心想，或許這才是讓鶴見愁眉苦臉的真正原因。

「『千葉援護會』應該也承受了不少譴責的聲音吧？」

「是啊，聽說有很多民眾特地上援護會的官網找出電話號碼，打電話去抗議。昨天他們的電話線路完全被塞爆，電話一整天響個不停。當然我們園裡也接到一堆抗議電話，根本沒有辦法安心工作。」

只要是被新聞媒體大肆炒作的案件，大多都得面臨這樣的結果。嫌犯的住家及工作的地點，都會成為抗議的標的。明明在案件剛被報導出來的當下，嫌犯的家人及工作上的同事也都算是受害者，但社會大眾還是會逼迫他們出面道歉，只因為他們和嫌犯的關係太近。每個抗議的民眾都自詡為正義使者，但在警察的眼裡，不過就是一群熱衷於恐嚇威脅與暴力業務妨礙[6]

---

6 「暴力業務妨礙」原文作「威力業務妨害」，指的是以暴力手段阻礙他人執行業務的犯罪行為，臺灣並無類似罪名。

的犯罪者。

「我們幸朗園畢竟是社福機構，不能切斷電話線，也不能緊閉大門。今天早上，我們的大門口才被人貼了一張紙，多半是昨天深夜有人來惡作劇吧。何況才剛死了那麼多人，我們還得採取因應措施，增加夜晚值班的人數。」

幸朗園才剛發生凶殺案，短時間之內就算想要招募新人，也不會有人前來應徵。因此暫時只能靠原有的職員扛起所有的業務，如果又要增加夜晚值班的人數，其他的業務當然也會受影響。所以不管是在精神層面還是實質層面，職員們也都算是這起命案的受害者。

「我相信對你來說，這簡直是飛來橫禍。我完全能夠體會你的心情。」

「謝謝。」

「回到剛剛的話題。忍野在接受面試的時候，神情舉止有沒有什麼異常之處？」

「我想大部分參加求職面試的人，都會裝出一副老實聽話的樣子，所以我向來會提醒自己，不能被求職者的第一印象給騙了。即便如此，我還是必須強調，忍野給我的第一印象相當不錯。他擁有看護師的執照，而且回答問題時的態度也相當認真誠懇。」

峯坂回想當初在偵訊室內的忍野，確實正如同鶴見的描述。這麼說來，忍野在案發前後，言行舉止可說是沒有明顯的變化。

「當然在面試的時候，我向他清楚說明了這個工作的待遇。有執照者的月薪為十七萬七千六百圓，值班還會另外給時薪一千兩百圓的值班費。」

只要入居者一按呼叫鈴，值班人員就必須立刻起床處理突發狀況。這樣的工作，時薪一千兩百圓到底算是高還是低，不在這個業界的峯坂實在難以判斷。

「在我們『幸朗園』，就算是六十五歲以下的入居者，狀況也涵蓋了從『需協助第一級』到『需看護第三級』，看護的業務絕對不算輕鬆。」

峯坂並不清楚需看護度各級所代表的意思，因此請鶴見進一步提出說明。

・自立：日常生活並不需要協助或看護。
・需協助第一級：基本的日常生活都能自理，少部分行為需要接受看護或協助。
・需協助第二級：肌肉退化導致起身及行走並不安穩，可能會有需要看護的情況。
・需看護第一級：一部分日常生活及起身、行走等行為需要看護，有輕微失智症狀。
・需看護第二級：日常生活的行為需要看護的情況比第一級更嚴重，有失智症狀。
・需看護第三級：日常生活幾乎所有行為都需要看護，起身及步行必須使用拐杖、助行器或輪椅。有明顯失智症狀，需隨時關心及注意。
・需看護第四級：生活上的所有行為，需要看護的情況比第三級更加頻繁，思考能力及理解能力皆大幅退化。

・需看護第五級：日常生活中的所有行為都需要看護，有溝通上的困難。

需要看護的程度，隨著等級而提升。根據鶴見的描述，「幸朗園」有超過一半的入居者在「需看護第三級」以上。

「這個工作很辛苦，但薪水相當微薄。即使如此，忍野還是表現出一副非常想要得到這份工作的態度。」

「錄用之後，他的實際工作態度如何？」

「跟面試時的第一印象沒什麼不同。我們園裡有些入居者在失去理智的時候，會出現動手動腳的粗魯行為，忍野也常成為他們動粗的對象，但忍野從來不曾抱怨，也不曾遲到或曠職。刑警先生，或許你也曾聽過，入居者可能有暴力傾向的安養院，特別喜歡招募身強體壯的看護師。我們『幸朗園』也不例外，每個男看護師的體格都像摔角手。跟他們比起來，忍野的體格瘦弱得多，但是他表現得很好。」

「你知道他的犯案動機嗎？」

「知道是知道，但我是從新聞報導上知道的。」

「他曾經在工作時提過類似優生思想[7]的話嗎？」

「唔……我並沒有整天跟他們一起行動，所以很難下斷言，不過至少我從來沒有聽過他說出類似的話。所以這次發生這樣的事情，我自己也相當驚訝。」

鶴見低頭看著桌面，臉上流露出的是無法理解為什麼會發生這種事的懊惱。

「我們上頭的理事也一再拿這件事責備我……他說如果把殺死三十九個人當成社會正義才是忍野的本性，整整四年都沒有看出來的我，簡直就像是一個瞎子。」

「這麼說起來，工作時的忍野與犯案時的忍野，簡直不像是同一個人？」

「可以這麼說。早在成為園長之前，我就接觸過非常多的看護師，以及至少數百名安養院的入居者。我本來對自己看人的眼光相當有自信，但經過這次的事件之後，我完全喪失自信了。原來我根本沒有能力看見一個人的本性。」

峯坂看著鶴見垂頭喪氣的模樣，不僅為自己的錯誤判斷感到有些慚愧。原來鶴見一副愁眉苦臉的樣子，並不是因為他被迫扛下責任，而是因為他發現自己自己的人生經驗完全沒有派上任何用場。

峯坂雖然想到了幾句話可以安慰他，卻不知該不該開口。以自己的身分，似乎沒有資格表達什麼意見。何況就算說出了安慰之語，也不見得能夠幫助他打起精神。

7 優生思想指的是主張應該透過人為方式改善社會大眾的遺傳基因品質的學說思想。

第二名證人，是事發當天負責值班的仙川誠。峯坂心想，鶴見說的果然沒錯，仙川這個人即使穿著衣服，還是可以清楚看出他身上有著無比精實的肌肉。

「我們都戲稱這叫『看護師進化論』。」

仙川或許是察覺峯坂的視線停留在他的頸項及手臂上，有些靦腆地說道。

「進化論？」

「達爾文的進化論，是適者生存、不適者淘汰。以長頸鹿為例，原本長頸鹿的近親有脖子長的，也有脖子短的。但在激烈的生存競爭之後，脖子短的物種都被淘汰了，只剩下脖子長的物種。看護師也是一樣，不管是要幫老人洗澡，還是要抱到別的房間，都是身強體壯的人比較有利。」

「所以強壯的看護師生存了下來，不強壯的都遭到了淘汰？原來如此……」

峯坂雖然點頭同意，但心裡頗不以為然。聽說優生思想與達爾文的進化論有著極深的淵源。優生思想的濫觴，源自於一個名叫法蘭西斯·高爾頓（Francis Galton）的人所提出的學說，而他正是達爾文的表弟。

仙川本人似乎沒有察覺，他所說的話，與忍野的思想頗有相近之處。這讓峯坂的心中萌生了一股厭惡感。將人的價值與存在意義拿來與動物的演化做比較，實在是一件相當荒謬的事。

「忍野這個看護師，算是一個突變種。他的體力並不算特別好，卻堅持了下來。在我看來，他有一顆強韌的心。」

「但是他看起來相當瘦弱。」

「我們這個工作，長年以來被形容成『3K』[8]，也就是『辛苦』、『骯髒』跟『危險』。其中『辛苦』及『骯髒』還算可以忍耐，但『危險』實在是很要命，而且防不勝防。」

「你指的是入居者的暴力行為？」

「他們的暴力行為通常是在意識不清楚的狀況下出現，可能會使出全身的力氣，卻沒有任何前兆。剛入行的看護師，很容易被打傷。」

「忍野也是這樣嗎？」

「瘀青跟擦傷都是家常便飯。」

「長久累積下來的怒氣，有沒有可能就是他犯下本案的動機？」

原本侃侃而談的仙川，此時忽然陷入了沉默。

8 在日本人的觀念裡，看護師是一個「辛苦」、「骯髒」、「危險」的工作。由於這三個詞的日語發音都是以「K」開頭，所以合稱為「3K」。

「仙川先生？」

「抱歉，刑警先生。其實這件事，我直到現在還是沒有整理出個頭緒。案發的那天晚上，他把我們三個人綁起來的時候，他的說話口吻跟平常沒什麼不同，而且還表現出一副對我們很抱歉的態度。當時他對我們說的話，跟他後來做出的事情，實在是有著太大的落差，讓我直到現在都感覺腦袋亂成一團。」

「我明白你的感受。但他平常看起來認真誠懇，有沒有可能只是故意壓抑著心中的暴戾之氣？對入居者長久累積下來的怒氣，終於在那天晚上爆發了出來……」

「在我看來，他這個人並沒有機靈到可以徹底隱藏本性。」

「他在日常生活中，有沒有提過類似『不事生產的人會阻礙經濟發展』之類的話？就算只是開玩笑的口氣也沒關係。」

仙川忽然不再開口說話，似乎是在確認自己的記憶。半晌之後，他才開口說道：

「完全沒有。刑警先生，我們做的畢竟是『3K』的工作，所以當幾個同事聚在一起的時候，常常會忍不住開一些惡毒的玩笑。當然我們都知道開那樣的玩笑很不好，但我們如果不發洩一下，實在是會有種幹不下去的感覺……」

峯坂點了點頭。自己也有類似的經驗。刑警這個工作經常必須接觸屍體，為了保持精神的安定，有不少同事會把黑色幽默掛在嘴邊。當警察的是這樣，聽說當醫生的也是這樣。

「我能體會你們的感受。」

「但是忍野從來不曾說過那樣的話。每當他聽見我們在開惡毒的玩笑時，他都會悄悄走開。我原本還很欣賞他，覺得他剛入行就很識趣。」

「這麼說起來，他有一顆堅韌的心，不太機靈，卻又很識趣？或許我這麼說有點失禮，但我總覺得這聽起來有點太假了。」

「刑警先生，你認為忍野一直在偽裝自己，等待機會犯案？」

「他在深夜潛入安養院，以乾淨俐落的手法將三個值班的同事綁起來，然後將入居者一個接著一個殺死。不僅如此，而且那天晚上，他在所有職員及入居者的餐點裡都先下了安眠藥。殺人用的生魚片刀，也為了避免變得不夠鋒利，事先準備了好幾把。這種種的跡象，都可以看出他至少計畫了好幾個月。」

「好幾個月……」

仙川重複喃喃著峯坂的話，露出了一臉迷惘的表情。

「怎麼了嗎？仙川先生，有什麼問題嗎？」

「抱歉，刑警先生。我聽了你這些話，反而更加迷糊了。」

「你很難接受他從很久以前就安排下這起殺人計畫？但他自己招供的說詞，也是這麼說的。」

「我還是那句老話，我完全沒有察覺他是一個這麼殘酷的人。若不是我自己太遲鈍，就是他有雙重人格。」

第三名證人，是一個名叫曾我真澄的婦人。她在「幸朗園」裡，負責管理職員們的健康。

「雖然我的辦公桌在『幸朗園』內，但我的所屬單位是『千葉援護會』本部。」

根據曾我真澄的說明，包含「幸朗園」在內，社會福祉法人「千葉援護會」共經營五個社福機構，每個機構都派有一名職場醫生。峯坂仔細打量眼前的婦人，她確實有一張醫生臉，平日應該穿慣了白袍吧。

「看護師的工作非常辛苦，而且因為長期缺人的關係，只要有一名看護師請病假，其他看護師的工作負擔就會非常沉重，甚至可能導致整個組織的運作陷入癱瘓。為了避免發生這樣的事態，上頭雇用我們來管理看護師們的健康。」

「你們管理看護師的健康，是否包含精神層面？」

「當然包含。看護師的離職理由之中，比例最高的是『職場的人際關係出問題』，類似這樣的情況，往往在本人察覺之前，身體就會出現一些警訊。我的工作就是及早發現這些警訊並且提供協助，讓看護師的身心都維持在健康狀態。」

「看護師會定期做健康檢查嗎？」

「不僅會做定期健康檢查，而且平常只要一發現異狀，就會進行問診及提供健康諮詢。」

「包含忍野，妳也製作了病歷表？」

「當然，這是我的義務。」

「等等請妳把他的病歷表交給我們。現在請妳再回答我幾個問題，從妳身為醫生的角度來看，忍野的精神狀態如何？」

「這個問題問得有點籠統，我不知道該怎麼回答。你想問的是，他是否有精神異常的症狀，是嗎？」

「可以這麼說。」

「刑警先生，我想你應該可以想像得出來，假如忍野在上班期間出現精神異常的症狀，我一定會立刻實施治療，並且請他暫時回家療養。畢竟園內的入居者，都是需要照顧的老人家，要是讓他在精神異常的狀態下繼續工作，一旦出了什麼狀況，責任會落在我的頭上。」

「妳想表達的是他的精神狀態完全正常？」

「與其聽我解釋，或許你直接看病歷表會比較快。打從當初他一進來，我就持續為他進行壓力檢測，到目前為止並沒有發現任何異狀，頂多偶而會有一點過度疲勞。」

「好的，曾我醫生。我想請妳站在醫生的立場，再回答我一個問題。過去沒有任何異常的忍野，如今卻犯下了這麼大的案子，妳有沒有辦法提出一個合理的解釋？」

原本面無表情的曾我醫生，臉上忽然閃過一抹困惑之色。

「其實這件事也正讓我感到很困擾。」

「怎麼說？」

「『千葉援護會』很清楚這個案子對社會造成了多大的衝擊。本部每天都有接不完的抗議電話，一般業務幾乎已經陷入癱瘓。每個理事都急得像熱鍋上的螞蟻，稱之為恐慌狀態也不為過。通常像這樣的情況，內部一定會開始追究責任。每個人都在問，到底誰該為這件事情負責。」

「不是園長鶴見嗎？」

「負責維護職員心理健康的職場醫生，也沒辦法置身事外。如果事後證實他的犯案動機與精神壓力有關，我更是難辭其咎。」

曾我醫生的臉上流露出了不知如何是好的憂鬱表情。

又一個。峯坂不由得在心裡暗自咕噥。

三個請來問話的證人，全都喪失了自信。他們都懷疑起了自己長年培養出來的「看人的眼光」。由此可看出忍野的犯行，在他們的眼裡是多麼晴天霹靂的事情。

「我一得知發生了這樣的案子，立刻就把看護師忍野的病歷表拿出來仔細檢視，生怕過去忽視了什麼重要的徵兆。」

「結果呢？」

「什麼也沒發現。」

曾我的口吻彷彿在訴說著一件不可思議的現象。

「不管我再怎麼用心分析，都沒有辦法在病歷表上的數值及診斷內容中找出任何蛛絲馬跡。剛開始的時候，我一度懷疑他是心理病態（psychopathy）。刑警先生，你對這種人瞭解多少？」

「我們的工作，有時就得應付心理病態，所以知道一點皮毛。」

曾我醫師似乎是認為沒辦法和一個只知道「皮毛」的人談事情，於是詳細說明起了「心理病態」的嚴謹定義。

心理病態（psychopathy），又稱反社會人格。但這只是醫學上的分類名稱，心理病態者並不見得一定會成為犯罪者。有很多具心理病態性格的人，其實在社會上過著安分守己的日子。

心理學家凱文．達頓（Kevin Dutton）提出了心理病態的五大特徵：

- 性格極端冷漠
- 不具同情心

・自私
・欠缺情感
・功利主義

要判斷一個人是否具心理病態性格，一般使用依據上述特徵所設計出的評量表（PCL-R心理病態評量表修訂版），其內容包含以下二十個項目。

1 口才好／表面魅力
2 誇大的自我價值感
3 尋求刺激／易感到無聊
4 病態的撒謊行為
5 哄騙他人／操控他人
6 缺乏良心呵責及罪惡感
7 情感淺薄
8 冷漠／缺乏同理心
9 寄生的生活模式

10 行為不受控制
11 放蕩的性行為
12 幼童時期的行為問題
13 缺乏現實且長期的目標
14 易衝動
15 欠缺負責感
16 無法對自己的行為負責
17 結婚次數多，婚姻關係難以長久維持
18 青少年犯罪
19 曾有假釋遭撤銷的經驗
20 多樣化的犯罪經驗

・各項目的分數皆為0－2分，總分在0－40分之間。
・成年人分數超過30分即認定為具心理病態性格，未滿20分即認定為不具心理病態性格。

「評量表是目前評估心理病態的唯一診斷依據，但就算醫學數據上顯示精神狀態符合心理病態，只要不具反社會性，還是不會認定為心理病態。我曾經用評量表來評估忍野的性格，沒有一個項目符合心理病態的特徵。」

峯坂聽著曾我醫生的說明，內心也試著回想忍野這個人。根據對他進行偵訊時的印象，他是個感情豐富的人，而且不像缺乏同情心，也不給人性格極端冷漠或自私的印象。如果勉強要找出符合的特徵，大概就只有功利主義吧。

「除了視屠殺為社會正義的觀念之外，其他的部分都跟正常人沒有兩樣。我苦苦思索了很久，忽然想起從前曾經有過非常相似的案例，那就是奧姆真理教[9]。當年奧姆真理教所發動的恐怖攻擊事件，不管是計畫者還是執行者都是高學歷的一般人。他們並不具心理病態的特徵，犯罪的手法卻是殘暴不仁，就算被判死刑也完全不值得同情。」

「曾我醫生，根據妳的研判，忍野有可能是某種邪教的虔誠信徒？」

「這稱不上研判，充其量只是推測而已。而且要確認這個推測的合理性，必須調閱當年奧姆真理教所有犯罪者的病歷紀錄。」

峯坂不禁感到好奇，負責對忍野進行精神鑑定的精神科醫生，不曉得會如何處理這個案子？

「有一點我可以肯定，不過就算我說了出來，對你們偵辦這起案子恐怕也沒有太大的幫助。」

「請務必告知。」

「只要我們將忍野所抱持的無用老人排除論也當成一種邪教，他的行為全都可以獲得合理的解釋。」

「聽起來有點過於穿鑿附會。」

「我說過了，對你們的偵辦工作可能沒有幫助。由於我不是這方面的專家，我只能說出自己心中的推測……我想這世上只有一種人能夠真正理解他，那就是他的同類。」

9 奧姆真理教的原文作「オウム真理教」，是一個創立於一九八四年的邪教，教主為日本人麻原彰晃。該組織曾犯下多起恐怖攻擊事件，教主及核心幹部大多遭判處死刑且於二〇一八年執行完畢。

3

到頭來，峯坂依然無法從關係人的口中問出對檢察官有利的證詞。雖然已經盡量尋找和忍野有著深厚交情或是密切接觸的人來問話，案情還是遲遲沒有進展。後來峯坂又找來了案發當晚負責值班的室伏及米田，還是沒有辦法問出忍野在日常生活中的負面評價。

當然在犯案現場採到的那些物證，全都是證據確鑿的鐵證，應該足以讓法官及裁判員[10]做出判處忍野死刑的判斷。如果是一般的案件，這樣的證據已經算是相當充分了。但幸朗園事件早已在社會上鬧得沸沸揚揚，這使得檢察官沒有辦法接受「全面勝利」以外的結果。

從檢察官透過西浦傳遞的訊息，可以感覺得到檢察官的最終訴求，是讓忍野以「具正常判斷能力的一般人」的身分接受審判。雖然目前還無法得知將由哪一名律師擔任忍野的辯護人，但絕對不能讓被告方有機會引用《刑法》第三十九條的「一、心神喪失者不罰。二、心神耗弱者得減輕其刑」這兩項。至於檢察官在起訴前主動執行的精神鑑定，當然會挑選立場對檢方較為有利的鑑定醫師。

明明擁有充分的物證，檢察官還是顯得相當神經質，背後當然有其理由。

那就是無法消弭的恐懼氛圍，正在引發社會不安。

打從這起事件登上新聞版面的隔天，網路上就開始出現大量充滿惡意的留言。除了對忍野忠泰的毀謗中傷之外，還出現了不少呼籲應該查出忍野老家位置的網路聲音。

當然就連搜查本部也查不出忍野父親的下落，一般民眾更是談何容易。但還是有很多人因為誤會或惡意造謠，而遭指稱是忍野的家人。雖說那些都只是空穴來風的謠言，但有很多家庭因此而蒙受有形無形的汙衊與攻擊。少部分深受其害的民眾，決定對造謠者提出告訴。

最讓人感覺到滑稽又可悲的，是那些宛如驚弓之鳥的造謠者。大部分造謠者在收到訴狀時，都會嚇得六神無主，不知如何是好。甚至還有造謠者跑到受害者的家門口下跪道歉，長達數分鐘之久。有好事之輩將造謠者的狼狽模樣錄了下來，上傳到網路上，更是讓騷動一發不可收拾。

很多人以為網路社群平臺上的發言具有匿名性，但其實只要追蹤ＩＰ位址，就可以鎖定發言者的身分。由幸朗園事件所衍生出來的造謠事件，讓網路上的民眾學到了一次教訓。自從發生了造謠騷動之後，找出忍野家人的聲浪逐漸縮小。但是正如同峯坂的預期，網路上的流言蜚語及煽動人心的情緒性發言，漸漸開始對現實世界造成影響。

10 「裁判員制度」指的是讓一般民眾以裁判員身分參與重大案件審判的司法制度，在日本於二〇〇九年施行，類似台灣的「國民法官」制度，但細部規定方面仍有差異。

包含「幸朗園」在內，安養院的安全防護機制是否有不足之處？

對每一名看護師的心理衛教政策是否合宜？

是否應該有一個統籌性的組織，統一控管這些看護師的中心思想？

在激烈辯論的過程中，又出現了另外一個爭議點，那就是「是否應該公布受害者姓名」。

由於姓名也算是敏感個資的一部分，有些受害者家屬極度排斥公布受害者姓名。但是另一方面，卻也有一部分受害者的家屬贊成公布姓名，因為這能讓他們感覺為受害者的人生留下了證據。現階段搜查本部與「幸朗園」都沒有對外公布受害者姓名，但是包含記者俱樂部在內，各新聞媒體都表現出一貫的強硬態度，主張「警方應該提供受害者名單，至於是否對外公布，由各媒體內部自行決定」。

由於這起案子的案情具有相當程度的特殊性，就連各新聞媒體也成了民眾抗議的對象。過去新聞媒體總是毫不保留地公布受害者姓名，已經有越來越多的聲音開始質疑「到底公布受害者姓名有什麼意義」。其中不乏著名的作家及律師，到後來甚至連政治家也加入了批判的行列。

在這樣的風潮之下，搜查本部主動對外發表了一次談話，指出受害者家屬的立場也不一致。有些家屬希望公布姓名，有些則否。這次的談話，更是讓新聞媒體成為眾矢之的。

公布受害者的個資，真的是在守護民眾「知的權利」嗎？抑或只是想要滿足一部分民眾的看熱鬧心態？

某些新聞界的人士試圖從理論面為新聞界的做法開脫。他們聲稱公布真實姓名的報導文化，是監督公權力的必要手段。但市井百姓會接受這樣的說法嗎？新聞媒體報導的內容，若是由警方正式公布，責任就是在警方的身上。換句話說，新聞媒體要求警方正式公布受害者姓名，只是為了當報導的內容遭家屬提告時，能夠拿警方來當擋箭牌吧？

有些報社主張公布受害者姓名是幫他們留下活著的證據，但死人不會說話，這種無視家屬意願的強硬做法，說穿了難道不是彰顯出媒體的傲慢？

各大新聞媒體依然死守著「犯罪事件應該要公布姓名」的舊時代思維，在社會大眾的面前成了人人喊打的過街老鼠。即便號稱人民的警鐘、社會的公器，一旦自以為能凌駕於讀者及觀眾的意志之上，也會喪失其存在意義。在「是否應該公布姓名」這個棘手的議題上，所有的新聞媒體都被迫表態自身的立場。

然而最讓社會大眾感到錯愕的一點，是每一家新聞媒體對公布姓名的定義、理解及公布與否的分界線都截然不同。當然每一家媒體都有自己的一套方針，這似乎合情合理，但從這一點可以看出一個事實，那就是各大媒體根本沒有深入思考該怎麼做才符合時代潮流，長久以來只是依循著傳統的思維模式。

歷經了該不該公布姓名的一連串批判之後，新聞媒體對搜查本部的態度開始軟化。這讓峯坂不禁懷疑，前陣子搜查本部對外發表的談話，或許正是對新聞媒體的一種牽制。雖然西浦一再告誡不准向新聞媒體洩漏關於受害者家屬的一切消息，但如今新聞媒體已經是動輒得咎的狀態，似乎已沒有必要過於杞人憂天。

不過新聞媒體本身也是一盤散沙的狀態，立場並不一致。有些媒體追求理想，有些媒體重視現實。有些媒體態度謹慎，有些媒體作風大膽。有些媒體聰明刁鑽，有些媒體愚蠢駑鈍。差不多就在這個時期，有媒體記者纏上了峯坂。

這一天，峯坂走出縣警本部廳舍，正打算要去吃午餐，身旁突然傳來了呼喚聲。

「好久不見，峯坂哥。」

那陰柔又噁心的聲音，讓峯坂一聽就知道說話的人是誰。峯坂轉頭一看，果不其然，正是此時自己最不想見到的人。

「好久不見？我還嫌不夠久呢。」

「唉，果然記者跟警察沒辦法和平相處。」

尾上善二。《埼玉日報》社會組記者。搜查一課及記者同業私底下都管他叫「老鼠」。因為他這個人神出鬼沒，而且對案件有著極度靈敏的嗅覺。從前在偵辦某案子的時候，峯坂曾經和他對招過。《埼玉日報》雖然是地方性報紙，但是採訪的範圍涵蓋整個首都圈，所以尾上出現在千葉縣警本部廳舍附近，並不是什麼奇怪的事情。真正值得懷疑的是他為什麼挑上峯坂作為挖新聞的對象。

「我可先聲明，我習慣一個人吃午餐。」

「峯坂哥，你的習慣，我怎麼可能不記得？我又不是國中女生，不會因為別人不跟我一起吃飯就感覺自己被排擠。而且拉人一起吃飯，是腦袋不成熟的上司才會幹的事，我跟你一樣厭惡。」

「不，沒人跟你一起吃飯，是因為你真的被排擠。」

「那真是我的榮幸。被排擠證明我的工作表現引人嫉妒。惡名昭彰總好過沒沒無聞。」

「看來你的樂觀一點也沒變。說吧，你找我到底要幹什麼？」

「那我就開門見山地說了。幸朗園那個案子，我正在追查嫌犯忍野忠泰的家庭背景，希望峯坂哥能夠提供一些消息或線索。」

峯坂凝視著尾上，半晌之後才說道：

「最近你們新聞媒體因為公布受害者姓名的關係，被罵得很慘，難道你不知道？」

「這我當然知道，但爭議的主軸是受害者的家屬，不是加害者的家屬。」

「忍野忠泰已經四十四歲，早就已經成年了，你採訪他的家人，到底有什麼意義？」

「難道你不想知道嗎？這個世間罕見的殺人魔，到底是誰生出來的？從小看著誰的背影長大？自從他犯案之後，他的家人過的是什麼樣的生活？他的老家在哪裡？父親從事什麼樣的工作？有沒有兄弟姊妹？忍野忠泰小時候，有沒有什麼令家人留下深刻印象的往事？」

「你們《埼玉日報》專門寫這種八卦新聞？」

「讀者想看到什麼，我們就寫什麼，這是敝社的辦報理念。」

「這麼一起傷亡慘重的重大社會案件，其他新聞媒體都不敢隨便炒作，大概就只有你們還敢這麼亂來。」

「正因為其他新聞媒體都在觀望，我們才更要把握機會，寫出幾篇驚天動地的報導。這幾年就連大報社也經營得很辛苦，我們想要生存下去，就得比別人加倍努力。」

「在我的眼裡，『加倍努力』的人只有你而已。我勸你還是小心一點，愛出風頭遲早會陰溝裡翻船。」

「只要風頭出得夠大，就不用擔心會翻船。」

「風頭出得太大，可能會連命都賠掉。我記得你以前曾經遭嫌犯攻擊，差一點丟掉性命，不是嗎？難道你不擔心又被當成眼中釘？」

尾上聽了似乎有些不太高興，但他只是瞪了峯坂一眼，旋即說道：

「我會遭到攻擊，代表我離嫌犯夠近。那一次，上司可是大大稱讚了我，說我是光榮負傷。」

「我看多半是因為這起案子的嫌犯已經進了籠子，你不用擔心遭到攻擊，所以才敢大剌剌地挖掘嫌犯的家人吧？」

「那倒也沒錯。」

「你幹這種事，難道不擔心引來同業的白眼？」

「有些媒體追求理想，有些媒體重視現實。有些媒體態度謹慎，有些媒體作風大膽。有些媒體聰明刁鑽，有些媒體愚蠢駑鈍。」

峯坂聽到這句話，不由得心中一驚。這充滿諷刺意味的一句話，正與剛剛自己心裡所想的如出一轍。

眼前這個人，難道已經豁達到能夠冷眼旁觀自己生存的業界？抑或，他就只是一個天生愛講酸言酸語的人？但不論這個人的本性是什麼，峯坂更加不想跟他一起吃飯了。

「當然現在刊登或許還嫌太早，我會放著讓這案子發酵一陣子，到了第一次開庭的時候，才是最佳的刊登時機。」

「不是醞釀，而是發酵？」

「我有自知之明，這東西一掀開蓋子，肯定是臭氣薰天。不過我可以跟你打賭，只要我們一刊登出被告家人的懺悔或訪談，敝社擺在各大車站通路的報紙，不用等到中午就會賣光。」

「你沒有半點身為媒體人的矜持？」

「我從來不認為媒體人是個有資格矜持的特殊職業。」

尾上嗤嗤竊笑了兩聲，接著說道：

「很多報章雜誌的記者都愛吹牛皮，一天到晚說自己是社會正義的伸張者、公權力的監督官，真不怕笑掉別人的大牙。一旦剝下虛偽的面具，不過就是一群沽名釣譽的猥瑣小人而已。說到底，記者幹的事不也是做好自己的工作，交差領薪水？跟別的工作有什麼不同？為了這份薪水，我們不在乎對每個人渣鞠躬哈腰、逢迎拍馬。政府高官邀我們去賞花，我們不敢說個『不』字；檢察官找我們打賭博麻將，我們也是隨傳隨到。像我們這樣的人，憑哪一點自詡為社會正義的伸張者？」

「看來記者這個業界讓你感到很失望？」

「倒也不能這麼說。」

這句話聽起來像是在謙遜，但尾上這個人不管說什麼，都會給人一種口是心非的感覺。

「畢竟我們的採訪對象經常是司法界的人士，或是政治家。我們必須對掌權者阿諛奉承，這聽起來很糟糕，卻是我們的生存手段，我並不打算針對這一點提出批評。但那些記者們的厚臉皮姿態，就像是一手伸進糞坑裡，另一手卻到處炫耀自己的高級手錶，那種恬不知恥的行徑，實在讓我很想好好嘲笑他們一番。」

「你喜歡貶低自己的工作，那是你的自由，但我們警察可沒有義務提供協助，幫忙你們《埼玉日報》提升發行量。」

「我猜想，忍野忠泰這個人該不會是孑然一身，沒有任何親戚吧？因為一個家人都沒有，所以你們警方也沒有辦法提供任何關於家人的消息。」

峯坂不禁大感佩服，果然這個男人有著相當敏銳的直覺。

忍野忠泰的家人確實都已經死了，只剩下一個不知去向的父親。峯坂很想對他說出這個事實，看看他有何反應。但腦中突然想起西浦曾嚴格下令不准洩漏忍野家人的消息，峯坂趕緊將到了嘴邊的話又吞了回去。

「既然你這麼認為，那你就這麼寫吧。一個與家人天人永隔的男人，因為忍受不了孤獨，所以闖進高級安養院大開殺戒。聽起來是個相當耐人尋味的故事。」

「就算是八卦報紙，也不會刊登個人創作。我必須確認這是事實，才能寫出來。」

峯坂心想，這傢伙難得說了一句人話。不，或許他只是在唱高調而已。但因為剛剛吐露了太多醜陋的心聲，所以這句高調聽起來特別清新。

「我很高興能夠聽你說出這麼有職業道德的話。但我還是得向你說聲抱歉，我沒辦法提供給你任何協助。上頭已經對搜查本部下達了箝口令，這點我想你應該不會不知道。」

「這我當然知道，但身為一個記者，倒也不能輕易放棄。」

峯坂加快了步伐，不再理會他。沒想到尾上依然緊跟在身旁。

「我很敬佩你死纏爛打的精神，但我不會提供任何消息。」

「我向你保證，絕對不會說出洩密者的身分。」

「我洩密給你，對我沒有任何好處。」

「讓社會大眾知道忍野的家人是誰，至少可以提供一個發洩的管道，慢慢化解民眾心中的不安與憤怒。」

尾上的臉上堆滿了笑容，一對眼珠卻沒有絲毫的笑意。

「那傢伙屠戮了九條社會弱勢者的性命，動機只是一個接近妄想的歪理。從頭到尾沒有一句道歉，也沒有表現出反省的態度。網路上有人稱他是怪物，我認為這個稱呼相當貼切。如今整個社會的人都巴不得挖出他的祖宗十八代，每個人都希望他從小在惡劣的環境中長大，希望他從小就表現出劣根性。如果能夠查出他有前科，那更是再好也不過了。」

「這是很正常的反應。沒有人會希望殺人魔和自己是同類。」

「但現階段我們沒有辦法看出忍野忠泰與一般人有何不同，這正是社會大眾的不安與憤怒無法宣洩的主要原因。這兩種情緒一旦長期累積，必定會帶來可怕的後果。為了降低心中的不安，整個社會都在尋求著發洩的管道。」

「為了讓社會有發洩的管道，你認為應該犧牲加害者的家人？」

「峯坂哥，你剛剛說，洩密給我對你沒有任何好處。但請你仔細想想，這對警察可是很有好處的事情。世間的不安與怒火要是持續增強，沒有人知道社會大眾會把矛頭指向誰。有可能是雇用了忍野的『千葉援護會』；有可能是對『幸朗園』的惡劣工作環境視而不見的厚生勞動省；當然也有可能是任憑社會大眾感到不安，卻不肯公布任何消息的搜查本部。」

「好言相勸行不通，現在改成威脅利誘了？真佩服你能想出這麼多花招。」

「謝謝峯坂哥的稱讚，對我來說，這些都只是小伎倆。」

峯坂感覺自己已經快要失去耐心，決定停下腳步，瞪著尾上說道：

「你以為光靠這些小伎倆，就能逼迫千葉縣警本部的刑警鬆口？」

「峯坂哥，你生氣了？」

「我不是生氣，是無奈。我見識過無數難纏的記者，你是最難纏的一個。」

「如果峯坂哥覺得我逼得太緊，我可以給你一點時間，讓你冷靜一下。」

「就算給我再多的時間，我也不會改變我的態度。」

「既然我沒辦法改變峯坂哥的態度，看來我只能改變自己的態度。」

尾上非常乾脆地轉身離開，跟剛剛的難纏態度有著天壤之別。這種來去如風的做法，或許也是他的小伎倆之一。

當然尾上並沒有忘記在轉身離去之前，丟下一句狠話。

「對了，我手上的籌碼，可不會只有小伎倆。」

「不然呢？」

「過陣子峯坂哥自然會知道，告辭了。」
尾上踏著輕快的步伐迅速離去。
峯坂心裡有股想要朝著那背影飛踢的衝動。

4

兩天之後，峯坂終於明白了尾上臨走前那句「我手上的籌碼，可不會只有小伎倆」是什麼意思。

〈嫌犯忍野的父母，在他十八歲那年離了婚，母親更已在十年前過世。警界人士指出，警方正針對嫌犯忍野從小的生活環境對其情操教育的影響展開調查。〉

《埼玉日報》的社會版刊登了這則新聞。雖然沒有記者署名，但峯坂一看就知道，這篇文章出自「老鼠」之手。

文章中雖然提到了忍野的人生經歷，但這個部分並沒有太大的意義。因為依然沒有能夠採訪的家人，也不存在能夠讓世人發洩不安與憤怒的對象。

問題在於尾上是從何處取得了這個消息。搜查本部明明已經被下了箝口令，記者卻還是能輕易取得消息，這個問題的嚴重性更勝於報導的內容。

到底是誰走漏了消息？照理來說，現階段掌握忍野的出生背景的人，就只有警方的搜查本部成員，以及負責這起案子的檢察官。但檢察官就算基於某種目的而將消息洩漏給記者，依照慣例也會事先通知搜查本部一聲。到目前為止，搜查本部並沒有接到來自檢察官的任何聯絡。

唯一的可能性，就只剩下搜查本部之中的某個人被尾上說服，說出了祕密。比起檢察官刻意洩漏消息給記者，前者的可能性更大得多。

搜查一課的辦公室內，瀰漫著一股疑神疑鬼的氛圍。就在這時，西浦課長踏進了刑警們待命的房間。

「跟我來。」

西浦朝峯坂抬了抬下巴。那不悅的態度，讓峯坂感覺相當不受尊重，但峯坂也只能乖乖跟在西浦的身後。假如搜查一課內真的有人犯錯，峯坂身為搜查行動的現場指揮官，有義務要代表眾人確認真相。

「被擺了一道。」

西浦將《埼玉日報》甩在自己的辦公桌上。

「這篇報導我也看到了。」

「上頭還特地下了箝口令，這下子全搞砸了。剛剛本部長在電話裡把我訓了一頓。」

「是誰洩漏了消息？」峯坂問道。

西浦只是瞪著峯坂，半晌沒有說話，臉色相當難看。

「真的是我們搜查一課的人？」

「不，是『幸朗園』的鶴見園長。」

峯坂並沒有預料到此時會從西浦的口中聽見這個名字。但是下一秒，峯坂的腦海浮現了尾上的臉孔，登時恍然大悟。

「他被《埼玉日報》記者的話術給耍了？」

「能夠掌握忍野生平經歷的人，除了我們這些警察之外，大概就只有忍野的上司了。雖然『幸朗園』保留的履歷表已經被我們扣押了，但鶴見園長是當初面試他的人，很多細節都還記得一清二楚。」

「這麼說起來，那份履歷表裡頭確實有『家庭成員』這個欄位。」

如今一般市售的制式履歷表，上頭已經不會有「家庭成員」這個欄位，但有些企業所指定使用的特製履歷表，上頭還是有這個欄位。尤其是一些離職率較高的職業，有些企業還是會希望瞭解求職者的家庭結構。

「那個院長除了忍野已經過世的家人之外，竟然連下落不明的父親叫什麼名字都記得一清二楚。果然一個人的記憶力太好，也不是一件好事。」

「《埼玉日報》的記者，是尾上善二嗎？」

「沒錯，雖然我們對『千葉援護會』也下了箝口令，卻沒辦法完全掌控那個怕事的基層主管。」

西浦說得懊惱不已。峯坂的想法，卻與上司頗有不同。那個鶴見是個相當怕事的人，這一點自不待言，但尾上能夠套出他的話，靠的是尾上自己的過人口才。尾上這個人有著口蜜腹劍的態度、死纏爛打的精神、陰沉自卑的性格，以及一種令人難以抵抗的莫名壓迫感。何況他過去與各種凶神惡煞般的刑警交手過，要對付鶴見可說是易如反掌。

「他到底是用什麼話術拉攏了鶴見？」

「拉攏？你把他想的太仁慈了。他的做法是不斷對著鶴見碎碎唸，聲稱全是鶴見沒有盡到監督的責任，才會讓忍野有機會犯下那種惡行。例如鶴見沒有確實管理好『幸朗園』的門禁，才會讓忍野三更半夜輕易闖入。又例如鶴見在整整四年的時間裡，沒有確實觀察忍野的一舉一動，才會沒有發現忍野的異常性格。還有其他一些有的沒的，總之他就這麼唸了鶴見將近一個小時。最後他還威脅鶴見，說他要寫出一則報導，強調這件案子並不是『千葉援護會』或『幸朗園』的錯，而是園長鶴見個人的失職。到了這個地步，鶴見當然就只能舉白旗投降了。不管尾上提出什麼要求，他都不敢拒絕。我想他內心一定曾經將洩漏忍野家人個資的罪惡感，與被要求為大屠殺負起責任的恐懼感，放在天秤上衡量吧。」

「其實鶴見大可以把所有的錯都推給負責經營的『千葉援護會』。」

「或許是因為太過怕事，讓他連推卸責任也不敢吧。」

西浦依然雙眉緊鎖，一臉無處宣洩怒火的表情。

「雖然鶴見只說了家人的名字，但挖新聞功力一流的記者，靠著家人的姓名及忍野的遷居紀錄，就可以把忍野的從前往事全都挖出來。」

峯坂只能點頭同意。事實上搜查本部也有另一批人馬，正靠著相同的手法清查忍野的過去經歷。

「任何足以讓世人對忍野產生同情的新事證，例如忍野小時候曾有悲慘的遭遇，因為某種緣故留下了心靈創傷，或是母親棄養、父親虐待什麼的，都會是我們的大麻煩。就算起訴前的精神鑑定證明忍野的精神並無異常，我們還是要盡量避免出現任何對辯護方有利的事證，這是檢察官對我們提出的要求。」

「我倒是認為檢察官有點太神經質了。」

峯坂一邊觀察著西浦的臉色，一邊說道：

「忍野以殘酷的手法殺害了九個人，除非適用《刑法》第三十九條，否則就算成長過程遭遇了一些不幸，也不太可能逃得過死刑。」

「不能讓民眾感覺到忍野有一絲一毫的人性，這也是檢察官的要求。」

西浦冷冷地說道：

「無論如何，一定要讓忍野忠泰以『怪物』的形象接受審判。他是一個怪物，所以才會做出那種毫無人性的殺戮行為。唯有這樣的故事，才能徹底消除近來逐漸產生的社會不安。」

雖然這樣的方針聽起來有些過於極端，但幸朗園事件本身就是一起非常罕見的重大社會案件，峯坂或多或少能夠理解檢察官的心情。想要化解社會的不安及避免有人仿效其惡行，必須以最嚴厲的態度處理這起事件。

「請問課長，忍野那個下落不明的父親，已經掌握行蹤了嗎？」

「還沒有。但我們回溯住民票上的紀錄，已確認他的父親在離婚之後，搬到大阪去了。」

「查到地址了？」

「我已經派坂卷前往當地進行確認。他前天就已經出發了，應該不用擔心會被《埼玉日報》超前。」

西浦似乎並不把地方性報社的調查能力放在眼裡。峯坂雖然大致同意這個觀點，但隱隱覺得《埼玉日報》這家報社存在著一個人為變數，恐怕不能太過輕忽大意。

「尾上可能也會立刻趕往大阪。」

西浦似乎原本沒有想到這可能性，一聽到峯坂這麼說，再度皺起了眉頭。

「雖然憑一個記者的能耐，不見得能夠查到忍野父親的下落，但尾上是出了名的窮追不捨，恐怕不能輕忽大意。」峯坂提醒道。

「就算尾上能找到忍野的父親，那也是在坂卷之後。我們只要能夠早一步掌握消息，應該就有辦法對付尾上。」

西浦顯得相當樂觀。但考量記者的調查能力遠不及刑警，西浦的想法倒也不能說是過於輕忽大意。不管怎麼說，現在除了等待坂卷回報結果之外，沒有其他的因應對策。

當天傍晚，坂卷從大阪回來了。

峯坂也被叫了過去，一起聽取坂卷的回報。

「我先說結果。這次出差，完全是撲了一場空。」

坂卷面對著西浦，垂下了頭，露出一臉慚愧的表情。

「忍野父親的名字是邦松勝治郎，算起來今年應該七十八歲了。最新的居住地址，是在大阪市的浪速區，遷居時間是平成十八年[11]三月。我到了當地一看，他的住處竟然登記在一家廉價旅館內。」

「長年住在旅館裡？看來這個人挺有錢。」

「不，住民票上登記的地址是假的。照理來說該是邦松住處的那間房間，其實是開放給客人使用的一般客房，進出房客複雜，並沒有邦松長期居住的跡象。」

---

11 平成十八年即西元二〇〇六年。

「看來應該是住民票商人幹的好事?」

峯坂也曾聽過這種水面下的買賣。全國有很多民眾租不起公寓房間，只能在街頭當流浪漢。其中有些人為了脫離貧困生活，會努力尋求就業機會。在求職的過程中，經常會需要用到住民票，但流浪漢居無定所，根本沒有辦法以合法手段取得住民票。因此在不肖業者的眼裡，這也成了一大商機。他們會利用確實存在的地址，冒名申請住民基本臺帳，賣給有需要的人。大多數情況下，實際住在該地址的人都是水面下交易的參與者，但也有少數不知道自己的居住地址遭到惡用的案例。

「依我看來，那整棟旅館都跟住民票買賣脫不了關係。雖然旅館的管理者堅稱他什麼也不知道，但我調出登記簿謄本一看，那旅館的所有權屬於一家名叫『宏龍土地』的公司，看來應該是惡名昭彰的宏龍會的門面企業。」

西浦一聽到宏龍會這個名詞，表情登時變得凝重。宏龍會是全國性的黑道幫派組織，近年來除了違法事業，還開始將一些正派經營的公司行號納入旗下。由於宏龍會在社會上名聲相當響亮，就算不是警察，也必然聽過他們的名頭。

「只要能夠找到工作，就能有收入。有了收入之後，就能找到地方住。但有些正在『跑路』的人，不見得願意以正當的手法取得住民票。例如債臺高築的人，不希望被人透過住民票查到居住地址，這種時候冒名的住民票就成了相當好用的工具。」

「注意你的用字遣詞。那是偽造文書，不要使用工具這種字眼。」

「抱歉，我失言了。」

「查不出邦松勝治郎的真正居住地址嗎？」

「邦松遷入住民票上的地址，已經是十多年前的事了，而且旅館的管理者一次都不曾見過他。或許他早就已經不住在大阪了。」

「線索到這裡就斷了……」

西浦吁了一口氣。那神情與其說是失望，其實更像是放下心中的一塊大石。坂卷在搜查一課裡算是有相當經驗的資深刑警，不是什麼剛進警界的新人。連他到了大阪都沒有辦法查出邦松的下落，地方性報紙的記者當然更不可能做得到。西浦的反應，應該是基於這樣的理由吧。地方性報紙的記者跟刑警比起來，不管是機動性還是調查能力，都是遠遠不及。西浦會感到安心，也是合情合理。

但是峯坂的心頭又閃過了一抹不安。像尾上那樣的變數，隨時有可能再度出現。

「為了保險起見，你再去問一問忍野。」

西浦轉頭看著峯坂說道：

「你上次在偵訊他的時候，不是問了他的家庭成員嗎？你再去問問看，他是不是真的完全不知道父親的下落。如果還是沒有辦法取得新的線索，父親這條線的調查就到這裡為止吧。」

隔天，峯坂造訪了市川警署內的留置室。

事先申請的會客時間是八點半。根據小道消息，每天都有人要求與忍野會面。峯坂心裡猜想，應該全都是媒體記者吧。

一進入會客室，便看見忍野出現在壓克力板的對面。

「啊，你是當初偵訊我的刑警吧？」

案子剛發生的時候，忍野正處於亢奮狀態，整個人渾渾噩噩，看起來像喝醉了酒一樣。但他現在看起來相當冷靜，頭髮和身上的襯衫都乾乾淨淨，給人一種清爽感。

「看來你的生活好像恢復了平靜。」

「我在這裡時間很多，正好沉澱一下。」

「你在裡頭都在做些什麼事？」

「看書、冥思……還有寫信。」

「寫信？寫給誰？」

「法務省。我希望他們承認我做的事情是社會正義的一環。簡單來說，就是意見陳述。」

「你寫的意見陳述信裡頭，有沒有包含道歉的字眼？」

「我從來不認為自己需要道歉。」

忍野的平淡口氣中流露著三分自豪。

「我只是實現正義而已。監獄關押囚犯，也從來沒有對囚犯道過歉，不是嗎？雖然我很同情那些過世者，但同情歸同情，該做的事情還是得做。」

類似的棄老思想，當初偵訊時已經聽他說過好幾次。今天會客時間有限，峯坂不想再把時間浪費在這個議題上。

「能不能談談關於你父親的事？」

「當初製作筆錄的時候，我不是都說了嗎？而且你還把筆錄的內容唸給我聽過，你忘記了？」

「『我和父親再也沒有見過面，也沒有說過話。我想他可能早就已經忘記他是我的父親』……筆錄的內容我記得一清二楚。只是隔了一段時間，或許你想起了一些當時不記得的事情。」

「為什麼你想要詢問關於我父親的事？你認為我現在的人格是受了我父親的影響？」

「不能說完全無關。畢竟你跟他分開時，你的年紀是十八歲，正處於多愁善感的時期。」

忍野沉默了一會，似乎是想要挖出腦中的記憶。半晌之後，他才開口說道：

「老實說，我幾乎不記得關於我父親的事。當年他還住在家裡的時候，我們也很少見面。」

「他工作很忙？」

「他的工作好像是業務吧。每天都到三更半夜才回家。一到假日，他就會出門打小鋼珠或賭馬，不會待在家裡。」

「你的父母離婚的理由是什麼？」

「我從來沒有問過詳情。他們常在深夜裡爭吵，有一天我母親突然對我說，她跟父親離婚了。一切都像是理所當然。從那天之後，我就再也不曾見過我父親。」

「他從來不曾寫信或打電話回來？」

「一次都沒有。」

「你母親過世的時候，他也沒有露臉嗎？好歹會來參加喪禮吧？」

「父母離婚之後，我們也搬了好幾次家，所以關於我們的近況，父親多半也是一無所知。」

「你沒想過要跟他聯絡？」

「完全沒有。」

忍野舉起雙手，擺出類似投降的動作。

「他們離婚之後，我的姓氏也改成了母親的舊姓。雖然姓氏並沒有給我什麼特別的感覺，但是自從沒住在一起，姓氏也改了之後，我越來越覺得他對我來說，就是一個外人。在我的記憶裡，他從來不曾做過什麼疼愛我的舉動。所以我不曾愛過他，也不曾恨過他，他就是一個外人。」

忍野說得輕描淡寫，聽起來不像是在說謊。

「你父親搬到大阪去了。」

「噢，大阪嗎？」

峯坂仔細觀察忍野的表情。他的神色並沒有任何變化。或許就像他自己所說的，父親的近況不過就只是他人的近況。

「你好像一點都不感興趣？」

「對，我不感興趣。」

「現在全國的人都已經知道幸朗園的案子了。」

「但是我收到的信，全部都是媒體界的人寫來的。有的要求和我見面，有的拜託我接受採訪。對了，還有出版社拜託我寫回憶錄，說會付我一筆可觀的稿費。」

寄給忍野的書信，都會在留置管理課留下紀錄，等等再確認就行了。單從忍野的回答聽來，他似乎真的不會和父親邦松勝治郎有過任何聯繫。

「對了，你已經決定律師人選了嗎？」

峯坂換了一個問題。忍野一臉憂鬱地說道：

「還沒有。我沒有錢請律師，所以應該只能請公設[12]的律師幫忙，但目前我只跟值班律師[13]見過一次面。」

「值班律師制度」指的是嫌犯在遭到逮捕後，能夠免費接受律師諮詢服務一次的制度。律師會前來與嫌犯會面，回答嫌犯的問題，告知權利及今後的處理程序。在這次的對談裡，律師會詢問嫌犯的財力，並且讓嫌犯選擇要採用公設律師或選任律師。一般而言，財力在基準額以上（五十萬圓）會採用選任律師，未達基準額則採用公設律師。如果採用的是選任律師，必須向律師會提出辯護人選任申請；而若是採用公設律師，則必須提出財力申告書。

通常值班律師會直接成為公設律師，但幸朗園這起案子因太過特殊，情況似乎有些不同。

「值班律師向我詳細說明了提出各種申請的手續，但他似乎很想跟我保持距離，而我也覺得他這個律師好像不太可靠，所以直截了當地告訴他，我想換一個律師。」

公設律師竟然還可以隨自己的喜好要求換人，這聽起來有些荒謬。峯坂心想，現階段上頭還沒有決定律師人選，應該是因為法院與日本律師聯合會之間還沒有達成共識的關係吧。畢竟這不是一起普通的刑事案件。這是一起單一加害者屠戮大量無辜民眾的案子，死者人數幾乎創下最高紀錄，法院和日本律師聯合會都表現出了相當謹慎的態度。

「我總覺得我和父親的關係，不太可能對審判造成影響。」

「這一點，我也持保留態度。不過我必須提醒你，一旦選定了辯護人，你就必須把所有的事情都交給辯護人處理。你只有在最終陳述的時候，才有親口表達意見的機會。」

忍野一聽，嘴角忽然垂了下來，顯得有些不滿。峯坂心想，這傢伙原本該不會想在法庭上發表演說吧？

「你剛剛說，有人想請你接受採訪，以及請你寫書，你會答應嗎？」

「我應該會考慮吧。畢竟在這裡頭，有太多的時間可以思考及寫作。不過我並不打算立刻答應，我還在等待最能發揮影響力的時機點。」

「最能發揮影響力的時機點？你能不能告訴我，那是什麼時候？」

「在起訴之前，嫌犯不管說什麼，都只會引來民眾的反感。要我寫回憶錄，我的人生也沒有精彩到可以寫成一本書。所以說，不管是接受採訪還是出書，都最好在進入法庭程序之後，才比較容易受到世人關注。」

這確實是很合理的推斷，顯然忍野擁有掌握商機的才能。如果沒有眼前這塊壓克力板，這個人簡直就像是某一家創新企業的社長。

峯坂越想越覺得好笑，差一點就笑出了聲音。但這裡畢竟不是適合哈哈大笑的地方，峯坂強忍了下來。

12 「公設」原文作「国選」，指的是被告無力延請律師，由法院代為指定公設辯護人的情況。

13 「值班律師制度」原文作「当番弁護士制度」。

5

到了隔天，峯坂又被西浦叫進了辦公室內。一踏進辦公室，便看見西浦的臉色比之前更難看了。

「就在剛剛，我接到了檢察官的通知，忍野的辯護人已經確定了。」

「畢竟狀況特殊，多花了不少時間。」

「你猜他的辯護律師是誰。」

「我完全猜不出來。」

「御子柴禮司。這起進入令和時代之後最重大的刑案，配上這樣的律師，簡直是天作之合。」

一時之間，峯坂幾乎不敢相信自己的耳朵。

御子柴禮司。當年的「屍體郵差」。十四歲的時候就將一名小女孩分屍，殘酷的手法讓全日本陷入了恐懼的深淵。成年之後，竟然取得了律師執照，憑藉著其優異的辯護手法，屢次讓警察和檢察官氣得咬牙切齒。

「負責為『怪物』辯護的律師，竟然是當年的『屍體郵差』，社會跟新聞媒體要是知道這件事，不知會有多興奮。」

西浦以一副懊惱不已的表情瞪著峯坂。

二

邪惡的辯護人

1

忍野從市川警署被移送到了木更津看守所分所。

在正常情況下，嫌犯如果尚處在逮捕、羈押的階段，還沒有遭到判刑，應該會被安置在看守所內。但因為日本全國的看守所數量嚴重不足，所以實務上刑事犯罪嫌犯在判刑前的收容地點，既不是看守所，也不是監獄，而是警署內的留置室。

如今忍野卻從警署留置室被移送至看守所，背後的原因，顯然是市川警署已經招架不住新聞媒體的一波波攻勢。

木更津看守所分所鄰近千葉家庭法院木更津分院，以及千葉地檢廳木更津區廳。周邊一帶全部都是住宅區，完全讓人感覺不出來這裡是收容嫌疑犯的可怕地方。

御子柴完成了申請程序，走進會客室。等了數分鐘，便看見忍野走了進來。他一看見御子柴，旋即微微低頭鞠躬。

「麻煩你了，我是忍野忠泰。」

忍野給人的第一印象，就只是個隨處可見的平凡男子。而且頗有禮貌，完全不像是個殘忍殺害九條性命的大惡棍。

但那只是在沒什麼機會見到殺人凶手的一般民眾眼裡的形象。御子柴畢竟見過無數窮凶極惡的罪犯，此時早已看出忍野隱隱有著異於常人的特質。

「我是律師御子柴。」

兩人隔著壓克力板相對而坐。根據資料上的記載，忍野今年已經四十四歲了，但外貌看起來似乎才三十歲出頭。並不是因為他有一張娃娃臉，而是因為他整個人散發出一股天真的稚氣。

「聽說你正在找公設律師？」

「是啊，我跟值班律師談過了，但我總覺得他好像不太可靠，所以想要找另外一位律師。」

「你有什麼特殊的要求或條件嗎？」

「其實也沒什麼重要的事情，只是當進入審判程序之後，我想要接受媒體記者的採訪，以及幫出版社寫書。如果你要當我的律師，可能要麻煩你代替我和各新聞媒體及出版社聯繫。」

御子柴沒有回答，只是默默看著忍野的臉。從那表情看來，他顯然並不是在開玩笑。

「你知道你做的事情，帶給社會大眾什麼樣的觀感嗎？」

「我殺了九個幾乎毫無抵抗能力的老人，社會輿論應該把我罵翻了吧。當然這只是我的猜測而已，自從接受了偵訊之後，我就一直被關著，沒辦法看報紙及電視，手機也被沒收了，沒有辦法確認外界的情況。」

「這是自從進入令和時代之後，最殘暴不仁的重大犯罪。這種人神共憤的殺人魔，一定要判他死刑才行。」

忍野一聽，毫不掩飾地皺起了眉頭。

「社會上的反應，果然和我的預期一模一樣。畢竟那些瞎起鬨的群眾，根本不知道那些老人在附帶看護的高級安養院裡過的是什麼樣的生活。無知讓他們的想法變得一廂情願。」

「就算不是瞎起鬨的群眾，對你的印象也沒什麼不同。不管是檢察官還是法官，都處理過非常多發生在醫療機構或看護機構裡的案件。對於這些機構內部的問題及狀況，當然也有一定程度的理解。所以我要奉勸你一句話，不管你再怎麼強調看護師的工作如何遭受顧者騷擾，或是工作環境有多麼惡劣，那跟你殺害九個人比起來，只是雞毛蒜皮的小事。你越是說出心中的真實想法，法官及裁判員就會對你越反感。」

御子柴故意說得嚴峻，試圖營造忍野的緊張感。雖然不知道值班律師對他說了什麼，但顯然他並沒有正確理解自己現在的處境。

御子柴的低沉聲音，似乎成功引起了忍野心中的不安。他的表情頓時增添了三分憂慮。

「正常情況下，你絕對逃不過死刑。一旦在一審被宣判死刑，除非審理程序上有瑕疵或謬誤，否則就算上訴，多半也難以逆轉。不管你擁有多麼崇高的理想或信念，也不會有人願意認真聽你說話。你會受盡嘲笑與唾棄，在輕蔑的視線中步上死刑臺。」

「……聽起來很糟糕。」

「你害了九條無辜性命，難道你原本有自信能夠逃過死刑？」

「那些人都沒有活下去的價值。」

忍野忽然拉高了音量。比起遭判處死刑，他似乎更害怕自己的主張不被接受。

然而御子柴對忍野的信念絲毫不感興趣。那種東西對辯護方針不會有任何影響。

「這些自我辯護，你可以等到最終陳述的時候再說。眼前更重要的事情，是研擬法庭上的戰術。」

「戰術？」

「在法庭上，正義的一方不見得能夠獲得勝利，世間的常識不見得能夠被接受。私人的信念及感情，更是沒有絲毫價值。只有兩樣東西可以影響法庭，那就是法理及判例。」

「像我這樣的案子，也能有戰術？」

忍野的眼神增添了幾分期待。

「你過去聽過我的名字嗎？」

「這是我人生中第一次遇上要找律師的情況，所以……」

「我可以直接了當地告訴你，在你有可能雇用的律師當中，我是最佳人選。」

「看來你相當有自信。」

「我的自信來自於過去的成果。」

「只要委託你當辯護律師，我就能逃過死刑？」

「我從不輕易向委託人保證這種事情。何況以你現在的狀況，如果有個律師對你拍胸脯保證一定讓你獲判無罪，你覺得這種律師能相信嗎？」

「唔……」

忍野支支吾吾了起來。這意味著御子柴的話已逐漸對他發揮影響力。

「你知道起訴前的精神鑑定嗎？」

「檢察官大致跟我提過，好像是要在開庭之前，確認我是否具有責任能力，也就是承擔罪責的能力？說起來那些人真的是太失禮了。我在訊問中那麼認真回答他們的問題，他們竟然還懷疑我沒有責任能力。」

忍野似乎並不打算援引《刑法》第三十九條，以欠缺責任能力為由，主張減刑或免刑。

「律師先生，你該不會又要跟我提《刑法》第三十九條吧？上次那個值班律師，就是因為反覆提這個，才讓我覺得他不可靠。」

「你承認自己是在正常的精神狀態下，蓄意殺死了那九個人？」

「那當然。我殺死他們，是有非常正當的理由。」

「就算當事人主張精神狀態正常，鑑定的結果也有可能完全相反。換句話說，當事人有可能罹患了精神疾病，自己卻不知道。要是在法庭審判過程中，才發現這個事實，審判的結果會大受影響。所以檢察官在起訴之前，打算先將你送交精神鑑定。」

「你的意思是說，我可能已經瘋了，只是我自己也不知道？」

「從我們剛剛的對話來研判，這個可能性並不高。但有沒有罹患精神疾病並不是重點，重點在於選擇哪一個醫生來進行精神鑑定。檢察官當然會選擇立場與檢方較一致的醫生，而辯護方若要在這一點上進行抗爭，通常會另外尋找符合自身利益的醫生。法院收到雙方的鑑定報告，會評估哪一邊比較值得信賴。」

「唔……」

「不管是精神鑑定的結果，還是有沒有機會逃過死刑，都得等到開庭之後才會揭曉。我沒有辦法向你保證一定無罪，但我可以向你保證，我的表現會比其他律師好得多。」

忍野凝視著御子柴的雙眼。御子柴雖然不知道忍野這個人有著什麼樣的人生經歷，但看得出來，他正在試圖評估眼前這個律師到底有多少斤兩。

他的眼神從猶豫逐漸轉為堅定。

「那就麻煩你為我辯護了。」

「但要我為你辯護，有兩個條件。」

「律師先生，是你自己主動說要為我辯護，現在卻要開條件？」

「你放心，我不會要你向法官下跪。你只要遵守身為被告的兩個基本原則就行了。第一，你可以說謊騙任何人，但對我一定要說真話。第二，你在法庭上的一切言行舉止，都必須遵從我的指示。」

「那我不就成了你的機器人？」

「你的最終陳述的內容，也必須先和我討論過。」

「你連我最後的一點自由也要限制？」

「我並不打算限制你的自由。我應該說得很清楚，只是和我討論而已。在最終辯論之前，法庭上的局勢會如何變化，沒有人能夠預期。你的陳述內容，可以等到我們看清楚了法庭的風向之後，再來決定也不遲。」

忍野遲疑了一會，最後他點了點頭，似乎是在說服自己。

「既然你同意了，簽名吧。」

御子柴從公事包中抽出一份文件，按在壓克力板上。

〈　辯護人委任書

令和二年十一月十四日

千葉地方檢察廳　公啟

嫌疑人　忍野忠泰

本人之傷害致死嫌疑一案，委任律師御子柴禮司為辯護人，今附上雙方署名，以茲為憑。

嫌疑人　○○○○（簽章）

〒124－001
東京都葛飾區小菅二丁目○－○
電話　03－○○○○
FAX　03－○○○○
東京律師會
辯護人　御子柴禮司　〉

「簽名蓋章之後，交給負責收件的人。」
「律師先生，聯繫各大媒體的事，也要麻煩你費心了。」
「我可以幫你聯繫，但我勸你別以為他們什麼都會聽你的。」

「連這個也不能如願，我到底還有什麼自由？」

「自由？」

委託人說出口的大多數蠢話，御子柴都可以當作沒聽見。唯獨對這兩個字，御子柴忍不住想要提出反駁。

「自由有那麼重要嗎？」

「當然重要。你是律師，應該很清楚看守所裡面的生活。這裡時時刻刻都必須服從命令，不管是吃飯、起床還是就寢，時間都被綁死，二十四小時受到監視，甚至連講話都不行。這種地方，我連一秒鐘都不想多待。」

「你不僅希望逃過死刑，而且希望呼吸監獄外的自由空氣？」

「那當然，否則我為什麼要請你辯護？」

「根據統計，受刑人出獄後，約有六成會再度入獄。你知道這個數字代表什麼意思嗎？」

「有前科的人，很難找到工作。」

「不，你錯了。跟以前的時代比起來，現在多了許多幫助受刑人回歸社會的機制，所以你的說法並不成立。問題不在環境，而在人心。在這些受刑人的心裡，自由是最大的煎熬。唯有被又高又厚的牆壁包圍，受到警衛監視，才能讓他們感覺輕鬆自在。」

忍野露出了一臉難以理解的表情。御子柴不再理會他，轉身走出會客室。

根據以往的經驗，業界的前輩說有事要談，九成是要發牢騷。

離開看守所後，御子柴緊接著造訪了位於赤坂的谷崎事務所。那座古色古香的建築物，佇立在一棟棟現代化的高樓大廈之間，宛如舊時代的遺物。但它並不給人遭時代遺忘的感覺，反而散發著一股厚重的莊嚴感，令周邊的建築物相形失色。

事務所的主人，就像這座建築物一樣歷久而彌新。谷崎完吾，前東京律師會會長，東京律師會中最大派系「自由會」的領袖人物。雖然年屆耄耋，在法律界依然有著屹立不搖的地位。御子柴雖然向來不把組織與派系放在眼裡，但於公於私，谷崎都對御子柴頗有恩澤，既然是他要求見面，御子柴實在不便拒絕。

搭著充滿了歷史感的電梯上二樓，打開事務所的大門。其他律師事務所的職員，一旦看見訪客是御子柴，馬上就會流露出明顯的警戒心。唯獨谷崎事務所的職員，從來不曾有過這樣的反應。或許是谷崎對職員的教育非常成功，也或許單純只是他們已經相當習慣御子柴的來訪。

職員將御子柴帶進位於事務所最深處的谷崎辦公室。原本正專心看著文件資料的谷崎抬起了頭，說道：

「抱歉，等我一下。再兩、三行就結束了。」

從御子柴所站的位置，可以看出谷崎手上的文件是一份答辯書。

「谷崎先生，你還得幫下面的人檢查文件？」

谷崎法律事務所除了谷崎本人之外，還雇用了好幾名律師。御子柴本來只是有點驚訝，身為老闆的谷崎還得幫手下檢查文件。沒想到谷崎的回答，更是讓御子柴大吃一驚。

「看來你好像誤會了，這是我自己的案子。」

御子柴不由得發出了驚歎聲。眼前這個年紀超過八十歲的老人，竟然還能自己跑法院。

「無良商人利用假帳單詐騙的手法，一年比一年高明，已經不是一般民眾跟代書可以應付得來。」

「這是一起對抗假帳單詐騙的案子？」

「雖然不見得能做到殺雞儆猴，但至少能發揮一定程度的遏制力。守護委託人的利益當然是最大的目的，但如果能夠透過這個案子，對社會的利益有所貢獻，那更是再好也不過了。」

「很抱歉，我對社會的利益絲毫不感興趣。」

「我想也是。」

谷崎望向御子柴，眼神彷彿是看著頑皮的孫子。

「《律師法》第一條對你來說，也只是一句廢話而已。」

《律師法》第一條第一項為「律師應以維護基本人權、實現社會正義為使命」。這條文定義了律師的存在意義，但在御子柴的眼中，不過就是一句空泛的陳腐言論。所謂的社會正義，從古至今屢屢隨著時代潮流與景氣而一再發生變化。像這種變化多端、毫無中心思想可言的概念，竟然被律師奉為圭臬，在御子柴的眼裡只有滑稽兩個字可以形容。

「御子柴，你的心裡在想些什麼，我大致猜得出來。社會正義從來不是一個精確的概念。即使是自詡為人權派的律師，也只注重特定對象的人權，言行不一的例子比比皆是。所以你認為社會正義說到底只是唱高調，根本不值得相信，是嗎？」

「總而言之，那是個不太適合我的宣傳標語。」

「《律師法》的基本理念，竟然被你說成了宣傳標語。你現在這句話，真應該讓所有東京律師會的成員都聽一聽。」

谷崎比了比椅子，請御子柴就坐。御子柴坐了下來，說道：

「谷崎先生今天把我叫來，該不會就是要教育我何謂社會正義吧？」

「你說對了，正是這個該不會。」

谷崎的表情突然變得極為嚴肅，聽起來不像是在說笑。御子柴不由得心中一凜。

「或許你不知道，從前司法研修所曾問我願不願意擔任所內的講師，我二話不說就拒絕了。」

「以谷崎先生的學識，當講師可說是綽綽有餘。」

「當講師，看的不是有沒有學識，而是有沒有教學的熱忱。可惜我這個人從來沒有栽培後進的壯志，何況想要當講師的人，在律師界可說是多如牛毛。」

「既然谷崎先生沒有教學的熱忱，為什麼特別想要教育我？」

「不是教育，是教訓。」

「教訓？現在才想到要教訓我，會不會嫌太遲了？」

御子柴的口氣不帶一絲一毫的愧疚。從以前到現在，不管是直接還是間接，御子柴已不知給谷崎添了多少次麻煩。當然理由並不是對谷崎或東京律師會心懷不滿，只是長期無視會規及律師界的常識，惹下了種種麻煩，導致谷崎必須出面收拾善後。不過御子柴雖然感念谷崎的恩德，但對自己過去的行徑既不感到後悔，也沒有罪惡感。

「聽說你接下了忍野忠泰的辯護工作。」

御子柴聽到這個名字，登時恍然大悟。

「我的委託人不希望讓值班律師直接轉為公設律師。」

「這我知道，忍野忠泰的值班律師是赤松，我向赤松確認過了，他似乎也不打算接這個辯護工作。但我聽說你一得知忍野要找公設律師，立刻就毛遂自薦，主動表示想要接下這個案子？」

御子柴心想，谷崎真不愧是一隻老狐狸，早就已經查得一清二楚。

「沒錯，我剛剛才把委任書交給他。我聽說律師的社會正義，就是對付不出律師費用的被告伸出援手，維護其權利。」

御子柴故意譏諷了一句，但這句話對谷崎並沒有發揮任何作用。

「為什麼你要接這個工作？」

「我說了，為了實現社會正義。」

「我想聽你的真心話。」

谷崎的臉上絲毫沒有笑意。

「忍野雖然沒有錢，但他的案子具有極大的話題性。既然你想聽真心話，那我就告訴你真心話。我要的是名氣。這種轟動社會的案件，新聞媒體一定會大肆報導，我的名字跟長相都能大幅增加曝光率。」

「我記得之前有一件案子，你也說了一模一樣的話。」

「谷崎先生，我的事務所是小本經營，只有一名律師跟一名職員，跟你的事務所可說是天差地遠。不定期做一些宣傳活動，就不會有客人上門，我跟職員都要餓肚子了。」

「若是從前的你，這個理由或許還說得通。畢竟惡名昭彰總好過沒沒無聞。但如今你的人生經歷已經傳遍天下，我不認為你還需要做什麼宣傳活動。你知道其他律師得知你接下了忍野忠泰的辯護工作，在背後怎麼取笑你嗎？」

「『屍體郵差為怪物辯護，簡直就像是怪物的互助會』。怪物的互助會這個形容，還挺有意思。」

「就算惡名昭彰總好過沒沒無聞，也該適可而止。別忘了過猶不及的道理。」

「過猶不及？你的意思是說，『屍體郵差』為怪物辯護，不會有任何宣傳效果？」

「豈止是不會有宣傳效果，搞不好還會要了你的命。」

谷崎正眼瞪著御子柴。那激昂的眼神，令御子柴心頭一震。

類似的場景，從前似乎曾經在哪裡見過。激昂的眼神，感性的話語。但御子柴還沒想出說話的人是誰，谷崎已經先開口說道：

「就算我不說，我想你心裡應該也很清楚。說話不留口德的人，在這個世間多如牛毛。不僅存在於市井之中，也存在於法律界。」

「是的，我知道。」

說得更明白一點，也大量存在由谷崎擔任會長的東京律師會之中。例如御子柴很少在定期總會上露臉，因為一旦露了臉，往往會引來會員們的譴責目光，自己會遭受會員們的露骨揶揄及排擠。當然那些律師們的行徑，並沒有辦法讓御子柴感覺心情鬱悶或沮喪。早在年幼時期的惡行傳遍天下之前，御子柴就已經學會將他人的咒罵與嘲笑當成了搖籃曲。

「這次的事情，你能想像那些不留口德的傢伙會說出什麼樣的話嗎？」

「大概可以。」

「律師御子柴禮司企圖藉由為怪物忍野忠泰辯護，將自己從前的惡行正當化。」

當年御子柴不僅殺害了一名五歲的女童，而且還將遺體分割，棄置在許多不同的地方。而今天的忍野，則是鼓吹棄老思想，曾殺了九名無辜老者。這兩件案子有一個共同點，那就是「異常」。因此藉由替對方辯護的方式，將自己的所作所為正當化，乍聽之下確實是頗為合理的做法。

然而在本質上，這樣的推測實在是太過膚淺。

如果有律師或檢察官真心相信這種論調，這表示那個人對「惡棍」實在是太過一無所知。像這樣的人，想必是一群庸庸碌碌之輩。他們從來不曾正眼看過被告一眼，法庭上的攻防也都以書面文件敷衍帶過。

「其實沒那麼複雜。維護委託人的利益，是律師的工作，除此之外沒什麼特別的意思。」

「概觀過去的歷史，重大犯罪已不知發生過多少次。就算是最凶惡的嫌犯，就算是連惡魔也甘拜下風的被告，也應該擁有與他人相同的人權，律師應該為了維護他們的利益而盡最大的努力。有時甚至必須默許被告說出虛偽的證詞，或是刻意隱瞞重要的真相。社會輿論及新聞媒體當然會對律師大肆撻伐。你曾經考慮過受害者的心情嗎？難道加害者的人權比受害者的人權更加重要？那些人會待在安全的地方，說出這種不負責任的論調。但是身為律師的職責，就是要忍受這些批判，持續保護被告。不論真相是什麼，律師都應該恪守《律師法》第一條第一項，這是大部分律師的共識。」

「沒錯，我接下這個辯護工作，也是基於《律師法》第一條。」

「但是大部分的人不會這麼認為。這意味著檢察官及法官也很有可能不會站在理性的角度看待這件事。說得更明白一點，一個平庸且毫無名氣的律師，才是忍野的最佳選擇。一旦由你接了辯護工作，反而會讓忍野在裁判員們心中的形象更加惡化。」

「唉，沒想到我竟然連一個平庸且毫無名氣的律師也不如。」

谷崎惡狠狠地瞪了御子柴一眼。不愧是曾經有「鬼崎」之稱的狠角色，雖然年事已高，目光依然犀利如電。

「忍野忠泰與御子柴禮司當然是完全不同的兩個人，但你們確實有著共通性。剛剛你提到的那句『屍體郵差為怪物辯護』，聽起來雖然荒謬，但你能夠完全否定嗎？」

「谷崎先生，你到底想表達什麼？」

「如果你只是想為從前的自己辯護，我勸你別幹這種蠢事。」

御子柴一聽到這句話，不由得大感失望。

沒想到連堂堂的谷崎，也會有這麼膚淺的想法。

然而谷崎的忠告並非就此結束。他接著說道：

「當辯護人想要全心全意為被告辯護的時候，有時必須走進被告的心靈之中。忍野為了實踐他那扭曲的信念，殘殺了九名無辜老人。當你踏入他的心裡，你有把握能夠保持冷靜嗎？」

御子柴這才恍然大悟。原來谷崎擔心的是這種事。

谷崎擔心御子柴若深入探索忍野心中意圖，會驚醒沉睡在體內的「屍體郵差」。

御子柴強自壓抑，才沒在谷崎的面前噴笑出來。即使是睿智有如貓頭鷹的谷崎，終究也只有這種程度的見識。

谷崎並沒有真正理解殺人者的心態。或者應該說，他只能理解，但無法感同身受。當然更遑論是隨機殺人魔的心態。

「謝謝你為我擔心，谷崎先生，但我勸你不必杞人憂天。」

明白了谷崎心中的擔憂之後，如今御子柴只想盡早離開這個地方。但要理直氣壯地走出谷崎事務所，首先得讓谷崎感到安心才行。

「谷崎先生，自從上次那件案子，我想你應該已經很清楚，我從來不會與被告走得太近。」

「你指的是為你母親辯護那一次嗎？」

「委託人不管是至親還是陌生人，對我來說都一樣。除了盡可能維護被告的利益，我什麼也不會多想。」

谷崎看著御子柴的眼神，似乎帶著三分懷疑，以及三分憐憫。

「公設律師一旦委任之後，就很難變更。為了維護嫌犯、被告的權利，除非有夠充分的理由，否則法院不會允許公設律師擅自解任。」谷崎說道。

「是的，公設律師要解任，就只有一個方法，那就是讓委託人指定另一名選任律師。但以忍野的財力，他不可能有錢雇用其他律師。」

「看來我不管說什麼，都已經太遲了。」

「不是太遲了，而是太早了。這案子才剛開始，後面還有很長的路要走。」

谷崎緩緩搖了搖頭，似乎已不想再多說什麼。

2

「主文　本庭判決被告兩年有期徒刑，三年緩刑，以本案判決定讞之日起算。」

判決內容，完全符合御子柴的預期。御子柴站在辯護人席上聽完了判決，反應相當平淡。既沒有放下心中的大石，也沒有感到錯愕。站在被告席上的柏木，則明顯鬆了一口氣，放鬆了雙肩的肌肉。站在檢察官席上的九谷也同樣放鬆了肩膀的肌肉，但他臉上的表情卻是無盡的懊惱。柏木的身分表面上是修車工人，實際上的身分卻是全國性黑道主持宏龍會的成員。檢察官原本打算以起訴柏木為起點，向宏龍會全面宣戰，沒想到竟然遭御子柴跳出來攪局，還讓柏木得到了緩刑。這樣的結果，檢警可說是徹底敗北了。

柏木遭起訴的罪名，是違反《武器製造法》及《槍刀法》。他向外國購買了一臺FFF式的3D列印機，在自家倉庫裡製造手槍。警方扣押了製造出來的成品並送交鑑定，確認該成品具有殺傷力，順利以違反《槍刀法》等罪名將柏木移送。黑道幫派成員或密切往來者遭警方以違反《槍刀法》等罪名逮捕，當然不是什麼新聞，但以3D列印機製造手槍的手法，可說是相當新穎。這證明了黑道的世界同樣存在著創新與改革的現象。

柏木以3D列印機製造手槍，當然不會是基於個人興趣。警方及檢察官打從一開始，就認定柏木一定受了宏龍會的指示。沒想到一審竟然讓柏木獲得了緩刑，雖然檢方一定會上訴，但要在二審推翻緩刑判決可說是相當困難。檢察官正因為很清楚這一點，才會露出一副愁眉苦臉的表情。

一個男人正坐在旁聽席上。宏龍會公關委員長，山崎岳海。照理來說，此時他應該要擺出一臉得意洋洋的表情。但他此時卻是板著一張臉，顯得心事重重。

「閉庭！」

審判長一說完這句話，便陸陸續續有人離開法庭。柏木被護送人員帶出去的時候，朝山崎比了一個「V」的勝利手勢，山崎卻只是面無表情地瞪了他一眼。

御子柴正要跟著退出法庭，卻見山崎靠了過來。

「律師先生，辛苦了。」

「這案子沒什麼需要辛苦的地方。」

「緩刑三年，幾乎跟無罪沒兩樣。」

「你叫他別太明目張膽，下次恐怕就沒辦法得到這樣的判決了。」

《槍刀法》第二條，將槍砲定義為「手槍、步槍、機關槍、砲、獵槍及其他具發射金屬子彈機能的火藥槍砲及空氣槍」。如果單純依據這個定義，柏木以3D列印機製造出來的槍，確實可以歸類為「槍砲」。但是法律界針對這個定義，在「殺傷力」這一點上，還存在著一些疑義。根據警方內部的鑑定，柏木的槍應具有一定程度的殺傷力，但是御子柴將槍交給民間的鑑定中心進行重新鑑定，得到的結論卻是「射程距離非常短，而且貫穿力也小，殺傷力可說相當微弱」。

從結果來看，多虧了柏木的製槍技術太過拙劣，反而讓辯護方的主張增加了說服力。

「要是社會對 3D 列印槍的發展現況有普遍的認知，這個案子就算柏木的槍再怎麼缺乏殺傷力，恐怕都沒有辦法獲得緩刑判決。在如今的時代，只要願意掏錢，甚至還能買到 3D 列印槍專業研發者所設計的各種 CAD 檔案。幸好這次的審判長是個快要退休的老人，對新科技一無所知，我只能說柏木的運氣不錯。」

「但能獲得緩刑，主要還是律師先生的功勞。」

「你們每個都一樣，我勸你們以後行事風格要更加謹慎小心。別的不說，你身為宏龍會的公關委員長，來旁聽這場審判做什麼？檢警這次逮捕柏木，正是為了對付你們宏龍會。你竟然還大搖大擺地來旁聽柏木的判決，我只能說你太沒有危機意識了。」

「律師先生，我來法院，其實是為了見你。老實說，柏木會不會背負前科，我完全不放在心上。」

「如果是工作上的事，大可以來我的事務所。」

「不是工作上的事……律師先生，你現在有空嗎？不曉得能不能耽誤你一些時間？」

「我想起來了，上次你好像提過，想去一次這裡的地下食堂？」

「呃，今天還是先不去了。我們去上次那間店，你看怎麼樣？」

山崎口中所說的「上次那間店」，位在日比谷公園對面的出版大樓內。這個時間去，店內肯定沒什麼客人。山崎會做出這樣的決定，顯然是不想讓人聽見兩人的對話。

平常總是態度輕佻的山崎，今天的臉色卻相當凝重，顯然與他想要談的事情有關。御子柴點頭同意，兩人一同走出了共同廳舍。

位於出版大樓十樓的那間餐廳，是一間保留了昭和時代氛圍的老字號餐廳，有著高達十五公尺的氣派穹頂式內裝。果然一如預期，店內的客人相當少，兩人挑了窗邊的桌子坐下。

御子柴只點了一碗洋蔥起司湯，山崎則點了午間套餐。服務生離去後，山崎才開口說道：

「律師先生，你只喝一碗湯？沒有食慾嗎？」

「我只是少了一個中午就能吃得下一整份套餐的胃。」

「幹我們這一行，不見得餐餐都有時間吃，所以有得吃就要把握機會。」

「既然你這麼忙，就快切入正題吧。」

「律師先生，最近業績如何？」

照理來說，這句話應該只是隨口閒聊，山崎的語氣卻異常低沉。

「聽說除了我們宏龍會之外，你還跟好幾家公司簽訂了顧問契約。而且你現在的事務所，房租比以前那裡便宜多了，而且你的事務員向來只有一個，並沒有增加，人事成本應該不高吧？」

「你什麼時候變成我事務所裡的會計了？」

「現在你的收入，應該已經很接近辦公室在虎之門的那個時候了吧？」

「不要再拐彎抹角了，你到底想說什麼？」

「我想說的是，既然你沒有經濟上的困擾，為什麼要飢不擇食？安養院九條人命的案子，聽說你接下了辯護工作，不是嗎？」

御子柴不禁感到相當驚訝。自己把辯護人委任書交給忍野，還只是昨天的事。假如檢察廳是在昨天受理了委任書，這代表山崎只花了一天就掌握這個消息。

「目前就算是在法律界，知道這件事情的人也不多。」

「幹我這一行，消息不夠靈通，是混不下去的。」

「你認為我飢不擇食？」

「當公設律師，應該賺不了多少錢吧？律師先生，我奉勸你還是別插手那件案子吧。」

「今天是吹什麼風？你竟然會對與你無關的事情感興趣。」

「律師先生，我知道你心裡所打的算盤。你接下那案子，要的不是報酬，而是宣傳效果，對吧？當那種人的律師，確實會成為社會關注的焦點。每一次開庭，想必都會聚集大量的媒體記者，你將會一天到晚有機會拿著麥克風，對著攝影機說話。所有唯恐天下不亂的好事分子，都會記得你的長相跟名字。何況新聞媒體要是連你小時候幹的事情也一起報出來，整個社會馬上就會因為你的事情而吵翻天。」

「你真有遠見。」

「惡名昭彰，總好過沒沒無聞。在我們黑道的世界，有些老大會毫不忌諱地把這句話掛在嘴邊。」

御子柴不由得露出苦笑。昨天谷崎也說過相同的話。一邊是前東京律師會的會長，一邊是黑道幫派的老大。立場截然不同，想法卻有著異曲同工之妙。找出雙方的共通之處，或許也是一件挺有趣的事。

「律師先生，但是這一次，我卻是來勸你打退堂鼓。你別怪我雞婆，我認為你最好別幫那個姓忍野的傢伙辯護。」

「你不是也承認這麼做很有宣傳效果？」

「就算你想追求的是惡名昭彰，也該適可而止。你幫那傢伙辯護，肯定會成為全民公敵。」

「全民公敵？這麼說不嫌太誇大其詞了嗎？」

「一點也不。」

御子柴故意語帶調侃，山崎的口氣卻依然嚴肅。

「隨機傷人的事件，在這個社會上一點也不稀奇。如果單看遭到殺害的人數，超過九個人的案例也不難找。但這次的案子，根據報導的描述，所有的受害者都是毫無抵抗能力的老人。這種天理難容的惡行，可是連黑道也不幹的。」

「身為黑道的你，有資格說這種話？」

「政府對我們的正式稱呼，是反社會勢力。只有最下三濫的人，才會加入黑幫，這點我心知肚明。但是忍野那傢伙，連下三濫都不是。他若不是惡鬼轉世，就是基因突變。」

忍野要是知道，連黑道人物也把他罵得這麼難聽，不曉得會作何感想？

「雖然我是法律門外漢，但我敢保證，那傢伙一定會被判死刑。」

「法律門外漢預測的結果，通常都跟現實剛好相反。」

「律師先生，你在打一場絕對贏不了的仗。到時候開庭，那些人唯一會做的事，就是逼迫忍野道歉。你要是幫他辯護，下場一定也會很慘。何況就算你靠著神乎其技的辯護手法，為他爭取到了緩刑，到頭來你也會成為輿論及媒體眼裡的過街老鼠。『屍體郵差』竟然幫助令和時代第一個殺人魔逃過死刑，這個社會對你的敵意恐怕會更勝於忍野本人。到時候你不會是一個惡名昭彰的壞人，而是一個人人喊打的沙袋人。」

再難聽的話，御子柴過去都曾聽過。但被稱為沙袋人，這還是頭一遭。

「御子柴先生，你擁有第一流的辯論口才，在法庭上的勝率高得嚇人，這是眾所皆知的事情。正因為如此，才會有那麼多人不在乎你過去的犯行，或是離譜的律師費用，前來找你幫忙辯護。但是幫那個惡鬼辯護，絕對是個錯誤，搞不好會讓你這輩子再也接不到案子。」

「包含你們宏龍會嗎？」

「請你別誤會。我們宏龍會的老爹，得知你要幫忍野辯護之後，什麼話也沒有說。可是我們老爹是個對社會風向很敏感的人。要是輿論過於逆風，他很可能會當機立斷，結束跟你的顧問契約關係。要是連我們都解除契約，其他正派的公司行號當然更不用說。」

「我的事務所能不能經營得下去，不需要你來關心。」

「御子柴先生，我們認識已經多少年了？我當然知道，就算所有的顧問契約都被解除，你也有辦法找到新的客戶。我關心的不是事務所的經濟狀況，而是你這裡的狀況。」

山崎指著自己的胸口說道：

「我必須再強調一次，忍野那傢伙是個惡鬼。依你的慣例，在開庭之前，你一定會不斷跟忍野討論法庭上的攻防戰術。要讓那傢伙逃過死刑，你不僅需要偏離常識的邏輯推論，而且還需要使出接近違法邊緣的禁忌手段。」

山崎的這番論調，可說是一針見血。不管是偏離常識的邏輯推論，還是接近違法邊緣的禁忌手段，都是御子柴常用的手法。偏離常識的邏輯推論，在注重判例的法庭上特別有效；接近違法邊緣的物證，才能夠對鬆懈的檢察官造成致命傷。

「但是贏了官司之後，你所能得到的回報是零。過去不是有很多類似的例子嗎？自詡為人權派的律師，幫下三濫的犯罪者辯護，結果被社會輿論罵得狗血淋頭。」

「毀謗中傷，對我來說是家常便飯。至於人權派律師，他們敢這麼自稱，多半早已練就了鋼鐵般的心臟。」

「忍野不是一般的下三濫。到時候你會承受的毀謗中傷，也不是過去可以比擬。若再加上過去的犯行造成的加乘效果，你恐怕得面臨最強大的反彈力量。」

「反彈力量再怎麼強大，那些人頂多也只能對我丟丟石頭，或是罵上個幾句。他們或許敢在我的事務所大門上塗鴉，但絕對沒有勇氣放火燒了我的事務所。一群只敢匿名抗議的人，能做的事情相當有限。」

「要是全日本的民眾都加入抗議活動，你要如何是好？屆時就算你有三頭六臂，也可能會喪失棲身之所。」

「你的口氣，怎麼越來越像是在威脅我？我想你應該也很清楚，一旦接下公設律師的工作，除非被告改為採用選任律師，否則不可能辭退。」

「那就幫他找個選任律師不就得了？那一點律師費用，由我們宏龍會來出也沒問題。」

御子柴沒有料到山崎會說出這句話，一時愣住了。山崎似乎察覺了御子柴心中的狐疑，接著解釋道：

「你還不瞭解我的立場嗎？我可不希望因為這件事而失去御子柴律師。」

「這是宏龍會會長的意思？」

「當然不是。我現在並不是以宏龍會公關委員長的身分，對你說這些話。我是以山崎岳海……」

山崎說到一半，忽然支支吾吾起來，似乎是後悔說了這句話。

剛好就在這個時候，服務生送上了餐點。御子柴若無其事地拿起了湯匙。

「看你那表情，應該是把我說的話當成了耳邊風？」

「我的委託人，全都是些不遵守社會規範的牛鬼蛇神。現在想要假裝正派，也只是白費力氣。」

山崎一臉無奈地搖了搖頭。

就連他這個動作，也與谷崎有幾分相似。

午餐結束之後，御子柴回到位於小菅的事務所，看見事務員日下部洋子正在講電話。

「我剛剛已經說過了，像這樣的抱怨，請打給律師會，不要打到我們事務所來。我們沒有辦法處理這種事情。」

洋子一看見御子柴，立刻握著話筒轉過了身，背對著御子柴。光從這個舉動，就可以知道她並不希望御子柴聽見對話內容。

「既然這樣，你可以選擇不要委託辯護。每一位委託人都有各自的狀況，律師的工作就是根據委託內容盡可能提供協助。我們沒有必要服從你的命令，何況你口中所說的『善良民眾』指的是誰？你說得出名字嗎？總之再說下去，也只是浪費雙方的時間，我要掛電話了。」

說完這句話後，洋子以些許粗魯的動作放下了話筒。幾乎就在同一時間，電話再度響起，洋子以熟稔的動作拔掉了電話線。

「老闆，您回來了。」

洋子只對御子柴說了這麼一句話，接著就像什麼事也沒發生，低頭繼續製作文件。習慣接抱怨電話，不要把所有的抱怨內容都告訴老闆，是在御子柴底下工作的基本條件。

「判決結果，是我們贏了嗎？」

「獲得了緩刑，符合原本的預期。」

「恭喜您，老闆。」

「一個試圖以 3D 列印機製造槍枝的傢伙，因為這個判決而逍遙法外。」

既然不用蹲苦窯，那傢伙的槍枝製造技術一定會越來越高明。日本人每當學會製造一樣東西，就會不斷嘗試改良其品質，不管那東西是不是合法。這就是日本人的民族性。

「明知道會讓壞人逍遙法外，您還是幫他辯護？」

「他們那種黑道人物，不會對一般民眾開槍。」
「這種事情沒有人能保證吧？」
「黑道幫派火拼越激烈，我們事務所就有越多案子可以接。」
「……老闆，我真的建議該好好挑選案子了。」
「律師的工作，就是幫人擺平紛爭，所有的案子都差不多。」
「至少忍野忠泰那個案子，我看來是別接吧？」
御子柴轉過了頭來，只見洋子眼中流露著抗議之色。
「妳在法律事務所工作，應該很清楚，要辭退公設律師是非常困難的一件事。」
「困難歸困難，並非完全沒有辦法。」
「怎麼連妳也說這種話？」
「連妳也……？」
心思敏捷的洋子，馬上就明白了這句話的意思。
「除了我之外，還有其他人建議老闆，幫委託人另外找個選任律師？」
御子柴沉默不語，洋子進一步推測道：
「山崎先生一定來旁聽柏木被告的判決了吧？」
「妳這麼篤定？」

「拿旁聽判決當藉口，來找老闆談一談。我想以山崎先生的性格，應該會這麼做。」

連洋子都能將山崎的行動掌握得一清二楚，號稱宏龍會第三把交椅的山崎真的該痛哭流涕。

「我知道山崎先生在檢察廳裡有人脈，我想他一定接到了老闆要幫忍野忠泰辯護的消息。建議老闆幫忍野另外找選任律師的人，應該就是山崎先生吧？」

「下次妳可以當著他的面，把這些推論說出來，我保證他以後對妳的態度會有一百八十度的變化。」

「請不要故意岔開話題。」

洋子的雙眸放射出了近來少見的鋒利目光，御子柴不敢違拗，只好默默聽著。

「身為包辦會計工作的事務員，我在此鄭重向您提出建議，不要接忍野忠泰的辯護工作。」

「因為公設律師的報酬太低嗎？」

「即使是公設的案子，只要付出的勞力與報酬相當，就沒有不能接的理由。我反對您接這個案子，是因為這個案子會對您造成太大的負擔。雖說為重大刑案的嫌犯辯護，或多或少都得承受一些毀謗中傷，但幸朗園案太過特殊，不能混為一談。」

「反正有什麼毀謗中傷，妳就照剛剛那樣子應對就行了。」

「那個案子會造成的毀謗中傷，絕對不是像剛剛一樣講講電話就沒事了。嚴重的話，可能會嚇跑現在及未來的所有客戶。或許您並不在意，但我還是必須強調，為忍野忠泰辯護會使您蒙受非常大的風險。」

「接任何案子都有風險。」

「但忍野那個案子的風險實在太大。而且就算您真的為他爭取到減刑，您也得不到什麼回報，只會讓風險變得更大。就算您輸了，風險也是有增無減。畢竟現在整個社會對嫌犯忍野的觀感非常差。」

過去洋子很少如此干涉御子柴所接的案子，可見得忍野的案子讓她產生了相當強的危機意識。

「今天的抱怨電話，我只要把電話線拔掉三十分鐘，應該就沒事了。但如果您接了忍野的辯護工作，恐怕我得一整天都把電話線拔掉，這會嚴重影響一般業務的執行。」

「我們的電話，應該有拒絕來電的功能吧？只接客戶的電話，不就行了嗎？」

「如果您真的為客戶著想，就應該拒接反社會的案子。」

「我擔任宏龍會的顧問律師已經很久了，宏龍會也算是我們的老客戶。他們給的錢，如今還是占事務所收入的一大部分。而且『反社會』這個名詞的定義實在是太廣了。更何況日本這個國家的法院制度，是再凶殘的壞人都有請律師的權利。」

「壞人有請律師的權利，但律師也有挑選委託人的權利。為什麼您偏偏要挑選這個案子？」

這個案子在社會上鬧得沸沸揚揚，媒體爭相報導。光是宣傳費用，換算下來至少有數億圓的價值。但此時就算向洋子詳細說明換算方法，她也不會認同吧。

既然如此，只能從另一個方向說服她了。

「妳聽過『社會正義』這個字眼吧？」

「當然，《律師法》第一條就提及了。」

「不管是再怎麼泯滅人性的犯罪者，都要給予平等的答辯機會，不能單方面予以欺壓。這就是社會正義，不是嗎？」

洋子一時語塞。遇上這冠冕堂皇的大道理，似乎連她也不知道該如何反駁才好。

「老闆，你太狡猾。平常盡做些顛覆常識的事，這種時候才擺出大義凜然的嘴臉。」

「選任的工作是以報酬為優先。但為了避免過於勢利，所以接一些公設的工作來實現社會正義，這是我一貫的工作理念。」

御子柴原本以為已經將洋子駁倒了，沒想到洋子毫不死心，依然緊咬著不放。

「為忍野辯護，真的是實現社會正義嗎？」

「宏龍會的公關委員長也說過類似的話。」

「連身為黑道的山崎先生也無法認同，更何況是我這種一般民眾。」

洋子擺出了長期抗戰的架勢，御子柴暗自咂了個嘴，無奈地進入延長戰。

「這個案子並不是單純隨機殺人或大量殺人，嫌犯殺了九個毫無抵抗能力的老人家，而且動機竟然是對上級國民的厭惡。真正的社會正義，應該是徹底追究這種犯罪者的刑事責任吧？」

「妳說得沒錯，但那是警察及檢察官的工作。」

「就算是律師，也不能無視被告的刑事責任，這才符合《律師法》第一條的精神吧？」

洋子或許是覺得自己有些失言，輕咳了兩聲之後，才接著說道：

「或許我不該多嘴，但我總覺得老闆有時太過重視維護委託人的利益，卻將社會正義擺在一邊。」

「就算要與全世界為敵，辯護人還是必須與委託人站在同一陣線。這就是律師的存在價值。當初為妳辯護的時候，我也是這麼做的。」

洋子猛然聽見這句話，一臉沉痛地皺起了眉頭。

「妳也曾站在被告席上，應該可以理解那種驚恐的心情。妳可別告訴我，妳已經忘記那種感覺了。」

「多虧老闆為我辯護，才讓我感覺放心不少。老闆為我贏得了無罪判決，我卻沒有錢可以支付酬勞。可是……我與忍野之間，有著決定性的差異。」

「決定性的差異？」

「我完全是遭到了冤枉，但忍野打從一開始就認罪了。他的犯行，有非常多的目擊者，而且警察也找到了他親自購買的凶器。」

「那又怎麼樣？」

御子柴不禁有些吃驚。洋子跟在自己身邊這麼久了，竟然還沒有搞清楚最基本的原則。

「不管被告是真凶還是被冤枉，律師都應該在判決上謀求委託人的最大利益。過去的每一場辯護，我都是站在這個立場，當然為妳辯護時也不例外。」

「確實是如此……對不起，是我思慮不周。」

洋子終於屈服，垂下了頭。她雖然沒有歎氣，但從那雙脣的形狀，已顯示出了她心中的沮喪。

3

隔天，御子柴從埼玉地方法院回到事務所，將車子停進附近的停車場裡。下了車之後，御子柴不由得輕輕歎了一口氣。一天為兩件案子出庭，回到事務所時通常都已經傍晚了。接下來還得在辦公室內完成幸朗園案的開庭前準備工作。看來今天大概得到半夜十二點才能回家了吧。

御子柴舉步走向事務所所在的綜合商辦大樓。就在距離大樓僅剩約十公尺的時候，不遠處忽傳來呼喚聲。

「你好，御子柴先生。」

黑暗中湧出了一道人影。

「原來是你。」

那個人走到街燈下，御子柴辨識出了他的身影。那是個身材瘦小的男人，嘴角帶著刁鑽的微笑，眼神卻絲毫沒有笑意。御子柴曾經好幾次遭這個男人窮追不捨，再加上其獨特的外貌，深深烙印在御子柴的腦海裡。他是一個姓尾上的記者，任職於地方性報社《埼玉日報》。

「工作辛苦了。」

「你要是真的認為我工作辛苦，就不應該把我叫住。」

「真是無情，我都不知道該怎麼接下去了。」

御子柴不再理會他，轉身邁開步伐。尾上以一副理所當然的態度跟了上來。

「請問忍野忠泰是你的親人嗎？」

御子柴聽見忍野的名字，不由得放慢了腳步。

這就是所謂的壞事傳千里吧。世人的悠悠之口，畢竟難以杜絕。除了法律界人士及山崎之外，如今竟然連尾上也已得知忍野的辯護人是御子柴。

「我猜告訴你這個消息的人，不是檢察官，就是警察吧。」

「不愧是御子柴律師，真是太聰明了。你有哪些家人，早已是公開的祕密，何況忍野的家庭組成，不久前也已經被查出來了。你跟忍野並沒有親戚關係，這是毋庸置疑的事情。既然如此，為什麼你會願意擔任他的辯護人？這一點，實在是讓大家想破了腦袋。」

「嫌犯需要一個律師，而我正是一個律師，我為他辯護是合情合理的事情。」

「第一，他不是一般的嫌犯；第二，你不是一般的律師。他是令和年代最惡毒的殺人魔，你是『屍體郵差』。這麼有趣的事情，若要大家當作沒看見，實在是有些強人所難。」

「你承認關心這件事只是基於興趣？」

「敝社的辦報理念，是讀者想看什麼，我們就寫什麼。」

如此庸俗的辦報理念，他卻能說得落落大方，實在讓御子柴不禁有些欽佩。但御子柴當然不打算接受他的採訪。

「這樣的辦報理念，肯定能讓貴社的發行量一路長紅吧？不過麻煩你去找別人，別來纏著我。」

「你為忍野辯護的消息，其他報章媒體都還沒有對外公開。我想多半是因為雖然掌握了消息，但還不知道你的本意，所以都採取觀望態度，不敢輕舉妄動吧。」

「你們新聞界什麼時候變得這麼有良心了？還會顧慮被報導者的感受？」

「不，你誤會了。我們並不是顧慮被報導者的感受，而是擔心寫了錯誤的內容，會引來你的報復。從前的大量懲戒請求書事件，你不是向所有寄送者提出毀損名譽及妨礙業務的損害賠償嗎？自從發生了那件事之後，新聞界就變得相當謹慎，不敢隨便寫出你的名字。」

御子柴心想，看來謹慎的意思並不是不寫，真的就只是比較謹慎而已。

「御子柴先生，大家是基於兩點，對你為何接下這個案子感到相當好奇。第一，忍野根本付不出高昂的律師費，你為忍野辯護到底有什麼好處？第二，假如你是基於同理心，才想要為忍野辯護，那麼你抱持同理心的對象，是忍野本人，還是他幹的事情？」

尾上凝視著御子柴的臉，似乎是不想放過御子柴的任何細微反應。但他發現御子柴的表情沒有絲毫變化。他不由得垂下了嘴角，顯得有些不甘心。

「『屍體郵差』竟然與令和年代最惡毒的殺人魔攜手合作，這新聞標題簡直像是職業摔角比賽的宣傳標語，相信你一定也覺得擁有十足的訴求力吧？」

尾上使出了激將法，但御子柴並沒有上當。除非對自己有好處，否則御子柴並不打算作出任何回應。尾上見御子柴充耳不聞，接著說道：

「四、五十歲的中年人爭相購買小時候流行過的玩具，這個現象你應該聽過吧？」

「不管是什麼現象，我一點興趣也沒有。」

「在從前的年代，雖然工廠大量生產英雄主題的玩具，但許多家裡不太有錢的孩子還是買不起。如今這些孩子們長大了，手頭寬裕了，他們開始搶買價格高昂的舊玩具，簡直像是在報復小時候的悲慘歲月。我跟他們的年紀差不多，所以非常能夠理解他們的心情。御子柴先生，你的年紀應該也相去不遠吧？那些中年人的行為，是否能引發你的同理心？」

御子柴雖然裝作沒聽見，尾上的話還是不斷鑽入耳中。

「御子柴禮司」這個名字，正是取自御子柴從前還待在醫療少年院時，偶然間看見的特攝[14]英雄電視劇裡頭的男主角名字。尾上剛好選擇了這個話題，但御子柴依然不感興趣。

---

14 「特攝」指的是以特殊手法拍攝的電影或電視劇，題材多為科幻風格，包含武打要素，廣受日本孩童喜愛。例如《假面騎士》《超人力霸王》等等。

「從前嚐過的悔恨與羞愧，可能一輩子也忘不了。如果可以的話，實在很想用新的記憶，把舊的記憶覆蓋掉。御子柴先生，你應該也有過像這樣的心情吧？」

御子柴心想，原來他說了那麼多，就只是為了提出這樣的推論。一邊是對犯罪行為的悔恨，另一邊卻是中高齡人士的消費行為。把兩種毫不相關的現象混為一談，實在令人不敢恭維。

「拿殺害小女孩與中年大叔的念舊情懷相提並論，我自己也知道有點牽強。但在『報復從前的歲月』及『覆蓋記憶』這幾點上，應該多少有些共通之處吧？御子柴先生，你在十四歲那年做的事情，我相信應該成為了你的心靈創傷，不是嗎？」

為什麼每個新聞記者都喜歡為每一起事件找出一個自以為是的理由？御子柴壓抑下想要嘲笑其一廂情願的衝動，持續保持緘默。

「少年犯罪及缺乏動機的凶殺案，世人看見的往往只是表層的現象，實際上加害者本人根本沒有得到說明動機的機會。雖然書店裡不乏誤入歧途的少年長大後所寫的回憶錄，但是像那樣的書籍往往在最重要的部分含糊帶過，只能用掛羊頭賣狗肉來形容。實際上犯了重罪的當事人，必定有一些自身的想法及信念。御子柴先生，你是不是也想要透過這次的辯護，傳達一些當年沒有辦法讓世人明白的想法？」

御子柴不禁感慨，這些傢伙們的想法全都大同小異，只是表達的方式不同。果然沒有犯罪經驗的人，不管再怎麼發揮想像力，也就只有這種程度而已。

「聽說我們要採訪忍野，也得透過你才行？世人只能聽見你想透過忍野傳達的聲音，至於你不想傳達的聲音，就永遠沒有被聽見的機會。說到底，你只是想透過忍野，說你自己的話。這不已經證實我的推測沒有錯？」

又是一個完全一廂情願的推測。而且自己只是保持沉默，竟被當成肯定的反應。這傢伙明明受過良好教育，畢業於不錯的大學，卻是滿腦子武斷認定的錯誤思維。過去御子柴遇到過的那些詐騙集團成員，都還比這傢伙更具邏輯思考能力。

「御子柴先生，我看不如這樣如何？你就乾脆把決定替忍野辯護的來龍去脈，以及世人眼裡的變態殺人魔忍野的心聲，直接了當地說出來吧。只要不牴觸我們報社的內規，我保證一字不改。甚至是以系列報導的方式，分好幾期刊載也沒問題。如果你不希望以自己的名義，我們也可以當做是忍野的訪談紀錄，對外聲稱是他的主張。不過有個前提，必須是我們《埼玉日報》的獨家報導。」

御子柴默默往前邁步，將他的話當成了耳邊風。但他依然糾纏不清，絲毫沒有放棄的意思。撇開人格不談，這種對新聞窮追不捨的敬業精神實在讓人佩服。

「與其讓人隨便亂寫，事後才氣得直跳腳，不如由你自己吐露真相，不僅更具建設性，對維持心靈健康也更有助益。」

御子柴看著尾上那貪婪的臉孔，看著他那嘴裡露出的牙齒，腦海驀然浮現了一個充滿諷刺意味的比喻。

「聽說認識你的人，都叫你『老鼠』？」

「呃，是啊。因為我神出鬼沒，總是有辦法叼來獵物。身為一個記者，我認為這是帶有讚美意義的稱號。」

「你吃過同類嗎？」

「咦？」

「我的意思是你吃過老鼠嗎？」

「呃，老鼠應該不能吃吧？」

「聽說在中國某地，有一道生吃老鼠的料理。剛出生的老鼠，大概只有拇指般大，他們會抓起來沾上喜歡的醬汁，放進口中咀嚼。」

「嗚……」

尾上流露出明顯的厭惡表情。

「在放入口中之前，老鼠大概會叫三次，所以這道料理就叫『三吱兒』。吃過的人都說，味道相當清淡，沒有什麼奇怪的臭味。」

「生吃老鼠跟我的提案有什麼關係嗎？」

「這道料理在當地被視為最高級的珍饈佳餚，但是在外人的眼裡，就只有噁心兩個字可以形容。你們的想像力，不過就是這種程度而已。」

御子柴對著尾上微微揚起嘴角。御子柴心裡很清楚，自己的臉上表情向來缺乏變化，露出笑容時反而會給人一種陰狠冷酷的印象。

「這兩件事情，其實是同一件事。沒有吃過老鼠的人，就算知道有生吃老鼠這道料理，也沒有辦法想像將老鼠的身體咬爛的滋味。同樣的道理，一般人就算聽了殺人兇手的自白，也沒有辦法體會那是什麼樣的感覺，到頭來只會變成打發時間用的有趣故事。不管以什麼樣的形式刊載，假如終究只會被當成笑話，忍野絕對不會願意開口。你聽好了，如果你想知道老鼠吃起來是什麼滋味，你只能自己吃一口；如果你想知道殺人是什麼感覺，你只能自己動手。」

這幾句威脅之語，似乎發揮了十足的效果。尾上打了個哆嗦，往後退了半步。

「威脅人的話，我這輩子聽過不少，但是被律師以這種詞句威脅，這還是破天荒頭一遭。」

這是理所當然的事。御子柴在說出這幾句話時，並沒有把自己當成律師。

「你對自己寫的報導很有自信？」

「當然有自信，否則也不敢署名。我的高明之處，就是能夠接近當事人，當面問出對方的真心話。」

「既然是這樣，我不會叫你殺人。我只會告訴你，如果你想寫出老虎的生態，你應該走進籠子裡，而不是躲在籠子的外頭。躲在安全的地方，你永遠沒辦法寫出真相，只能用你那貧瘠的想像力編造故事。」

尾上不再反駁，轉身朝著與事務所相反的方向邁開大步，不一會已走得不見人影。

雖然擊退了尾上，御子柴心中卻沒有一絲一毫的爽快感。

4

小峠命事務官以推車送來的搜查資料，共堆了四個大紙箱。

「受害者多達九個人，所以資料不少。」

如果以一名被告的資料約占半個紙箱來計算，確實不算多。但以一起案件的資料量來看，這分量著實令人咋舌。要熟讀這裡頭的全部內容，至少得花上幾天的時間。

阿比留壓抑下想要歎氣的心情，將搜查資料連同推車一起收下了。

「正如同你所見，資料相當多。」

雖然資料多，但論告及求刑只需寥寥數語。被告忍野忠泰應求處死刑，這是包含千葉地檢廳在內，所有檢警組織的共識。

「但我真的作夢也沒有想到，我竟然會被任命為幸朗園案的公訴檢察官。」

「作夢也沒想到？你太謙虛了。」

小峠語帶調侃地說道：

「阿比留檢察官，這裡不比東京地檢廳，檢察官的人數不多，雀屏中選的機率本來就不低。」

以機率來看，小峠說的確實沒有錯。但這裡有三名檢察官的資歷比阿比留深，阿比留沒有料到這起殺害九人的重大案件會落在自己頭上。

檢察官依照資歷，大致上有以下幾種稱呼。

・新任檢察官：剛就任第一年的檢察官。

・A廳檢察官：年資四年至五年的檢察官（A廳指的是東京地檢廳、大阪地檢廳等大規模的檢察廳。由於年資四年至五年的檢察官通常會被調派至A廳，所以有「A廳檢察官」的稱呼）。

・資深檢察官：結束A廳檢察官階段的檢察官。

從資深檢察官再往上，還有三席檢察官、次席檢察官等等，階級一路向上。然而一旦在法庭上敗北，人事考核就會大受影響，因此檢察官要順利地往上爬，絕對不是一件容易的事。說得更明白一點，想要獲得高評價，就必須負責重大案件，並且贏得有罪判決。

從陰謀論的角度來看，上頭或許是打算以幸朗園的案子，來測試阿比留的能耐。倘若真是如此，無論如何都得全力以赴，拿出成果讓高層刮目相看。

交出搜查資料後，小峠露出些許鬆一口氣的表情。這樣的反應，可說是相當正常。檢察官通常必須同時處理好幾起案子，而且必須在法律所規定的羈押期限內，為每一起案子做出最妥善的處置。若發現證據不夠充分，檢察官還得親自花時間蒐集證據。但小峠認為這種轟動社會的大案子，假如還讓接手承辦的檢察官花時間進行額外的調查，實在是太丟臉了。因此小峠先將其他的案子擱在一旁，優先處理了幸朗園案。

「我確實收下了。」

「如果有哪個地方調查得不夠充分，請儘管跟我說，我馬上就會進行追加調查。」

阿比留本來想要回答「那是我的工作」，但最後什麼話也沒有說，只是簡單道了謝。

「老實說，這案子比其他的案子更需要謹慎小心。雖然有好幾名證人及堆積如山的證物，供述書也完全沒有破綻，除了資料太多實在有點麻煩之外，原本應該是相當輕鬆的案子才對……」

「雖然『點』[15]好，『線』卻是極差。事證幾乎完美，卻不斷有來自外界的雜音干擾。」

只要是千葉地檢廳的檢察官，必然都知道「雜音」指的是什麼。小峠臉上也難掩無奈的神情。

阿比留心想，倘若上頭交付這個案子，真的是為了測試自己的能耐，挑選這個案子的理由，除了案情對社會造成的重大影響之外，想必敵對的辯護人也是主因之一。阿比留雖然沒有親口

15 「點」、「線」都是日本法界人士喜歡使用的術語。「點」指的是案件肇因及發生事由，「線」指的是進入審判前的事態發展。

問過交付這個案子的次席檢察官，卻可以清楚感受到其意圖。

「沒想到『屍體郵差』竟然會擔任公設辯護人，這才是讓人作夢也想不到吧。」

小峠心中的驚訝，其實也正是千葉地檢廳所有檢察官心中的共同感想。曾經被稱為「屍體郵差」的御子柴禮司，向來是檢察官在法庭上的勁敵。但他會向委託人收取違反常態的高額費用，這也是眾所皆知的事情。此時正遭到羈押的忍野，沒有足夠的財產支付昂貴的律師費用，只能選擇公設律師。在這種情況下，御子柴怎麼會跑來蹚渾水？

「雖然拿不到錢，但能達到很好的宣傳效果。除了這一點之外，我實在想不出御子柴有什麼理由接下辯護工作。」

「這種轟動全社會的案子，確實可以有非常好的宣傳效果。但他難道不擔心這可能是反效果？『屍體郵差』配上令和時代第一個殺人魔，實在是令人匪夷所思到了極點。」

「想必他根本不在乎自己的名譽吧。否則的話，他怎麼有臉站在法庭上為嫌犯辯護？」

到目前為止，阿比留還不曾與御子柴在法庭上對峙過，只曾經與他在千葉地方法院的走廊上擦身而過一次。當時阿比留還不知道御子柴從前犯下的罪行，只知道這個人是全體檢察官的天敵。

但從與御子柴對峙過的同事，以及來自其他地檢廳的傳聞，阿比留大致聽過御子柴的法庭辯論手法。相較於重視書面紀錄的日本法庭文化，御子柴擅長提出各種語驚四座的論述，誘使檢察官及法官失去冷靜，他再趁勢進擊，藉此取得優勢。假如這些傳聞是真的，御子柴與自己從前對峙過的律師可說是截然不同。

「阿比留檢察官，你是第一次與御子柴交手？」

「是啊，不知該說是幸運還是不幸。」

「我很少處理刑事法庭的案件，所以沒什麼機會遇上他，但聽說他真的是個非常奇特的律師。埼玉地檢廳有個跟我同屆進來的同事，和他交手了兩次，兩次都是慘烈敗北。刑事法庭的有罪判決率，不是99.9%嗎？大家都說剩下的0.1%，大多是御子柴的傑作。」

「難怪這個人號稱是全檢察官的天敵。」

「而且聽了御子柴的那些傳聞，實在很難想像他也是司法考試的合格者。我那個同屆的說，御子柴就像是個基因突變種。」

「基因突變種？」

「要進我們這一行，不是一件簡單的事。大家都是在法律科的研究所或司法考試的補習班從早念書到晚，考上司法考試後還得往來於司法研修所及辦案現場。等到複試也合格之後，才能成為法官、檢察官或律師。正因為大家都是這樣一路走來，所以雖然立場不同，卻有著很強的同儕意識。但我那同事說，御子柴當上律師，走的是完全不同的路，所以他對法律界完全沒有歸屬感。換句話說，他打從一開始就是個異類。」

「這聽起來有些弔詭。要成為律師，怎麼可能走完全不一樣的路？」

「是啊，照理來說應該是這樣，但我那同事說，總覺得御子柴跟我們並不是生活在同一個世界的人。」

小峠沒辦法說明清楚，露出了一臉隔靴搔癢的懊惱。

「我自己也是一頭霧水，但我似乎可以體會，御子柴有著和我們完全不同的特質。」

「多半是因為他十四歲時殺過人，所以才產生了這種刻板印象吧？」

「真的只是刻板印象嗎？」

「他確實是個強敵，但不管再怎麼說，他畢竟和我們一樣是司法的學徒，不是什麼外星人或魔法師，更不是什麼絕對無法戰勝的天敵。而且這個案子就像你剛剛說的，我們有非常多的證物及目擊證人。再加上嫌犯的自白供述，假如這樣還輸，我真的得考慮轉行了。」

阿比留拍了拍裝滿搜查資料的紙箱。

大約兩個小時之後，阿比留接到了來自次席檢察官深水的召喚。由於檢事正與次席檢察官的辦公室在不同樓層，平日少有機會造訪，因此給人一種望之卻步的威嚴感。此時阿比留的心情，就像是被叫到校長室的高中生。

阿比留敲了敲門，裡頭傳來一聲「請進」。

「打擾了。」

「真的很抱歉，在你這麼忙的時候，還把你找來。」

深水嘴上說得客氣，眼神卻帶著三分倨傲之色。

「聽說小峠已經把幸朗園案的資料都交接給你了？」

「剛剛才交接完畢，我正在清點。」

「受害者多達九人，光是清點資料應該就得花上不少時間。你只有一名事務官，忙得過來嗎？」

「我們地檢廳人手不足，也不是這一兩天的事，忙不過來的人不止我一個。」

「話是這麼說沒錯，但幸朗園案必須特別謹慎，與其他的案子不能相提並論。你若是需要人手，隨時可以提出來，我會設法調派人力支援。」

深水在說到「謹慎」兩字的時候，特別加重了語氣。他似乎察覺阿比留神色有異，接著說道：

「大量的資料，確實是贏得有罪判決的有利條件，但數量過多，卻也有可能導致罪證上的疏漏。相信你也很清楚，舉證的疏失有可能成為有罪的反證。過去一審判決因為罪證瑕疵而遭二審推翻的例子，絕對不在少數。幸朗園這個案子，絕不能出半點差錯。」

深水雖然口氣平淡，字句之間卻流露出明顯的緊張與壓迫。

「何況被告的辯護律師是御子柴禮司，更是讓我們沒有掉以輕心的本錢。和這個人交手，任何一點微不足道的小小疏失，都有可能成為致命傷。」
「我們剛剛才聊到御子柴這個人。」
「你沒有和他交手的經驗。再多的傳聞，也沒辦法讓你理解這個人的狡獪。」
「深水先生，你和御子柴交手過？」
「五年前，我還在東京地檢的時候，和他交手過一次。當時起訴的罪名是傷害，原本像那樣的案子，十之八九會判徒刑，沒想到法官最後判了個緩刑。」
深水的口氣不帶抑揚頓挫，反而更讓人感覺到他在壓抑著情緒。過去深水從不曾在部下面前流露出個人感情，可見得這件事直到今天依然令他難以釋懷。
「有人告訴我，御子柴雖然也是法界的一分子，卻像是生活在另一個世界的人。」
「你對這樣的說法做何感想？」
從深水的表情可以看得出來，他想聽的絕對不是單純的「感想」。
「他跟我們一樣是司法的學子，既不是外星人，也不是魔法師。我跟他甚至不曾交談過，似乎沒有必要自己嚇自己。」
「你這句話只對了一半。」
深水的臉上不帶絲毫的笑意。

「現在甚至還沒有進入整理程序[16]，過於神化對手確實不是明智之舉。但對於御子柴這個人，我勸你不要拿他和過去你交手過的所有律師相提並論。他是法律界的異端分子，這是毋庸置疑的事情。」

阿比留雖然有滿心的狐疑，卻不打算提問。反正只要保持沉默，讓深水把該說的話說完，對話自然會結束。

「只有兩個字眼可以形容御子柴禮司這個人，那就是『邪惡』與『毒辣』。為了在法庭上獲勝，他可說是無所不用其極。引誘、誤導、恫嚇、脅迫、穿鑿附會、過度解釋……什麼樣的卑劣手段都用得出來。而且他相當工於心計，擅長利用對手的疏忽或盲點。有時我甚至覺得他的主要目的並不是辯護，而是干擾對手的思緒。那種法庭戰術與爾虞我詐的攻防策略，絕對不可能在法律科研究所或司法研修所學到。有人戲稱他那些下流招數都是在醫療少年院裡學來的，或許說的人只是開玩笑，但我認為恰好道出了真相。」

「就像是惡棍的學校教育？」

16 這邊的「整理程序」，原文作「公判前整理手続」，這是日本在二〇〇五年為了因應裁判員制度而新設立的制度。為了盡量減少裁判員的時間負擔，法官、檢察官及律師會在開庭前先見面，進行爭點及物證的事前確認。

「所謂的醫療少年院，說穿了就跟監獄沒有兩樣。表面上打著更生的口號，實際上早已淪為前輩教導後進犯罪手法與交流犯罪資訊的溫床。御子柴的那些陰險手段很可能是由經驗老到的惡徒所傳授，這是非常合情合理的推論。相較之下，雖然我們每個檢察官都非常優秀且心思縝密，畢竟在狡詐與卑劣上輸了一大截。」

「深水先生的意思是說，狡詐與卑劣也是身為檢察官的必要條件？」

「既然檢察官伸張正義的方式，就是讓惡人被判刑，狡詐與卑劣當然是必要之惡。我這麼說，或許有些人會不同意，但任何一個與御子柴交手過的檢察官，相信都會認同我的論點。」

直到這一刻，阿比留才明白深水將自己叫進辦公室的真正意圖。

深水想要問的是，阿比留此次與御子柴交手，是否有使用狡詐、卑劣手段的覺悟？深水的言下之意相當明顯，就是在指示阿比留「以其人之道，還治其人之身」。

「御子柴這次的身分是公設辯護人，被告不太可能中途更換律師。相較之下，我們換人並不是什麼難事。」

「深水先生，你的意思是……」

「你不用想太多，我只是單純提出法庭策略。總而言之，你一定要謹慎小心，做好萬全的準備。審理過程中，如果你認為負擔太重，隨時可以提出來。」

這幾句話，已經說得非常直白。阿比留在法庭上的攻防一旦趨於劣勢，很可能會遭陣前換將。

「為了維護社會的安定，像忍野這種人，我們一定要讓他伏法受誅。否則的話，我們檢察官在這世上，還有什麼存在價值？總而言之，不管對方的辯護人是誰，全面勝利是我們唯一的選項，絕不容許有一絲一毫的退讓。」

阿比留心裡很清楚，這並不是單純的鼓舞或激勵。

而是接近恫嚇的絕對命令。

「我跟你說這些，只是希望你能明白這個案子的重要性，沒有什麼深意，請你不要誤會。」

沒有什麼深意？

雖然心裡大感不滿，阿比留當然沒有幼稚到為了這種事情而意氣用事。既然上司如此咄咄逼人，自己唯一能做的事，就是打贏這場訴訟，令上司刮目相看。

「我已經完全明白了。假如深水先生沒有其他的話要說，我先告辭了。」

阿比留轉過了身，正要走出辦公室，心中突然想起一個疑問，忍不住又轉頭問道：

「假如我的能力不足以應付這個案子，深水先生打算找誰來代替我？」

「還沒有進入整理程序就談替代人選，實在是言之過早，但我心裡確實已經有了腹案。」

「能請問是哪一位檢察官嗎？」

「千葉地檢廳內，除了檢事正之外的所有檢察官都是替代人選，當然包含我在內。」

「深水先生，你在開玩笑吧？」

「這件事，我已經獲得了檢事正的同意。打從一開始，我就主張應該集合所有人的力量，全力一搏。」

深水的眼神在訴說著「對話已經結束」。

御子柴不過是一名律師，竟然讓地檢廳的次席檢察官抱持背水一戰的覺悟。阿比留輕輕關上辦公室的門，心中對御子柴這個人更增添了三分懼意。

到了隔天，早報的社會版上斗大的標題，吸引了阿比留的目光。

〈嫌犯忍野決定律師人選〉

事實上司法機關還沒有正式對外宣布幸朗園案公設辯護人的消息。風聲到底是從何處走漏，阿比留實在是一頭霧水。而且報導內容的正確性極高，更是讓阿比留暗自咋舌。

〈十一月十四日，嫌犯忍野忠泰確定了律師人選。擔任辯護律師的人物，是隸屬於東京律師會的御子柴禮司。由於是公設律師，除非嫌犯忍野另外找來選任律師，否則不會遭到替換。另外，檢方預定將在起訴前安排嫌犯忍野進行精神鑑定，並將視鑑定結果決定審判策略。〉

報導的內容當然沒有提到御子柴的個人經歷背景。但每個聽過其名頭的人，都會立刻聯想到「屍體郵差」。報紙上的報導完全沒有提及這點，純粹只是因為報紙讀者對八卦消息的接受程度不像週刊雜誌那麼高。

而且御子柴在社會上早已惡名遠播，不管報導有沒有提及其過去的罪行，結果都是相同的。「屍體郵差」為令和時代第一個殺人魔辯護……光是想像這樣的標題，阿比留便不禁感到胸中作嘔，忍不住想要搖頭歎息。偏偏世人就是喜歡這一套。彷彿每個人都在追求著這種極度不堪的腥羶話題，好在親友之間閒聊時搖頭歎息，以及裝出胸中作嘔的神情。

如今世人已得知忍野的辯護律師是御子柴，旁聽席的申請人數應該會瞬間暴增吧。隨著世人的關心程度提升，加諸在阿比留肩上的期待恐怕也會隨之倍增。

阿比留很清楚「捧得越高、跌得越慘」的道理。要是這場官司當真落敗，自己肯定會被譴責得體無完膚，永遠沒有翻身的機會。

阿比留感覺到抓著報紙的手掌微微滲出了汗水。

5

三天之後，御子柴再度會見了忍野。上次見面之後，忍野才提出委任書，所以這次是御子柴第一次以辯護人的身分會見忍野。

被關在看守所的嫌犯或被告，性格不盡相同。有的一肚子憤世嫉俗，有的喜歡裝腔作勢，當然也不乏對警察恨之入骨的人物。但不管是什麼樣的牛鬼蛇神，只要在看守所裡待了一星期以上，絕大部分都會氣焰全失，變得萎靡不振。因為他們沒有辦法適應規律的生活作息，沒有辦法忍受自由遭到剝奪的生活。

然而忍野似乎是極少數的例外。坐在壓克力板另一頭的他，臉上完全沒有疲憊或哀歎之色。

「聽說檢察官最近要對我進行精神鑑定。」

上次見面的時候，忍野表現出一副對精神鑑定深惡痛絕的態度，此時的他卻顯得泰然自若，彷彿對精神鑑定樂觀其成。

「你改變想法了？」

「律師先生，你上次不是說過嗎？同樣是精神鑑定，檢察官會選擇對他們有利的醫生，辯護律師也會選擇對被告有利的醫生。換句話說，雖然還沒有進入法庭審理程序，但在精神鑑定的階段，戰鬥就已經開始了。我一想到這點，就感覺心裡湧起一股鬥志。」

過去不管是開庭前的精神鑑定，還是起訴前的精神鑑定，從來沒有一名委託人像眼前的忍野這樣喜形於色。忍野在這一點上，也表現得像個極少數的例外。

「進入開庭前的整理程序時，檢方必須向我們公開精神鑑定的結果。如果有必要，我們也可以向法院申請進行額外的精神鑑定。」

「精神鑑定到底要怎麼做？在頭上連接一堆電線，測定我的腦波？」

「精神鑑定並不是臨床的醫療行為，醫生只會問你一些問題，以及幫你做一些心理測驗。除此之外，大概就只是確認你跟家人的關係、你的生活狀況，以及你的人生經歷。」

「就算不是醫療行為，總不會胡亂問些問題就算了事吧？所謂的精神鑑定，到底是鑑定什麼？」

御子柴接著簡單說明了醫生在進行精神鑑定時的主要著眼點。

「主要是確認有無責任能力。」

1　犯案的動機是什麼？該動機是否違背常理或難以理解？其中是否包含了現實中的爭執、利害關係或慾望滿足等符合常理的因素？

2　犯案是否具計畫性？計畫的縝密程度如何？計畫的內容是否符合常理？如果不具計畫性，是否具突發性、偶發性或衝動性？

3　受鑑定者是否確實理解自己的行為違背法律及道德？是否因被害妄想導致現實理解錯誤，認定自己的行為乃是正當防衛？

4　犯案的當下，受鑑定者認為自己的精神處於什麼樣的狀態？受鑑定者是否知道精神障礙或許可以免除刑責？

5　受鑑定者平素的言行舉止，與犯案當下的樣態是否具一致性？抑或差異甚大？

6　受鑑定者為了實現犯罪意圖的行動是否具一貫性？犯案的意圖是否不明確？以衝動性、偶發性的行為而言，犯行是否過於突兀？

7　犯案後是否有逃匿、湮滅證據之類自我保護的行為？是否曾救助受害者，或協助受害者迴避危險？

「簡單來說，就是要確認這個人是不是故意假裝自己有精神病，好利用《刑法》第三十九條來規避刑責，對吧？不愧是律師先生，對精神鑑定也這麼清楚。」

事實上御子柴對精神鑑定的內容瞭如指掌，並非因為職業是律師。而是因為小時候殺害女童遭逮捕之後，接受過好幾次類似的精神鑑定，自然而然記住了一些細節。

「但既然知道醫生會問什麼問題，要假裝自己有精神病應該不太困難吧？」

「天底下想要假裝自己有精神病的蠢蛋多得數不清，負責鑑定的醫生當然也不是省油的燈。他們會把真正的問題隱藏在對話之中，受鑑定者要完全騙過專業的醫生談何容易。而且檢察官將你交付精神鑑定，就是為了證明你有責任能力，他們當然會挑選讓你沒有辦法輕易矇騙過關的醫生。若是假扮多年，或許還有機會，但如果是見到了醫生才想假裝精神病，只會成為笑柄而已。」

「好吧，我無所謂。反正我從一開始，就打算主張自己是在正常的精神狀態下，將九個人送上了天堂。不管什麼測試，我都只要老實回答就行了，對吧？」

「很抱歉，可能要讓你失望了。你的一切言行，都必須依循我的辯護方針。能不能矇騙過醫生，那是另外一回事，總之你不能想到什麼就說什麼。」

「律師先生，看來我們得溝通一下。」

忍野不滿地說道：

「我上次也說過，我做事完全是依循自己的理念及信條。被抓了才說有精神病，那是懦夫的行為，一點也沒有男子氣概。」

「我只能說你未免太樂觀了。你以為自己現在是什麼身分？在這種時候，你還有餘力管什麼男子氣概？」

「我就是我，何必在乎自己的身分？我想透過這場審判，讓社會大眾明白我的用心良苦。抹除不具生產性的老人，對我們的社會絕對是有益無害。」

忍野說得慷慨激昂，御子柴卻只是冷眼旁觀。或許忍野真的沒有罹患精神疾病，但他顯然罹患了另外一種病。

不是什麼妄想症。

而是一種名為「社會適應不良」的疾病。

或許他自己有病識感，也或許沒有。反正開庭之後，這些都會釐清。問題不在於他自己知不知道，而是他有沒有接受治療的意願。

「殺死九個人，對社會有益無害？從今天起，像這樣的話不准再說。」

御子柴低聲恫嚇。幸好律師會見委託人的過程，刑務人員依法不得監聽。否則的話，忍野剛剛的發言，對辯護工作必然會有非常嚴重的負面影響。

「律師先生，看來你也沒有辦法跳脫傳統觀念的窠臼。所謂的社會常識，絕大部分都沒有任何價值。」

「殺死老人，在社會常識裡是好事還是壞事，一點也不重要。重要的是你剛剛那幾句話，必定會對法官及裁判員的心證有不良影響。」

「但我有自信能夠點出問題的癥結。」

「法庭並不是你演講的舞臺。」

「我在法庭上說的話，都會登上媒體版面，不是嗎？我想要向世人闡述我的理念，法庭是我最好的機會。畢竟我在看守所的期間，跟媒體的往來溝通都得透過你才行。」

「向世人說教，跟逃過死刑，你認為哪一邊比較重要？」

「這兩件事情，不見得互相矛盾吧？」

「你殺了九個人，難道你以為有機會將這個行為正當化，贏得無罪判決？」

「你身為律師，不是應該要謀求委託人的最大利益嗎？就算是公設律師，也不應該有差別待遇。至少刑警是這麼告訴我的。」

御子柴暗自咂了個嘴。畢竟刑警與嫌犯是敵對的關係，他們在嫌犯的面前當然只會打官腔而已，根本不會在乎事後的解釋有多麼麻煩。

「你吃過迴轉壽司嗎？」

「當然。不會轉的壽司店[17]，我可就沒吃過了。」

「每一間迴轉壽司，壽司的味道都大同小異。但如果是高級的壽司店，廚師的手藝就顯得

17 迴轉壽司在日本屬於平價壽司。較高級的壽司店，基本上不會使用履帶運送餐點，所以有時會被戲稱為「不會轉的壽司店」。

相當重要。當然從價錢及服務面來看，兩者也是天差地遠。」

忍野瞇起了眼睛，詫異地說道：

「你拿律師的工作跟壽司店相提並論？」

「在資本主義國家，你必須掏錢才買得到服務，這點不管是任何職業都一樣。」

「呃，但這樣還是不能證明向世人說教，跟逃過死刑無法兩者兼得。更何況我實在是不明白，為什麼把那九個人送上天堂，是一件有罪的事？」

「你從剛剛就一直使用『送上天堂』這種說法，不敢直接了當地說你『殺了』他們，不正是因為你的心中有著罪惡感？」

忍野一時語塞，不由得皺起眉頭，半晌之後才說道：

「那只是一種修飾的說法，我隨時可以改。為什麼殺死沒有生產性的老人，是一件不對的事情？這個哲學的命題，才是我想強調的重點。」

哲學的命題？

御子柴不禁暗自歎了口氣。雖然很不想在這種麻煩的議題上大作文章，但如果沒有解開他心中這個本質上的誤解，今後要他乖乖聽話恐怕相當困難。御子柴迫於無奈，只好以最言簡意賅的方式，給他一個籠統的答案。

「《刑法》中的人權，並不因生產性的有無而有所差異。所以你這個問題，就跟問為什麼不能殺人是一樣的。」

忍野一聽，雙眸登時流露出興奮的神采，顯然御子柴的回答引起了他的興趣。

「好，那為什麼不能殺人？我當然知道法律禁止殺人，但不能殺人的理由是什麼？」

這又是一個相當麻煩的議題。但如果處理不當，忍野很可能會在法庭上說出驚人之語。為了避免損及法官及裁判員的心證，此時恐怕不能只是嗤之以鼻。

「《刑法》的條文，並沒有寫出殺人是違法行為的法律依據。雖然有探討《刑法》的專業書籍提出了一些見解，但這並非當初立法時所定義的內容。所以在這個議題上，就算是在法界人士之間也沒有共識。」

「說穿了，就是沒有明確的理論依據，完全只是看立法者的心情，跟所謂的常識？」

「不，雖然在條文上沒有明確的定義，但在法界人士之間，還是存在著一些合理的解釋。第一，人的生命不僅是一切活動的根源，更是自由的基本要件，理所當然應該優先受到保護。殺死一個人，就像是奪走了其最重要的資產，理應受到最嚴厲的懲罰。」

「這個理由倒是淺顯易懂。但是殺害的對象若是需要看護的老人，『一切活動的根源』、『自由的基本要件』什麼的，恐怕有點說不通吧？那些人已經沒有辦法進行任何具生產性的活動，而且整天只能待在安養院裡，打從一開始就沒有自由可言。」

「同樣是需要看護，每個人的狀況不盡相同。例如有些人雖然已經喪失溝通能力，卻能夠靠著重要的發明或發現，獲得諾貝爾獎。當然從事創作活動的人也不少。」

忍野沉默不語。御子柴認定他已受到說服，接著說道：

「第二點，既然生命是一切活動的根源，在生命沒有受到保護的狀況下，保護其他任何利益都將失去意義。這證明生命是法律最應該優先保護的對象。」

「這聽起來只像是第一個定義的延伸解釋。」

「第三點，殺人是對人權最嚴重的侵犯行為。安定的生活是人權的核心，一切有可能損及安定生活的行為都應受到禁止。」

「安定的生活是人權的核心？這又是誰規定的？」

忍野以譏笑的口吻說道：

「喜歡刺激生活的人，可是多得數不清。太過安定的人生也很無趣，不是嗎？說穿了，這只是價值觀的差異。」

「這不是價值觀的差異，而是每個人都有權利過安定生活的理想。有些人喜歡刺激的生活，那是他們的抉擇。每個人都可以有自己的抉擇，但前提是必須讓他們有得選。」

忍野再度陷入沉默。

「第四點，殺死了一個人，等於是剝奪其家人的一部分人生。大多數的人遇上家人遭到殺害的情況，都會感到悲傷與痛苦。而且遭到殺害的若是家庭的經濟支柱，其家人的生活必然會陷入困境。換句話說，殺人會對受害者家屬造成精神層面及物質層面的重大危害，沒有人有這樣的權利，也不該有這樣的權利。」

「這一點的前提，是受害者有家人，而且受害者對其家人有精神層面及經濟層面的影響力。倘若受害者在世上孑然一身，沒有任何家人，或是與家人之間毫無感情，那這一點就站不住腳了。尤其是從經濟層面來看，那些受看護的老人只會花錢，不會賺錢。他們光是活著，每天都得讓家人付出龐大的看護費用。如果他們死了，對家庭的經濟反而是一件好事。或許在家人的心裡，反而是一件求之不得的事情。」

「你這些話，可以套用在你自己身上嗎？除了下落不明的父親之外，你也沒有任何家人，不是嗎？」

「咦？」

「如果你被送上死刑臺，有家人會為你哭泣嗎？有家人會因為你的死，而喪失經濟來源嗎？」

忍野聽了御子柴的反駁，再度露出沉痛的表情。御子柴不喜歡拿家人的事情來說三道四，因此立刻岔開了話題。

「第五點，則是法律體系上的依據。受《刑法》保護的利益，稱作『法益』。各刑罰所保護的法益從重到輕，分別為死刑、徒刑、禁錮[18]、罰金及科料[19]。殺人罪所保護的法益為人民的生命，它被視為最重要的法益，因此刑罰也是相對最重的死刑。」

「我是法律的門外漢。你對我說這些，我也沒有辦法判斷對錯。」

「好，那我們直接進入第六點。人死不能復生，殺人是一種無法復原的罪行，而且人命沒有辦法以金錢來取代。正因無法挽回，所以殺人罪的刑罰往往不能只是徒刑或罰金。刑事法庭的法官做出死刑判決的基準，是所謂的『永山基準』。這個基準的細節，我就不多提了。簡單來說，要判處死刑還是徒刑，主要依據的是受害者的人數。不過近年來有越來越多的判例，基於其犯行態樣、凶殘程度及對社會的影響，法官決定不採用永山基準。法律就像是一種以條文為血肉的生物，會因為時代的變遷與價值觀的變化而逐漸改變。話雖如此，但你殺了九個人，不管法官採不採用永山基準，大概都沒有什麼分別。」

「你可以詳細說明這個永山基準嗎？照你剛剛的說法，受害者的人數並不是唯一的判斷依據，是嗎？」

忍野顯得興致勃勃。御子柴於是針對永山基準進行了概略的說明。根據永山基準，法官是否判處死刑，需考量以下諸點。

1　犯罪性質
2　犯罪動機

3 犯行態樣（特別是殺意的輕重與殺害手法的凶殘程度）

在犯行態樣這個項目之中，犯案的計畫性也是必須考量的要素之一。打從一開始就打算殺人的犯罪計畫（計畫性較高），與原本並不打算殺人的犯罪計畫（計畫性較低）相比，前者遭判處死刑的可能性較高。

4 結果的嚴重性

5 死者家屬的感受

6 對社會的影響

7 凶手的年齡

8 有無前科

9 犯案後的行徑

「若採用永山基準來評斷你這個案子，除了第八項『有無前科』還有轉圜餘地之外，其餘

18 「禁錮」是日本特有的刑罰方式，大致上與徒刑相同，但監禁期間不必服勞役。

19 「科料」與「罰金」類似，都屬於財產刑。根據日本法規，金額在一萬圓以上稱「罰金」，一萬圓以下稱「科料」。

各項都足以讓法官做出死刑的判決。」

「第二項『犯罪動機』跟第五項『死者家屬的感受』，我要提出反證。」

忍野忽然將臉湊了過來。

面對情緒異常亢奮的委託人，御子柴幾乎有些招架不住。

「我有一個非常正當的動機，那就是貢獻這個社會。我相信只要好好對死者家屬闡明我的想法，他們一定會諒解的。」

「你認為死者家屬會為你寫減刑的請願書？」

「這就要看律師先生夠不夠努力了。」

「在強人所難之前，或許你願意聽聽第七點。」

「還有？」

「放心，這是最後一點，而且也是最簡單易懂、符合邏輯的一點。如果不希望自己被殺，就不應該殺死他人。這樣的觀念，雖然在法律體系內行不通，但大多數的民眾應該都能認同。自己不想挨子彈，就別對他人開槍。」

「真不愧是律師，竟然能把這七個觀點倒背如流，太讓我敬佩了。」

御子柴將這些記得一清二楚，單純只是因為當年在醫療少年院裡，已經聽法務教官說過不知多少次。

「但如果殺人是神的旨意呢？這些觀點還解釋得通嗎？如果是來自國家或社會的命令呢？我想，戰爭應該是最典型的例子吧？被推上戰場的士兵，並不是每個都有為國捐軀的覺悟吧？但是上頭的命令，逼迫他們必須射殺敵人。」

「任何國家的法律，都是將戰爭中的殺人行為排除在懲罰對象之外。而且幸朗園內並沒有發生戰爭吧？你的反證並沒有做到反證，只是在模糊焦點。」

「律師先生，你聽我說。那些老人不僅毫無生產性，而且還是所謂的『上級國民』。抹除這些人，不僅是社會的期許，更是我肩上背負的使命。有些老人還是對社會有所貢獻，這點我不否認。但是絕大部分的老人，都只是在拖累家庭，以及拖累整個社會。只要這世上沒有這些老人，我們的社會就有更多的人力資源，能夠投入一般民眾的醫療及看護領域，當然預算也會大幅增加。不管是對個人，還是對國家，你不認為這都是非常有意義的事情嗎？」

「我想給你一個忠告。」

御子柴打斷了忍野的話。

「你喜歡高談闊論，那是你的自由。但反覆對相同的對象提出相同的論點，終究只是毫無意義的陳腔濫調。所以在我的面前，我勸你不要再提你那一套高見。還有，如果你真的想要博取聽者的認同，你應該輕聲細語，絕對不能扯開嗓門說話。任何人都一樣，聽見竊竊私語時會豎起耳朵，聽見噪音時會把耳朵摀住。」

忍野愣愣地看著御子柴，一時說不出話來。顯然過去從來沒有人對他提過這樣的建議。

「大聲說話的人，大多都是想法膚淺、辭藻匱乏之輩。正因為不善言辭，所以才會扯開喉嚨說話，掩飾自己的弱點。但這樣的作法，會被聽者輕易看穿。所以這種人就算站在路上大聲疾呼，也沒有辦法吸引路人停下腳步。你的狀況也是一樣。如果你真的希望世人認真聆聽你的主張，你應該善加利用緘默的力量，不要大聲嚷嚷。沒人問你問題，不要輕易開口。」

御子柴的視線毫無溫度。冰冷而帶刺，沒有流露一絲情感。御子柴很清楚自己此時的表情會帶給他人什麼樣的感受。不僅清楚，而且經常將它使用在心理戰上。果不其然，原本幾乎整張臉貼在壓克力板上的忍野，身體向後縮了縮。

「你會幫我安排發言的機會吧？」

御子柴沒有回答這個問題。反正就算自己什麼也不做，被告還是會有進行最終陳述的機會。

「你會幫我接洽新聞媒體吧？不是全部也沒關係，只要一部分就行了。」

在這個社會上，樂於刊登重刑犯自白的雜誌社可說是多如牛毛。雖然他們總是口口聲聲強調「民眾有知道真相的權利」或是「刊登自白是為了避免悲劇重演」，但是在御子柴的眼裡，說穿了不過是為了滿足民眾的低俗偷窺心態。

既然新聞媒體的目的只是為了滿足民眾的好奇心，應付起來基本上並不困難。只要讓民眾目睹忍野的絕望、沮喪及對死刑的極度恐懼就行了。雖然可能有些民眾希望看見的是凶嫌桀驁不遜、不見棺材不掉淚的一面，但大部分的群眾只要看見凶嫌受盡良心呵責且活在恐懼之中，就會心滿意足地忘掉這件事。

「進行精神鑑定之前，我會再來見你。雖然是臨時抱佛腳，但我們至少能預想醫生會問什麼問題，事先演練一番。」

「好，麻煩你了。」

「最後，我想問你一個問題。」

「請說。」

「你一直掛在嘴邊的那些價值觀，到底是怎麼來的？你看了某個網站？還是希特勒的回憶錄？」

忍野愣了一下，才說道：

「不是來自網路，也不是來自書本。如果要我勉強給你一個答案，應該是來自職場吧。在幸朗園從事看護工作久了，自然而然就會明白什麼是社會的毒瘤，什麼是社會的福音。我的哲學都來自於職場上的個人領悟，絕對不是拾人牙慧。」

「原來如此，我明白了。」

御子柴說完這句話，便站了起來，轉身離去。

驀然間，御子柴感覺到一股殷切的視線，射在自己的背上。轉頭一看，忍野正一臉不安地看著自己。

但是那表情稍縱即逝，下一秒已從忍野的臉上消失。

三

家屬的悲歎

1

上午八點五十分，御子柴正準備要外出，恰好洋子走了進來。

「早安，老闆。您要出去？」

「今天難得沒有任何預定行程。」

「是啊，相當難得。」

「今天我一整天都會待在外頭。」

洋子一聽到這句話，臉色登時沉了下來。

「您是要處理幸朗園的案子吧？又要去木更津的看守所分所？」

「不，今天我會待在東京都內。」

人家說在職場上共事久了，一個人只要說出目的地，另一個人就會知道是去辦什麼事情。然而天生直覺敏銳的洋子，顯然更高了一個層次。御子柴只要說出大致的方向，她就會連目的地也猜得毫釐不差。

「死者家屬之中，有四個家庭是住在東京都。您要去拜訪他們，是嗎？」

「目前無法確定回來的時間。如果到了下班時間，我還沒回來，妳就先下班吧。」

「您該不會是想要請死者家屬提出減刑的請願書吧?」

身為法律事務所的職員,一聽到要去見家屬,能夠在第一時間就想到目的是為了請願書,勉強能算是及格了。在被告認罪的情況下,量刑的輕重成為法庭上的唯一攻防重點。辯護人要做的事,就是為被告塑造「其情可憫」的情狀。

法律上的情狀,大體可分為兩類。

犯罪相關情狀

・是蓄意還是過失?
・是單獨犯行,還是有共犯?
・前後共犯案幾次?
・是否使用了武器?
・是否為預謀犯案?
・受害者有無過失?
・犯案的目的,是否僅為了滿足私慾?
・受害者的受害程度。

一般情狀
・被告的年齡及性格。
・被告是否有反省之意。
・被告是否願意支付損害賠償，或與受害者達成和解。
・受害者是否希望被告受到懲罰。
・被告是否為可教化，是否有再犯的可能。

受害者家屬若提出減刑請願書，可證明家屬並不希望被告受到懲罰。《刑法》第六十八條及七十一條，明訂了減刑的範圍。原本應判處死刑者，可減刑至無期或十年以上的徒刑或禁錮。當然這只是得減刑的範圍，實際上的量刑輕重，到頭來終究是由法官主觀判定。

「我並不是想干涉您的辯護策略，但我認為幸朗園這個案子，要讓家屬提出請願書恐怕並不容易。」

洋子的神色頗為僵硬，顯然是鼓起了勇氣才說出這句話。

「這起案子跟一般的案子不能相提並論，受害者都是毫無抵抗能力的老人家。我不認為家屬會希望凶手獲得減刑。」

「這只是妳的主觀臆測。家屬願不願意原諒忍野，只有家屬知道答案。」

「如果我是家屬，我絕對不會原諒他。」

御子柴本來還想反駁，但最後什麼話都沒有說。

洋子也曾經有過身邊的人遭到殺害的經驗。她雖然不能算是死者家屬，但也不能算是躲在安逸圈內大放厥詞的局外人。

「就算機會再渺茫，也有一試的價值。」

御子柴說完這句話，轉身走出了事務所。

御子柴選擇土肥惠的老家作為第一個拜訪地點，單純只是因為地址在葛飾區內，與御子柴的事務所相同。

在東京二十三區之中，葛飾區算是房價比較便宜的一區，但是街上看不見什麼廉價的破公寓，街景也不算特別老舊。從新小岩車站到土肥家，徒步約十五分鐘。土肥家的外觀跟兩側的建築物如出一轍，可見得應該都是預建式的建築。從外觀看起來，土肥家並不特別豪奢，實在不像是有錢讓老母親住進高級安養院的富裕人家。

御子柴打開早已褪色的對講機蓋子，按了按鈕後報上姓名。不一會，對講機傳出女人的聲音。

〈你是律師？忍野的辯護律師？〉

「是的。」
〈請你馬上離開。〉
女人的聲音瞬間高了八度。
〈既然你是站在凶手那一邊的人，我們跟你沒什麼好說的。〉
御子柴聽了女人那歇斯底里的聲音，一度打算要打退堂鼓，沒想到就在這時，對講機傳出了另一人的聲音。
〈很抱歉，內人失了禮數。請問你有什麼事嗎？〉
「關於土肥惠女士的事情，有幾個問題想要請教。」
〈只是問問題而已嗎？如果你想要爭取忍野的減刑，我們是不會同意的。〉
「請放心，只是問幾個問題。」
這種情況沒有吃閉門羹，已經算是運氣不錯。過了幾秒鐘之後，玄關大門開了。
土肥夫妻都站在門口。他們並沒有做出請御子柴進屋的舉動，似乎是打算站在門口把話說完。
根據事先取得的資料，御子柴早已知悉死者家屬的姓名及職業。眼前的男人應該是土肥惠的兒子土肥健英，他經營一家私人的保險經紀人公司，旁邊的女人應該是他的妻子真紀，平時擔任他的助理。

「很抱歉，我們只能在這裡交談。你是忍野的辯護律師，我們沒有辦法歡迎你進屋。你今天來找我們，應該也是為了蒐集對忍野有利的證詞或證據吧？」

「簡單來說，是這樣沒錯。辯護人做的每一件事情，都是為了爭取委託人的利益。」

「既然是這樣，我們不會幫你任何忙。他不僅殺害了我的母親，還殺害了其他八個人，我們絕對不會原諒他。」

健英雖然裝出一副冷靜的態度，但任誰都看得出來，他只是在強自壓抑。

「那些新聞媒體竟然公布了九名受害者的姓名，當然我的母親也不例外。」

健英憤怒地說道。每天都看數份報紙的御子柴，當然很清楚這件事。案子剛發生的時候，公布受害者姓名的報社在社會上遭到了嚴厲的譴責。其他報章媒體見苗頭不對，都暫時採取了觀望的態度。但最近因為已經接近第一次開庭的日子，又有不少新聞媒體開始大肆報導。

率先公布受害者姓名的報社，正是《埼玉日報》。由於搜查本部的口風非常緊，《埼玉日報》取得受害者姓名的管道，多半不是「幸朗園」的園長，就是負責經營「幸朗園」的「千葉援護會」。報社打著「為過世者留下活著的證據」的美麗口號，大膽公布了九名受害者的姓名及年齡。

「報紙一公布姓名及年齡，這附近的街坊鄰居全都知道了我的母親是受害者之一。雖然鄰居們的反應大多是向我們表達哀悼，但也有不少陌生人持續對我們毀謗及中傷。那些傢伙的手法實在太過惡劣，害我連保險經紀人公司也不得不暫時歇業。」

「為什麼不向警察求助，指控他們妨礙業務？」

御子柴這句話似乎擊垮了健英原本就搖搖欲墜的自制心，他以更加嚴峻的口吻說道：

「他們的手段非常狡猾，遊走在灰色地帶，讓警察沒有辦法採取行動。例如有人造謠說，忍野幫我們除掉了一個需要看護的包袱，我們一定很開心……還有人說，其實是我們花錢委託忍野殺害了母親……」

「還不止這樣！」

原本在健英身旁保持沉默的真紀，似乎再也按捺不住，開口說道：

「就連我，也成了他們毀謗的對象。我曾經接過匿名電話，說什麼婆婆會慘死，全是因為身為媳婦的我，沒有把婆婆留在家裡好好照顧。那些人不只打電話，而且還用傳真機傳來一些很難聽的詞句。我們跟婆婆從來不會給他人添麻煩，為什麼得遭受這種對待？後來我們實在是受不了，就把傳統電話的電話線給拔了。」

御子柴心想，原來公司必須暫時歇業的原因，是他們拔掉了電話線。

「兩位所說的這些，加害者是那些騷擾兩位的陌生人，與忍野無關。」

「毀謗中傷的部分，確實可以這麼說，但是追根究底，不也是因為忍野殺害了我的母親，才會發生這種事？」

健英反駁了御子柴的主張。

「不管需不需要看護，母親都是我相當重要的親人。那些無聊份子的毀謗中傷，不會持續太久的時間，但我的母親不管經過多久，都不會再回來了。保險經紀人公司的工作被迫中斷，當然也讓我們很困擾，但是跟母親的性命比起來，那只是雞毛蒜皮的小事。那個男人……忍野奪走了我們夫妻最重要的東西。」

此時真紀忽然摀住了嘴，轉身奔向走廊的深處。健英看著妻子的背影，一臉哀戚地皺起眉頭。

「很抱歉，讓你見笑了。自從那案子發生之後，內人的情緒一直很不穩定。如果有什麼失禮之處，請你見諒。」

「請不用放在心上。」

「母親生前很疼愛內人……疼愛的程度，甚至超越我這個親生兒子。所以我母親的過世，讓內人傷痛欲絕。」

「我能請教令堂為什麼會搬進『幸朗園』嗎？」

「這是我母親自己的意思。我所經營的保險經紀人公司，原本是由我的父母所創立。我母親年輕時很認真工作，但是過了六十歲之後，開始出現一些失智的症狀。不僅沒有辦法和客人好好對話，到後來甚至連用餐、洗澡都有困難。」

「生活無法自理。」

「沒錯，原本我們應該要照顧她，但我和內人都在工作。我母親不想造成媳婦的負擔，所以做出了那樣的決定。『幸朗園』的入住費用，都來自我母親自己的存款。內人知道這件事之後，急得快哭出來，但當時我母親已經跟『幸朗園』簽了約，想阻止也來不及了。」

「看來令堂是個非常有行動力的人。」

「她從以前就非常不喜歡給人添麻煩。我跟內人是她的家人，當然很樂意照顧她，可惜她最後還是搬了出去。」

「另一方面也是為了孫子著想，是嗎？」

御子柴看見屋內掛著香取神宮[20]的護符。

「是啊，你猜對了。我的大兒子正在準備考大學，小兒子正在準備考高中。」

考量孩子的升學支出及學習環境，土肥家顯然沒有餘力照顧一名罹患失智症的老人。這應該才是土肥惠入住「幸朗園」的主因吧。

「多半因為『幸朗園』是一家非常高級的安養院，所以我們家才會蒙受毀謗與中傷。但我們家真的不是什麼上級國民。我們從事的只是小小的自營業，夫妻都在工作，生活也只是勉強過得去而已。為什麼我的母親得因為那種荒唐的理由而遭到殺害？」

健英緊緊握住了雙拳。

「我曾經和忍野交談過，原本以為他是個相當認真負責的看護師，沒想到竟然是殺人不眨眼的大魔頭。多半是因為母親進了安養院，讓我放下了心中的大石，我才會沒有看清楚那個人的真面目。如今回想起來，我實在好恨自己的愚蠢。」

最後健英垂頭喪氣地告訴御子柴：

「請你離開吧。我能告訴你的，就只有這麼多了。」

御子柴第二個拜訪的家庭，位於江東區門前仲町的住宅街。這一帶依然保留著濃濃的下町[21]風情，久代八重子的老家也不例外。

根據資料上的記載，久代家現在住著八重子的丈夫信親，以及女兒塔子。信親目前賦閒在家，並無正職。

「你是忍野的辯護人？」

20 香取神宮位於日本千葉縣香取市，統管日本全國約四百座香取神社，主祭神為經津主神。經津主神為武道之神，主掌勝負之事，所以傳統上多有考生前往祈求金榜題名。

21 「下町」指傳統上工商業者及庶民百姓的聚集地，街景通常較為熱鬧、擁擠且具有悠久歷史。

信親還沒有詢問御子柴的來意，嗓音已異常粗重。

「你怎麼有臉來按我家的門鈴？」

信親對著御子柴大聲嚷嚷，屋內卻沒有人走出來，或是出聲制止。御子柴低頭望向門內的脫鞋處，女人的鞋子只有一雙拖鞋，顯然塔子此時並不在家。

「我今天前來叨擾，主要是想詢問關於過世的八重子女士的事。」

「你問她的事做什麼？」

「我身為辯護人，當然是想要尋找對委託人有利的事證。」

「那傢伙殺了我老婆，你認為我會幫忙他的律師？」

「在法庭上公開八重子女士的生前為人，我相信不是一件壞事。況且這麼做，也能讓忍野對八重子女士有進一步的瞭解。」

「忍野一直在『幸朗園』照顧我老婆，難道他會不知道我老婆的為人？」

「在家裡的言行，或許與在安養院裡有些不同。」

「讓忍野更加瞭解我老婆，難道就能讓他受到良心呵責？」

「至少有機會讓世人看見八重子女士最真實的一面。」

「哼！」

信親不置可否地瞪了御子柴一眼，接著朝屋內抬了抬下巴，說道：

「進來吧！」

在信親的引導下，兩人走進了客廳。刺鼻的汗臭味，與類似腐土的詭異臭氣，搭配屋內擺設的寒酸氛圍，讓御子柴有種喘不過氣的錯覺。通過廚房門口時，御子柴瞥見了垃圾袋裡塞滿了大量的啤酒空罐。

既然信親沒有在工作，一家的生活開銷及八重子的看護費用，應該都是由女兒塔子一肩扛起。此時她不在家，多半是出去工作了吧。

「我再問你一次，你問我老婆的事情做什麼？這難道會對辯護有幫助？」

「有沒有幫助，得聽完了才會知道。」

「我老婆就只是個很普通的女人。年輕的時候就沒什麼姿色，上了年紀之後更是標準的黃臉婆。」

「聽說她搬進『幸朗園』，是因為失智？」

「其實她的失智症不算非常嚴重。至少她還記得筷子怎麼拿，也能一個人上廁所。但麻煩的是她會忘記誰是誰。她常常不記得我是她老公，不記得信親這個名字，不記得我這張臉。別說是我，就連她懷胎十月生下的女兒，她也常常忘記。她唯一還記得的人名，就是她自己的名字。以她這樣的狀況，跟我們生活在一起，不僅她自己隨時會有危險，我們要照顧她也很累。所以我們一直在尋找能夠收容失智老人的設施，最後找到了『幸朗園』。」

「『幸朗園』的月費可是不便宜。」

「我已經很久沒有工作了。」

信親的臉上流露出一抹懊惱與慚愧。

「你看我家這個樣子，應該就知道我們的生活並不富裕。靠著我的退休金，以及女兒的收入，才勉強能夠支付我老婆的看護費用。餐費、水電費跟瓦斯費，樣樣都得省，這樣的生活雖然很辛苦，但為了自己的家人，那也是沒辦法的事。」

信親抬頭上仰。天花板上到處是坑坑疤疤的修補痕跡，顯然全是出自外行人之手。瀰漫在屋裡的古怪氣味，多半是長期漏雨所造成的吧。

「房子也跟人一樣，一旦上了年紀，就會開始出問題。有錢人可以把房子拆掉重建，沒錢的人就只能修修補補，勉強湊合著用。窮人的生活，不就是這麼一回事嗎？」

從這幾句話聽來，信親似乎認為照顧家人就跟修補房子沒什麼不同。這樣的價值觀實在相當耐人尋味。

「你們定期會去探望八重子女士嗎？」

「我女兒每兩星期會去一次。」

「你呢？」

「我忙著找工作，所以很少去。反正我女兒會去看她，不需要多一個男人在那裡礙事。」

御子柴不禁心想，塔子要是在這裡，聽了父親這句話，不知道作何感想？

「怎麼？我很少去看我老婆，有什麼問題嗎？重要的是有沒有把對方放在心上，而不是探望的次數。我跟她是夫妻，就算我沒有陪在她的身邊，我們的心還是連在一起的。」

「即便她已經不記得你的名字跟長相？」

信親的臉色登時變得相當難看。

「夠了，別再說這些有的沒的，我們直接進入正題吧。」

「正題就是八重子女士的生前為人。」

「不，正題應該是怎麼樣讓忍野獲得減刑，不是嗎？」

「你願意幫助他獲得減刑？」

「明人不說暗話，你來找我不就是為了這個？」

「你的意思是說，你願意提出減刑請願書？」

「當然不願意，但我也得想辦法湊到律師費用。」

御子柴沉默不語。信親似乎耐不住性子，接著又說道：

「包含我家在內，受害者總共有九個家庭。如果我把價碼開得太高，你們一定付不出來。我看每一家就賠個兩百萬吧，這金額應該很合理。」

信親揚起視線，打量著御子柴的臉色。

「這是個很吸引人的提案。但是金額的部分，我得先跟委託人討論過才行。」
「你們最多能出多少？」
「目前我無法回答這個問題。」
「好吧，看來也只能先這樣了。反正距離開庭還有一些日子，你們好好討論吧。」
「好，我會把你的提案轉告委託人。」
該問的話都已經問完了，御子柴於是站了起來。信親似乎誤會了什麼，臉上竟露出一抹貪婪的笑意。但他趕緊收斂笑容，重新板起了臉。
走出大門時，御子柴感覺到信親的視線射在自己的背上。那視線是如此陰鷙而市儈，御子柴卻是絲毫不放在心上。冰冷的視線，與遭人在背後指指點點的感覺，對御子柴而言就像是生涯最親密的伴侶。死者家屬的眼神再怎麼不懷好意，也沒有辦法撼動御子柴半分。
走到了看不見久代家的地點之後，御子柴取出了暗藏在懷裡的錄音筆，試著播放出剛剛兩人的對話。
〈我看每一家就賠個兩百萬吧，這金額應該很合理。〉
這樣的證詞雖然不能證明信親有提出減刑請願的意圖，但或多或少可以證明死者家屬冀望凶手受到懲罰的心情並不強烈。可惜跟御子柴原本期盼的收穫相比，這樣的成果可說是微不足道。

不管是土肥家，還是久代家，都絕對稱不上是豪富之家。這樣的真相不僅足以讓世人跌破眼鏡，恐怕連忍野本人也會咋舌不已。

如果把這件事告訴忍野，不知他會露出什麼樣的表情？

第三個拜訪的是市田妙子的家，位在練馬區石神井町。同樣是石神井公園車站附近的街景，車站北口跟南口可說是天差地遠。南口有不少外觀摩登洗鍊的建築物，北口卻全是老舊的低樓層住宅，簡直像是時間還停留在昭和年代。那些低樓層建築的其中之一，就是市田家。

根據資料記載，市田妙子的丈夫在數年前就去世了，女兒志都子是她唯一的親人。由於無從得知志都子什麼時候會在家，這個時間來拜訪可說是一種賭注。但不知道為什麼，御子柴在這樣的賭注中很少賭輸。

志都子果然在家。

「忍野的律師來找我做什麼？」

御子柴一報上身分，志都子霎時勃然大怒，只差沒衝上來抓住御子柴的衣領。

「想請教關於市田妙子女士的事。」

「人都已經死了，還問這些做什麼？」

「我想檢察官過陣子應該也會造訪府上，詢問相同的問題。」

「為什麼？」

「忍野殺害了九個人，這九個人各自有自己的人生。將來開庭的時候，所有受害者的生平事蹟都會被拿出來一一檢視。檢察官這麼做，當然是為了引起法官及裁判員的同情，使其心證偏向嚴懲被告。」

「那你來找我做什麼？以你的立場，這種事應該是有害無益吧？」

「事先知道檢察官手中的籌碼，對我方來說也不是一件壞事。」

志都子上下打量御子柴，臉上依然帶著難以理解的表情。

「你大老遠跑到我家來，就為了這種事？」

「我的辯護方針，是事先設想所有可能發生的狀況。」

「我絕對不會說出任何對忍野有利的證詞。」

只要使用得當，不利的證詞也有可能變得有利，反之亦然。御子柴雖然心裡如此想著，當然沒有說出口。

「無妨，只要是與市田妙子女士有關的事情，我都洗耳恭聽。」

志都子雖然臉色相當難看，還是將御子柴請進了家中。

屋內的格局顯得相當狹窄而擁擠。似乎是因為原本屋子就不大，卻勉強隔出了許多房間，導致整個空間充滿了壓迫感。

御子柴率先發話。

「聽說妙子女士生前罹患輕度的 ADHD（注意力不足過動症），症狀是注意力無法集中，以及沒辦法靜下心來？」

「嗯，大約在她五十五歲的時候，我們開始懷疑她有這樣的症狀。她從年輕的時候，就有無法專心的毛病。她沒有辦法靜下心來好好做一件事情，或許她認為自己做得很認真，但是在旁人的眼裡，可能會認為她是在偷懶，或是三分鐘熱度。後來我們帶她去看醫生，才診斷出她患有 ADHD。」

「但是就我讀到的資料看來，似乎還沒有嚴重到必須進安養院。」

「我母親的情況是她常常會做事不經思考，完全沒有考慮行為的後果。或是沒有顧慮他人的心情，在無意之間說出傷人的話。有時帶她到餐廳吃飯，她還會打破餐盤。因為這些症狀，她很難交到朋友。因為沒有朋友，所以她不喜歡出門。整天把自己關在家裡，導致症狀更加惡化。幸好我父親過世之後，留下了一些遺產，所以我決定把她送進設備比較好的私人安養院。」

志都子說到這裡，臉上充滿了懊悔之色。ADHD 沒有一定的治療方式，如何處理端看對其症狀抱持什麼樣的心態。同樣是衝動的性格，有些病患認為這是 ADHD 的症狀，有些病患則認為這是自己的人格特質。只要家人應對得當，市田妙子或許在家裡生活也不會有太大的問題。

「父親在世的時候，我們勉強還能維持正常的生活。母親就算闖了什麼禍，我跟父親能夠一起想辦法處理。但是我父親突然過世，我一想到自己得一輩子照顧這樣的母親……」

志都子說到後來，聲音變得斷斷續續。

「我們為父親舉辦喪禮的那一天，母親突然哈哈大笑，完全不在意弔客們的目光。我看了她那模樣，心裡深深領悟到，我一個人絕對撐不下去。我沒有辦法獨自照顧她。何況我還得出去做一些兼差的工作，沒辦法二十四小時陪伴在母親的身邊。我很擔心她一個人走在外面，很可能會突然被什麼東西吸引，而做出危險的舉動。這也是讓我決定將她送進『幸朗園』的原因之一。」

沮喪與懊惱，讓志都子五官扭曲。只要自己稍微忍耐一點，別把母親送進安養院，母親就不會遭到殺害……她的心裡想必充塞著這樣的悔意。

「與妙子女士一起生活，讓妳感到很痛苦，是嗎？」

「你說這是什麼話？」

「我只是總結了妳剛剛的描述。」

「那也不能使用那樣的說法，彷彿我把母親當成了瘟神。」

「難道不是嗎？」

「就算她的言行舉止再怎麼讓人不安，她還是我的親生母親。」

志都子正眼凝視著御子柴，說道：

「不管照顧時再怎麼麻煩，我還是愛著她。她除了有時候會做出一些讓人捏把冷汗的行為之外，基本上她是一個非常純真而且善良的人。所以當我知道她被看護師忍野殺害的時候，我好幾次認真考慮過要殺了忍野報仇。」

「在案發之前，忍野這個人給妳什麼樣的印象？」

「我本來以為他是個沉默寡言但做事認真負責的看護師。他對園內每一個老人都非常客氣、和善，而且因為他跟其他看護師比起來，體格瘦小得多，我本來還很擔心他能不能撐得下去。後來我才知道，我完全被他給騙了，他簡直是個禽獸。」

志都子惡狠狠地瞪著御子柴，簡直把眼前的男人當成了殺害母親的仇人。不過律師的身分本來就是被告的代理人，代替被告遭受怨恨似乎也沒什麼不對。何況御子柴早已習慣遭人怨恨的感覺，對志都子的視線絲毫不縈於心。

「我看你也不是什麼好東西。為什麼你要替那種人辯護？」

「《憲法》第三十七條第三項，『刑事被告人有權委任合格之辯護人，此權利不因任何事由而消滅。若被告人無力委任辯護人，政府應提供協助』。所以不管被告是妖魔還是禽獸，都跟廣大的善良老百姓一樣，有權接受辯護。」

「你做這種事，可以拿多少錢？」

「這是公設的案子，扣掉經費支出後能賺個二十萬就要謝天謝地了。」

「就為了這一點錢，你願意為那種人辯護？」

志都子怔怔地看著御子柴，露出一臉難以置信的表情。

「忍野總共殺害了九個人，每個家庭拿個三萬圓出來，就有二十七萬圓。如果我們給你這二十七萬，你願意幫助我們讓忍野被判死刑嗎？」

像這樣聽到有人出價要求自己做出不利於被告的辯護，御子柴已有過不少次經驗，應付起來自然也是駕輕就熟。

「我明白妳的心情，但我不建議妳採行這樣的做法。我處理這個案子的報酬只有二十萬，那是因為法院對公設辯護人的報酬設有上限。在沒有設限的情況下，我的報酬比這個金額多了兩個零。」

「多了兩個零……兩千萬？這金額未免太離譜了！」

「有些委託人不認為離譜。」

志都子望著御子柴，眼神彷彿看見了這世上最可怕的東西。

拜訪第四個家庭的時候，已接近傍晚時分。御子柴來到了府中市甲州街道沿線上的一處住宅區。這一帶蓋了不少大型的出租公寓，但因為鄰近交通要道，不難想像居民都得忍受大量的塵埃、廢氣及噪音。

瀨名步美的家也是公寓式建築。共十四層樓，瀨名家在第十樓。家裡住著步美的丈夫及兒子，在這種傍晚時刻，兩人至少應該會有一個人在家。

御子柴登門拜訪，應門的是步美的丈夫瀨名讓。

「你是律師？」

就跟其他受害者家屬一樣，瀨名讓對御子柴投以極度懷疑的目光。畢竟他看見的是一個願意為殺妻凶手辯護的男人，露出這樣的眼神可說是合理至極。根據事先蒐集的資訊，瀨名讓曾擔任長達十五年的眾議院議員。擔任議員時期，還曾經成為政府閣員。到了七十三歲那年，因為年事已高，決定辭去職務。

「你來這裡，有什麼事？」

一如前面三次的拜訪，御子柴再度說明來意。瀨名讓的眉毛微微抽搐，似乎有胸中有大量的怒氣無處宣洩。

「幸好我兒子出門工作去了，還沒有回來。要是開門的人是他，你現在可能已經在地上爬不起來了。」

「你的意思是說，你願意與我理性對話？」

「那得看對話的內容。如果你要求我在忍野的減刑請願書上簽名，我可能也無法保持冷靜。」

「我今天來到府上叨擾，純粹只是想要請教步美女士的生前為人。」

「我剛剛說過了，我兒子可能會對你動粗，所以你必須在他回來之前離開。」

御子柴答應了。瀨名讓以些許不耐煩的動作拉開了大門。

「根據我取得的資料，步美女士是雙極性疾患（躁鬱症）的病患？」

「說得更精準一點，是第I型雙極性疾患。」

御子柴從前曾經為罹患相同疾病的委託人辯護，所以對雙極性疾患有一定程度的理解。雙極性疾患第I型的特徵，是躁症與鬱症反覆交替。而第II型的特徵，則是輕躁症與鬱症反覆交替。

（第I型）躁症至少維持七天以上，對社交生活造成重大阻礙。

（第II型）輕躁症至少維持四天以上，社交生活大致尚能維持。

「她的躁症期與鬱症期的差異非常明顯。進入躁症期的時候，她整個人充滿了活力，就算熬夜到天亮，也不當一回事。有時她會刷卡購物，買爆信用額度；有時她會誇下豪語，說要跟我一樣參選眾議院議員，幫助全國的女性建立社會地位。她曾經偷走我的信用卡，買了大量名牌包，以及根本不使用的健康器材，甚至還投資一些她完全不瞭解的虛擬貨幣，搞得債臺高築。」

「如果有資金周轉上的問題，可以由她本人申請進入破產程序。」

「是啊，錢的問題還好解決。但比起躁症，鬱症的麻煩更大。當她進入鬱症狀態，她會回想起躁症時浪費掉的那些錢，整個人變得非常憂鬱。憂鬱的程度，一般人恐怕無法想像。」

飛得越高，自然跌得越慘。這句話可以說是躁鬱症的最佳寫照。

「她會陷入絕望的深淵，一整天哭哭啼啼。躁症時的她，每天都睡眠不足，但是進入鬱症之後，卻又變成每天都有一半的時間在睡覺。不管是走路還是拿東西，動作都非常緩慢，一副有氣無力的樣子，而且會不斷自怨自艾。好不容易不再責怪自己了，接著卻又開始發呆，整天魂不守舍，做什麼事情都沒有辦法集中精神。到了後期，他會一天到晚把『好想死』掛在嘴邊，甚至還會經真的割腕。」

「所以你決定把她送入『幸朗園』？」

「當時我跟兒子都有工作，沒有辦法整天照看著她。雖然『幸朗園』的入居及看護費用相當可觀，但總比讓她一個人的時候割腕自殺好得多。『幸朗園』的看護師，每個看起來都相當可靠，我本來以為應該能夠放心。」

「包含忍野嗎？」

「我真的沒有料到，他竟然是那麼可怕的怪物。」

讓顯得相當後悔。

「因為他的身分是看護師，我從來不曾對他這個人抱持任何的疑慮。畢竟看護師也是需要證照的『師字輩』，過去我十分信任。如今回想起來，這真是最大的失策。我父親生前曾經說過，『師字輩』是社會上最不值得信賴的一群人。我深深覺得自己實在是太愚蠢了。」

「律師也是『師字輩』，而且可以說是最具代表性的『師字輩』。」

「我聽到像忍野那樣的怪物也有律師主動幫忙辯護，更是深深感覺到律師果然也不可靠。只要有利可圖，你們並不在乎委託人是毫無人性的妖魔鬼怪。」

「這是《憲法》所保障的權利。」

「法律規定的事情，不見得全然正確。」

御子柴幾乎忍不住想要點頭同意。自己也跟瀨名讓一樣，對法律抱持著強烈的不信任感。兩人最大的差別，在於讓只是純粹不信任法律，御子柴卻是反其道而行，巧妙利用了連自己也不相信的法律。

「我沒有辦法照顧步美，只好將她送進了安養院。但這並不代表我不愛他。我原本打算只要她的症狀稍微好轉，我就會立刻將她接回家。她住在『幸朗園』的那段期間，躁症確實有縮短的跡象。原本一切都很順利，沒想到那傢伙徹底毀了我的計畫。」

「忍野的想法，似乎跟你不太一樣。」

「負責偵辦這起案子的刑警，對我透露了一點那傢伙的供述內容。他說殺死不具生產性的老人，對他們是一種救贖，更是來自社會的天譴，是嗎？這對我們這些死者家屬來說，實在是件令人欣慰的事。」

「令人欣慰？」

「這樣的供述內容，證明他具有責任能力。或許你不相信，我原本是個贊成廢除死刑的人。因為我認為殺死犯罪者並沒有辦法真正做到贖罪，對於降低犯罪率也沒有顯著的效果。但事實證明我是一個相當自私的人。自從我的妻子遭到殺害之後，我的想法有了一百八十度的轉變。現在的我，反而認為只對忍野執行一次死刑還太便宜了他，至少要執行九次才行。如果你想嘲笑我，你就笑吧。」

御子柴只是默默聽著，並沒有作出任何回應。

從法學的觀點來看，「行為」是法律的唯一處罰對象。卑劣與可恥並沒有辦法成立任何罪名。在這世上，大概只有宗教是站在人心可以處罰的立場。

「你打從一開始，就說過你來到這裡的目的，並不是希望我在忍野的減刑請願書上簽名。我很感謝你，因為這讓我心裡不帶罪惡感。聽說這次開庭，受害者家屬有機會陳述意見，是嗎？」

「是的。」

「我跟兒子若有機會發言，我們一定會說出最真實的心聲。我們會說，步美的死，讓我們失去了活著的意義。我們會以最殷切的口吻告訴法官與裁判員，將忍野送上死刑臺是我們唯一的心願。我相信這些話，一定會讓身為被告辯護人的你感到相當遺憾。但這是我們父子唯一能對步美做的事。」

御子柴看得出來，所謂的不帶罪惡感云云，只是虛張聲勢而已。在眼前這個老人的潛意識之中，還存在著一絲對死刑廢除論的難以割捨。他的口氣如此咄咄逼人，只是為了隱藏心中的糾葛。

「真是抱歉，一個不小心就說了太多話。」

瀨名讓故意轉頭朝牆上的掛鐘瞥了一眼。

「請恕我禮數不周。在我兒子回來之前，麻煩你快滾吧。」

2

隔天，檢方在木更津看守所分所內，對忍野進行了起訴前的精神鑑定。在鑑定開始的三十分鐘之前，檢察官阿比留就來到了看守所，與負責鑑定的醫生緋村密談。鑑定過程中，就算是承辦檢察官也不得在場旁聽，但是鑑定前的交談並不在禁止的範圍之內。承辦檢察官與鑑定醫生交談，當然不會只是閒話家常。檢察官自然會在言辭之間暗示檢警的立場。

說穿了，起訴前的精神鑑定完全只是檢方的法庭策略的一環。檢察官擁有鑑定醫師的選擇權，自然會選擇立場與檢方較一致的專業醫師。

「當初我看到這個案子，就已經猜到鑑定的工作可能會落在我的頭上。」

緋村的臉色流露出三分無奈與三分自豪。

「但實際要對忍野進行精神鑑定，還是讓我有些緊張。」

「緋村醫師，你有那麼豐富的鑑定經驗，怎麼還會緊張？」

「像幸朗園案這麼重大的案子，可不是一天到晚會遇上。而且我個人對忍野這個人非常感興趣。我目前無法判斷他的老人排除論是真心話，還是隨口胡謅。假如是真心話，這種精神狀態的肇因是先天的精神異常，還是後天的精神疾病？假如是後天形成的，他小時候是在什麼樣的教育環境中長大？」

緋村的雙眸散發出強烈的好奇心。或許他本人會堅稱這叫做求知欲或探究心，但說到底不過就是喜歡窺探他人內心世界的變態行為。當然阿比留並不打算針對這一點指責緋村。他只要配合提出對檢方有利的鑑定報告就行了，至於他有什麼樣的特殊癖好，反正與自己無關。

兩人正談笑時，一名刑務人員帶著忍野自走廊另一頭走了過來。然而阿比留的目光，卻是停留在忍野身後的男人臉上。

一對尖聳的耳朵，以及給人一種刻薄感的嘴脣。

御子柴禮司。

他怎麼會出現在這個地方？

「不好意思！」

阿比留忍不住踏步上前。

「請問是御子柴律師嗎？」

「我們見過面嗎？」

「久仰你的大名，我是千葉地檢的阿比留，負責承辦這個案子。」

阿比留故意擋在忍野與御子柴中間。御子柴突然被阻擋了去路，臉上的表情卻依然不動聲色。

「我是御子柴。」

御子柴的臉上不帶一絲微笑，除了雙脣之外沒有移動半分肌肉。過去阿比留從未見過如此冷漠的自我介紹。

「請問你今天來到這裡，是有什麼事要辦嗎？」

「接受鑑定的是我的委託人。雖然鑑定時律師不得在場，但至少我可以待在附近，給他一些精神上的支持。」

這兩句話一聽就知道是敷衍之詞。他剛剛一定是在傳授教戰守則，讓忍野知道面對醫生的提問時該如何應答。

「有沒有待在委託人的附近，難道會影響你的辯護方針？」

「現在還沒有進入開庭前的整理程序，我並不打算向檢方透露我的辯護方針。」

就在兩人交談之際，忍野跟著緋村醫師進入了另一間房間。阿比留心想，反正鑑定一旦開始，檢察官也不能在場。今天既然與御子柴打了照面，不如趁這個機會，掂一掂敵人的斤兩。

「連精神鑑定也特地趕到看守所的公設辯護人，應該相當少吧？」

「那只是你的偏見。不管是公設還是選任，律師全力協助委託人是天經地義的事情。」

像御子柴這種惡名昭彰的無良律師，竟然也會說如此冠冕堂皇的場面話，實在讓阿比留感到有些意外。

阿比留決定扯下他的假面具，揭穿他的本性。

「你特地在精神鑑定的日子來到這裡，難道不是為了給忍野一些建議？」

「難道律師給一些建議，就能改變精神鑑定的結果？」

「那得看給的是什麼樣的建議。」

「不管給的是什麼樣的建議，接受鑑定的人終究不是我。我相信緋村醫師不是個會被門外漢的蹩腳演技給輕易矇騙過去的三流醫生。」

「既然如此，請問你今天來此的用意是？」

「確保我的委託人不被檢察官恐嚇或施壓。」

即使是在挑釁對手的時候，御子柴依然面不改色，就連眉毛也沒有移動半分。阿比留心想，這就是御子柴的行事風格吧。

但要比挑釁，阿比留也對自己有十足的把握。

「難道你怕指導得太爛，委託人被恐嚇個兩句就會露餡？」

「我雖然會全力協助委託人，但從來不做浪費時間的指導。」

「你的意思是說，你不打算以《刑法》第三十九條作為抗辯的手段？」

「看來你不是耳朵太背，就是記性太差。我說過了，進入整理程序之前，我並不打算透露辯護方針。」

阿比留聽到這句話，頓時感覺一股怒火湧上心頭。看來在激怒對手這件事情上，敵人比自己更加高明。

「畢竟忍野在市川警署接受偵訊時，已經全面認罪了。而且他還把殺害九個人的過程及動機說明得有條不紊。就算憑御子柴律師的三寸不爛之舌，恐怕也很難讓《刑法》第三十九條成立。」

御子柴依然維持著一副撲克面孔，表情沒有絲毫變化。阿比留繼續進逼：

「誰都知道你這次必輸無疑。除非你有辦法讓《刑法》第三十九條成立，否則你的委託人一定會被處以極刑。反正以他的犯行，也沒有絲毫值得同情之處。」

「看來你們有點過於樂觀了。不到最後一刻，沒有人知道法官會怎麼判。」

刑事法庭的有罪判決率是99.9%。御子柴身為律師，沒理由不知道這一點。即使如此，他還是敢大言不慚，可見得這個人真的傲慢到了極點。

檢察官在刑事法庭中的獲勝機率那麼高，原因無他，純粹是因為檢方通常只起訴「必定有罪」的案子。說得更明白一點，在檢方決定起訴的當下，被告就已經註定逃不過法律的制裁。

不，不對。

阿比留猛然想起了一件事。雖然刑事法庭的有罪判決率高達99.9%，但是聽說剩下的

0.1%，大部分是敗在御子柴的手裡。換句話說，這個男人的傲慢並非只是虛張聲勢。

「看來你似乎很有自信？難道是掌握了什麼連我們檢警也不知道的新證據？」

「我沒有必要告訴你。」

阿比留一邊問著問題，一邊觀察御子柴的視線動向。如果對象是一般人，阿比留至少可以判斷出對方是否正感到心虛或焦躁。但是御子柴這個男人簡直就像是具沒有心靈的空殼，完全看不出感情變化。

阿比留不由得打了個寒慄。

御子柴就是當年的「屍體郵差」。十四歲那年，他殺害了一個住在自家附近的女童，分屍之後把屍塊放在各種不同的地方。但阿比留原本以為御子柴已經受到教化，變成了一個正常人。否則的話，照理來說他不可能勤讀法律，成功取得律師執照。

如今阿比留才發現自己實在是太天真了。在御子柴的精神世界，顯然還隱藏著泯滅人性的一面。

「御子柴律師，聽說你向來喜歡使用驚世駭俗的辯護手法。剛剛的那些話術，是否也是辯護策略的一部分？」

「你愛怎麼想，是你的自由。」

「你為什麼要毛遂自薦，主動擔任忍野的辯護人？你的名頭已經夠響亮了，應該不用靠這種方式增加曝光率吧？難道你想要換跑道，當一個主張廢死的人權派律師？」

「名頭？」

御子柴重複說了這個字眼，接著揚起嘴角，以自嘲般的口吻說道：

「你指的是過去讓檢察官們顏面掃地的名頭，還是少年時期觸犯了法律的名頭？」

沒想到他竟然自己說了出來。

這意料之外的回答，讓阿比留一時啞口無言。御子柴接著說道：

「所謂的法律界，說穿了不過是井底的狹窄世界。比起無良律師的昔日惡行，世人更在乎的是今天中午吃什麼。不管我再怎麼惡名遠播，終究還是侷限在井底世界裡。想要持續有客人上門，就得不斷尋找曝光的機會才行。更重要的一點，壞名聲比好名聲更容易留在世人的心中。」

「這樣的想法，不嫌太過汲汲營營？」

「阿比留檢察官，你今年貴庚？」

「四十三。」

「除非你能當上檢察總長，否則再過二十年，你就得退休了。一個六十三歲的退休檢察官，如果想要再找工作，基本上很難轉換跑道，只能選擇成為律師。但是這年頭什麼阿貓阿狗都能成為律師，律師早已是供過於求的職業。在這樣的時勢下，檢察官退下來的律師往往還是一副自命清高的態度，難怪沒有客戶會上門。你認為我汲汲營營，我反而認為你過度缺乏貪婪心。」

阿比留正在思考如何反擊，忽然房門開啟，忍野走了出來。

「順利嗎？」

御子柴朝忍野問道。忍野微微頷首說道：

「也沒什麼順不順利。反正他問什麼，我就回答什麼。」

「好。」

御子柴說完這句話，旋即轉身離去，彷彿在一瞬間對這個地方徹底失去了興趣。臨走前他甚至沒有對阿比留點頭致意。忍野也有些愣住了，似乎沒有預料到御子柴會說走就走。刑務人員走上前來，將忍野帶回其關押處。

阿比留看著數人的背影遠去，不一會，緋村醫師從房內走了出來。

「久等了。」

「辛苦了，結果如何？」

「他就只是個普通人。」

緋村的口氣帶著三分失望。

「沒有什麼奇怪的言行舉止，也沒有說謊或編造故事。事先準備的 PCL-R（心理病態評量表修訂版）裡頭的二十個項目，沒有一個項目符合。他沒有被害妄想，雖然抱持反社會動機，但言行沒有不合理之處。他的行為並不是為了追求慾望，也不具衝動性或偶發性。整體而言，沒有任何跡象可以證明他是心理病態。他的精神狀態，基本上比較接近政治犯或恐怖份子。他是在確實掌握現況且擁有正常判斷力的情況下，企圖實現其扭曲的理念。」

「你的意思是說，他不可能是心神喪失或心神耗弱？」

「當然並不是完全不可能，但我相信絕大部分的法官在看了我的鑑定報告書之後，都會認定忍野具有責任能力。將來開庭之後，他絕對不可能靠這個來逃過罪責。」

緋村說得斬釘截鐵，原本的一抹不安早已消散無蹤。

「給我兩天的時間，就能完成鑑定報告書。」

「麻煩你了。」

阿比留朝緋村行了一禮，卻發現卡在胸中的疙瘩並沒有完全消失。

那是一種莫名的恐懼，但恐懼的源頭並非《刑法》第三十九條。

而是源自御子柴這號人物的難以捉摸。

數天後，千葉地檢廳取得緋村的鑑定報告書，以殺人罪起訴了忍野。

3

檢方起訴忍野的數天後，相關人員在千葉地方法院的刑事法官第二研究室舉行了第一次的開庭前整理程序。

御子柴走進研究室時，其他相關人員都早已就坐。這個房間雖然名為研究室，實際上的用途卻是會議室，內部非常明亮，有兩個方向的牆壁是玻璃牆。中央有一張大桌子，靠窗側坐著法官楯岡及書記官，對面坐著阿比留。

「御子柴律師，請就坐。」

書記官指示御子柴坐在阿比留的旁邊。制度上故意讓檢察官與辯護人並肩而坐，似乎是想要消弭雙方的敵對意識，建立起協同關係。御子柴不由得暗自苦笑。要是並肩而坐就能產生情誼，以色列與巴勒斯坦就不會發生戰爭了。

「我們開始吧。」

法官楯岡說道。

「首先關於引用罰條及求刑的部分，請檢察官陳述意見。」

「一如起訴狀的內文，檢方具體求處死刑。」

楯岡點了點頭，彷彿一切都是理所當然。

「接著請辯護人陳述意見。」

「辯方主張無罪。」

「辯護人，你要主張適用《刑法》第三十九條？」

「根據前幾天收到的精神鑑定報告，被告具有責任能力。」

「沒錯，法院也收到了鑑定報告書。你要對此提出疑義，申請重新進行精神鑑定？」

「不，我會見過被告數次，很清楚被告的精神狀態沒有問題。就算找熟識的醫師重新鑑定，也只是徒然拖長審理時間。而且不管讓什麼樣的醫生來鑑定，結果多半都一樣。」

「既然如此，你要如何主張無罪？」

「被告的行為不存在殺意。」

御子柴這句話一說出口，楯岡與書記官都愣住了，阿比留也一臉狐疑地轉頭望來。

「辯護人，你剛剛不是說，被告具有責任能力？」

「是的。」

「有好幾名目擊證人，都看見了忍野殺死九人之後的現場慘況，而且忍野本人也認罪了。在這種情況下，你還要主張不存在殺意？」

「是的。」

楯岡似乎有滿腹的疑問，但沒有多說什麼。這場審判的爭點，在這個階段便已大致底定。

「接下來是證據調查的部分。辯護人，你已經確認過檢方提出的甲號證及乙號證各項了嗎？」

供述書及記載被告的戶籍、前科、資歷等個資的相關文件證據，統稱為乙號證。除此之外的所有證據，統稱為甲號證。本案中的甲號證，包含了採證於犯案現場的血跡、毛髮及九名受害者的解剖報告，分量可說是相當驚人。光是目錄清單，就列印了數頁。如果把所有的資料全部堆疊在一起，分量會多到放不進紙箱裡。如此龐大的甲號證，要把忍野送上死刑臺可說是綽綽有餘。現場的任何一滴鮮血、一根毛髮，都足以證明忍野的涉案，成為辯護人御子柴面前的最大阻礙。

御子柴早已把這些資料全部檢視完畢。此時的御子柴，說出了心中的唯一答案。

「辯方對甲號證並無異議，但對乙號證申請證據調查。」

「乙號證的第幾號？」

「乙五號證，供述書。」

阿比留聽到這句話，微微揚起了眉毛。不管是由警方製作的供述筆錄，還是由檢方針對警方筆錄進行補強而製作的訊問筆錄，往往會成為辯方提出質疑的目標，這可說是相當常見的辯護方針。但從阿比留的反應看來，他似乎對此相當不滿。

「御子柴律師，你認為供述書不足採信？在會見被告的時候，難道他曾對你提出過與供述內容截然不同的論述？」

「這個部分沒有在開庭前整理程序公開的義務。」

阿比留故意在法官的面前提出質疑，顯然是有十足的自信能夠在法庭上取得優勢。但站在御子柴的立場，當然沒有必要在這個階段把手中的牌攤開給敵人看。

楯岡看著針鋒相對的兩人，以委婉的口氣說道：

「目前看起來，這個案子的爭點相當單純。」

御子柴聽到法官這麼說，就知道他接下來要說什麼了。

「這是一起備受世人關注的案子。除了因為受害者人數眾多，更是因為案情在諸多方面具有特殊性。例如被告為負責看護工作的職員，以及殺害動機為扭曲的思想。當然在審理上我們必須竭盡全力釐清真相，但既然犯罪事實本身並非爭點，我希望兩造秉持從簡原則，不要蓄意拖延。」

法官這句話表面上是同時對辯方與檢方提出，實質上卻是對御子柴的單方面警告。御子柴為了進一步確認法官的立場，故意以試探的口吻說道：

「法官的意思是，必須考量民眾的觀感？」

「審理案情並沒有遷就民眾觀感的必要，但我們千葉地方法院需要審理的案件非常多，沒有辦法在同一件案子上消耗太多的時間與人力。」

雖然楯岡嘴上這麼說，但御子柴觀察他的臉色，其心中顯然另有隱憂。幸朗園案在全日本鬧得沸沸揚揚，如今全國正掀起一股處死忍野的輿論聲浪。假如審判過程拖得太長，民眾可能會將矛頭轉向千葉地方法院，屆時千葉地方法院將承受排山倒海而來的批判浪潮。

為今之計，就是盡快讓忍野死刑定讞。後面不管局勢怎麼變化，都已不關法院的事。何時執行死刑，是由法務大臣決定。就算法務大臣遲遲不執行死刑，那也是由法務大臣自己承擔，與法院無關。楯岡雖然聲稱審判不必遷就民眾觀感，但法院就跟其他政府機關一樣，對輿論壓力完全沒有抵抗能力。

即便楯岡的私心昭然若揭，但在開庭前就與法官撕破臉，對御子柴而言顯然不是上策。

「辯方會盡可能配合加快審理速度。」

楯岡聽見御子柴這麼說，露出了滿意的表情。御子柴心想，這法官若不是太過善良老實，就是把自己給看扁了。他與檢察官阿比留都有一個極大的缺陷，那就是以君子之心，度小人之腹。實際上御子柴並沒有答應任何事。「盡可能」這三個字並沒有任何實質的約束力。

「如果沒有其他的問題，下一次的整理程序將是最後一次。到時候我們會決定第一次開庭的日子。」

「好的，我先走了。」

御子柴旋即起身告辭。繼續坐在這裡，也只是浪費時間而已。但是其他三人並沒有跟著起身，甚至也沒有互相道別。御子柴心想，這三人等等應該會繼續討論案情吧。法官基於中立性與公平性，為免引人非議，原本不該與當事人的任何一方單獨討論案情。但檢察官與法官的密切互動，可說是日本司法體制的不成文慣例，早已是司空見慣的事情。針對這樣的行為，法院當然有一套為自己開脫的說詞，例如「法官若認為有必要，也會與辯護方私下對談」。但至少御子柴自己當了那麼多年的律師，從來不曾在法庭外被法官叫住。

當然御子柴對此並沒有任何不滿。倘若法官要求私下對談，反而是件麻煩事。

離開法院後，御子柴立即驅車前往位於新檢見川的棟方家。

新檢見川車站附近有不少新建的獨棟及公寓住宅，棟方家也是其中之一。受害者棟方弘務的家人只有真樹夫及恭子夫妻，他們是弘務的父母，經營一家咖哩餐廳。

御子柴來到了高掛著「棟方咖哩」招牌的店門口。由於還沒有到中午的營業時間，店門是緊閉的狀態。御子柴隔著對講機報上姓名及身分，隨即聽見歇斯底里的女性嘶喊聲。

〈律師？你是忍野的律師？請你立刻離開，我們跟你沒什麼好說的。〉

像這樣吃閉門羹，早在御子柴的預期之中，御子柴當然沒有老實到乖乖摸著鼻子離開。御子柴一再堅稱自己只是想問一點關於弘務的事，與女人僵持不下。過了一會，換了另一個男人的聲音。

〈如果你只是想知道我們兒子的事，那好吧。但是中午的營業時間一到，就麻煩你離開，不要妨礙我們做生意。〉

御子柴終於被請進了屋裡。但並不是老夫妻的生活空間，而是咖哩餐廳內。顯然他們並不想讓御子柴進入家中。在咖哩餐廳內對談，是他們可以接受的底線。雖然還沒有開店，但店內已瀰漫著一股濃濃的咖哩味。那味道不知道是從廚房飄出來的，還是早已滲入了店內的牆壁及桌子之中。

「很抱歉，律師先生。我老婆不想見你，所以就由我應付你吧。」

真樹夫粗聲粗氣地說道。御子柴本來就對客套話沒興趣，如此直來直往反而簡單明快。

以年齡來看，真樹夫可能已接近九十高齡，卻是個典型的矍鑠老者，身上穿著店內制服，看起來精神抖擻。

「我知道這是你的工作，我們不應該遷怒於你，但是跟你說話，會讓我們想起忍野。我勉強還能忍受，但我老婆可沒有辦法。她光是在報紙上看見忍野的名字，都會氣得臉色發白。」

「你們跟弘務先生長年住在一起？」

「弘務在大學三年級時出過車禍，撞傷了腦袋，從此記性變得很差，脾氣也變得暴躁。狀況不好的時候，他甚至連衣服的鈕扣也不記得怎麼扣。所以他沒辦法把大學讀完，也沒辦法找工作。但我們不希望他整天窩在家裡，所以讓他在餐廳裡幫忙廚房內的雜事。」

真樹夫似乎想要強調兒子雖然跟他們夫妻住在一起，但也是餐廳的經營者之一。

「雖然他不會扣鈕子，但能夠一個人洗餐盤。而且在母親的協助下，一些料理的事前準備工作也都能應付得來。」

「但是在四年前，你們把他送進了『幸朗園』。」

「因為他的狀況惡化了。」真樹夫一臉懊惱地說道。

「某天他一時興起，參加了好幾十年沒參加的高中同學會。當時在會場上，似乎有人對他說了很過分的話。也不知道是不是因為這個緣故，後來他在工作的時候，有時會突然像發狂一樣，激動地大吼大叫。如果只是這樣，那還沒什麼關係，但有一次他在處理食材的時候，竟然拿刀子割自己的手腕。這就讓我們沒輒了。我們只好趕緊到處尋找評價好的安養院，後來找到了『幸朗園』，就把他送了進去。」

「所謂的評價好，指的是口碑嗎？」

「有一位我們餐廳的常客，非常擔心弘務的病情，『幸朗園』就是他介紹給我們的。聽說他的朋友的朋友，有家人住在裡頭。而且『千葉援護會』在我們這裡相當有名，我跟我老婆認為既然是『千葉援護會』經營的安養院，應該可以放心才對。」

御子柴聽到這裡，終於明白真樹夫一臉懊惱的原因了。他懊惱的並不是兒子病情惡化，而是自己做出了錯誤的決定。

「我跟忍野見過好幾次面。」

真樹夫的表情從懊惱轉變為不甘心。

「餐廳公休的日子，我們去探望弘務，通常都會遇上忍野。這也是理所當然的事，畢竟弘務是由他負責照顧。我每次見到他，總是對他相當佩服。因為他明明看起來相當瘦弱，卻能做到跟其他的強壯看護師一樣的事情。我完全沒有料到，他竟然是這麼一個殺人不眨眼的惡鬼。」

「聽說他在工作的時候相當認真負責？」

「多半只是裝出來的吧。一個認真負責的人，怎麼可能做出那種事情？」

「你的意思是說，他非常認真地做好看護的工作，其實只是想讓入居者及其他職員對他卸下心防？」

「律師先生，我知道以你的立場，很希望我替忍野說一些好話，但恐怕要讓你失望了。你們是被告跟辯護人的關係，我想忍野一定對你說了許多愚蠢至極的歪理吧？」

「他確實很喜歡為每一件事情都講出一番道理。」

「一個人的善惡，是靠行為來決定，嘴上就算講得天花亂墜也沒有用。即便他說得再怎麼大義凜然，如果他做出的是人渣才會做的行徑，那他就是一個人渣。」

真樹夫的眼神充滿了挑釁的意味。

「律師先生，你大老遠跑到我家來，卻要聽我說這些話，實在是對你有些抱歉。但我老實告訴你，我絕對不會說出任何一句對忍野有利的話。」

「打從一開始，我就不抱這個希望。」

「律師先生，你跟忍野說過話，認識他這個人，但你並不認識我兒子。如果你認識我兒子，你絕對不會答應幫忍野辯護。」

「何以見得？」

「我兒子不應該死得那麼慘。」

真樹夫雖然壓抑著情感，嗓音卻頗為粗啞。

「我兒子雖然記性差、脾氣暴躁，但是那又怎麼樣？不管是在家裡，還是在外頭，他從來不會給人添麻煩。因為他生了病，每個人都只注意到他的病症，但他本人其實是個非常溫柔善良的人。他從小就喜歡貓，家裡養的貓死掉的時候，他整整哭了三天三夜。你想想看，連貓死了都可以哭三天三夜，父母死了得哭幾天？所以我跟我老婆常說，我們可絕對不能比兒子先死。像我兒子這麼善良的人，竟然被人殘忍殺害，你說這還有沒有天理？我那個天性善良的兒子，絕對沒有理由被殺，該被殺的是那個把人命當草芥的忍野。」

這套理論雖然與忍野的主張完全相反，卻有著異曲同工之妙。御子柴不禁心想，要是忍野在這裡，不曉得會如何反駁？

「我知道人命沒有貴賤的分別。在發生這件事之前，我也抱著這樣的觀念。但是……律師先生，我現在認為那個忍野跟弘務剛好相反。弘務是個不應該被殺的人，忍野卻是個非死不可的人。你連忍野那種人也願意辯護，我很佩服你的敬業精神。但是我必須要告訴你，你只是在白費力氣。」

「棟方先生，你知道日本法院的有罪判決率是多少嗎？」

「不知道。」

「99.9%。換句話說，只要檢察官一起訴，幾乎是一定會被判有罪。打從一開始，辯護方就註定會輸掉這場官司。即便如此，每一場刑事審判還是必須要有辯護人在場。」

「為什麼？」

「這就是我們的工作。」

「確實令人敬佩。但是很抱歉，我在法庭上一定會求法官將忍野判處死刑。我會一直說下去，直到被法官制止為止。或許你會覺得這種死纏爛打的做法很難看，但這是我唯一能為弘務做的事。」

「沒有任何人可以阻止你行使你的權利，當然包含我在內。」

真樹夫以空洞而虛無的眼神說道：

「時間到了，你該走了。」

4

隔天，御子柴來到了市川市。市川車站北邊附近的幹線道路沿線上，是一大片靜謐的住宅區。

這裡的建築物大多有著高雅洗鍊的外觀，而神池美路的老家是裡頭最華麗氣派的一座。占地應該有兩百坪，包含了西洋風格的主屋與別館，在住宅區中顯得異常醒目。

即便是沒聽過神池家的人，也一定聽過「哥斯」這個品牌，看過其商標。「哥斯」是一家大規模的連鎖舶來品雜貨商，知名度非常高，甚至有人說沒有「哥斯」進駐的百貨公司，就稱不上是第一流的百貨公司。就連對品牌完全不熟的御子柴，也具備這樣的知識。若將不動產及有價證券也計算在內，其總資產至少有數十億。

同樣是拜訪受害者家屬，御子柴唯獨在前往神池家之前，事先向神池家提出了申請。下午一點半，御子柴準時來到了神池家的門口。

按下對講機上的按鈕，報上姓名及來意。不一會，玄關大門開啟，走出一名穿著圍裙的中年婦人。

「御子柴先生，清十郎老爺正在裡頭等候您的蒞臨。」

御子柴回想起來，自己已經很久沒有拜訪這種由女傭應門的豪宅了。內部裝潢的豪奢程度，與外觀相比絕對是有過之而無不及，足以令所有來客為之震懾。不過能夠踏進這棟屋子的客人，多半也擁有同等級的社會地位吧。

神池清十郎坐在客廳裡，迎接御子柴的到來。他是神池家的主人神池咲麻的親弟弟。

「遠道而來辛苦了。」

清十郎的用字遣詞還算客氣，神色之間卻隱隱帶著三分鄙視。

「我得先跟你說聲抱歉。我姊姊說她不想見殺害女兒的禽獸的辯護律師。」

「由你代替令姊，完全沒有任何問題。」

「但我也不知道要對你說什麼。」

「只要是關於美路女士的事情，什麼都可以。」

「美路是我姊姊的獨生女。這你應該知道吧？」

「我讀過令姊的回憶錄，裡頭提到過。」

「我姊姊的回憶錄沒有一個字是她寫的。這個姑且不提。總之我姊夫在美路十八歲的時候就因車禍而過世。從此之後我姊姊一直獨力照顧著美路。」

清十郎的每一句話都說得精簡扼要，但因為中間幾乎沒有停頓，反而給人一張嘴說個不停的印象。

「令姊沒有再婚？」

「她除了照顧美路還把大部分時間用在經營『哥斯』及擴大企業規模。所以沒有多餘的時間尋找第二春。正因為她沒有再婚所以她對美路投注了相當多的關愛。可惜因為太過溺愛的關係連美路也錯過了適婚期。」

「哎麻女士一直沒有讓女兒獨立生活？」

「天底下所有的父母都希望子女能夠獨立自主。然而一旦太過溺愛往往反而是父母離不開孩子。尤其是經濟上較為寬裕的家庭這樣的現象更為明顯。因為經濟的因素子女也變得很難離開父母的身邊。」

兒女長大後必須獨立自主，這樣的觀念主要是基於經濟考量。換句話說，只要沒有金錢上的困擾，子女就沒有非得離開父母身邊的必要。類似的理論，在豪富階層時有所聞。

「我看資料上記載著美路女士生前罹患糖尿病？」

「她年輕的時候自詡為美食家。她在吃方面相當講究。所謂的高級食材往往是高脂肪及高熱量。而且美路在身體出現異常之前從來不做健康檢查。」

「因為罹患了糖尿病，所以住進『幸朗園』？」

「她的併發症相當嚴重。幾乎沒有辦法走路。為了她的健康著想與其在家療養不如住進有專業照顧團隊的看護機構。我從符合條件的看護機構名單中挑選了『幸朗園』。姊姊看過之後也同意了。」

清十郎說到這裡，表情變得相當沮喪。

「我姊姊有第一流的經營才能。但發生慘劇之後她一直相當自責。認為自己做出了錯誤的判斷。誰會知道看護機構裡竟然躲藏著一個殺人魔？」

此時清十郎看著御子柴的視線流露出指責之意。畢竟御子柴是為殺人魔辯護的律師，清十郎的眼神可說是合情合理。

「姊姊得知美路遭到殺害後簡直像發了狂。我還是第一次看到她如此後悔自己做出的判斷。當然她身為企業經營者再怎麼難過也得打起精神處理公事。但任何人都看得出來她只是在硬撐而已。美路的死不僅意味著姊姊失去了掌上明珠。也意味著她失去除了我以外的所有親人。不難想像她的心中有多麼悲傷。」

「但她還有你這個弟弟，不是嗎？」

「我根本沒有辦法取代美路。美路就像是這個家裡的太陽。姊姊不管工作上遇到多大的難題或是企業的營收再怎麼低。她只要看見美路的笑容就能重新打起精神。即便只是強顏歡笑也好過鬱鬱寡歡。」

清十郎的眼神變得越來越嚴峻。

「姊姊對美路的溺愛有多深對忍野的恨意就有多深。如果你今天來的目的是希望我們幫忙提出減刑的請願書。我勸你還是別白費力氣了。」

光是清十郎的視線，就讓御子柴徹底明白，想要取得減刑請願書可說是難上加難。既然如此，繼續待在這裡也不會有任何助益。

「真是令人遺憾。好吧，那我告辭了。」

御子柴站了起來。

「請留步。」

幾乎就在同一時間，神池咲麻開門走了進來。

咲麻雖然已高齡八十四歲，但外貌極為年輕，只像是五十多歲。身為「哥斯」總裁的她，自然散發出一股令人肅然起敬的威儀。注視御子柴的眼神，也帶著三分霸氣。任何創造出不平凡事物的人，必定會散發出一股莫名的氣勢，這股氣勢無關年齡或性別。神池咲麻正是最典型的例子。

咲麻走向沙發，清十郎趕緊起身，讓出了座位。光是這個舉動，便不難看出姊弟兩人在家中的地位關係。

「打從當初接到你的電話，我就沒有見你的打算。」

咲麻的劈頭第一句話，便充滿了挑釁的意味。

「聽說我們受害者家屬能夠在法庭上陳述意見，是真的嗎？」

「這是近年來的趨勢。」

「一個人有多少的時間？」

「本案的受害者多達九人，假如所有的家屬都希望陳述意見，一個人能使用的時間恐怕不會太長。」

「你是忍野的律師，你有沒有辦法幫我傳話給忍野？」

「會見委託人的時候，我會順便轉達受害者家屬的想法。」

「那很好。」

咲麻看著御子柴的眼神，帶著三分疲憊之色。像這樣的眼神，御子柴過去在很多人的臉上都看到過。當一個人因過度的悲愴與沮喪而喪失活下去的力量，卻依然鞭策自己努力過好每一天的生活，就會露出這樣的眼神。

「清十郎應該提過，自從拙夫過世之後，我就一直跟美路過著相依為命的生活。常有人在背後取笑美路是嫁不出去的老處女，但是我和美路一起生活的那些年，她總是給我非常多的靈感，所以她不僅是我的寶貝女兒，更是重要的工作夥伴。後來她因為生病而不良於行，我擔心一般的醫院不會盡心盡力照顧她，所以安排她住進『幸朗園』的單人房。我本來打算等她過陣子恢復健康，就把她接回家，沒想到……」

咲麻停頓了半晌，才接著說道：

「沒想到竟然被一個殺人魔，毀了我跟美路的未來。美路如果還活著，或許將會帶領『哥斯』企業邁入新的境界，如今這些展望也都化為泡影。忍野奪走了美路的生命，奪走了我的未來，也奪走了『哥斯』的發展性，他就算死一萬次也不足以彌補這個罪愆。他殺了九個人，絕對難逃一死，但是我認為只殺他一次根本不夠。至少得殺他九次，才能消我的心頭之恨。」

唉麻這一番話，可說是字句血淚。忍野奪走了她三樣最重要的東西，這幾句話就像是發自內心最沉痛的吶喊。即便此刻在她面前的只是律師御子柴，她都表現出如此激動的情緒，將來在法庭上看見忍野本人，真不曉得她會說出什麼樣的話來。

「我想要表達的意思，你聽懂了嗎？」

「完全聽懂了。」

「既然聽懂了，你該離開了。」

遭受害者家屬謾罵與嘲諷，對律師來說就像是工作的一部分。御子柴絲毫不以為意，沿著原路走出神池家。唉麻沒有派人在家門口撒鹽[22]，已經算是給足了面子。

22　在日本人的傳統觀念裡，鹽有驅邪、除穢的效果。客人離去後在家門口撒鹽，象徵驅除不速之客留下的穢氣，實質上是對客人表達強烈不滿的行為。

田伏三起也的老家，同樣是在市川市的恬靜住宅區內。雖然不若神池家那麼壯觀氣派，但占地至少也有一百坪，與周邊住家完全是不同等級的建築。

「你是忍野的律師？」

應門的是三起也的孫子啟久。他告訴御子柴，父母親都出門工作去了，還沒有回來。

「那我下次再來拜訪。」御子柴說完這句話，轉身正要離開，啟久卻將身體探出門外，說道：

「如果你要問三起也爺爺的事，我比爸爸、媽媽更清楚。」

「你願意幫忙？」

「我們沒辦法跟忍野本人見面。就算有什麼話想說，也只能透過他的律師，對吧？我正在煩惱不知該怎麼聯絡你，你就自己找上門來了。」

御子柴心想，他多半是要傾訴對忍野的怨恨吧。這種事情對御子柴來說已經是家常便飯，御子柴也不拒絕，跟著啟久走進了客廳。

啟久的外貌雖然還帶著幾分稚氣，但看起來是個相當理性的孩子。

「爺爺的事情，一直讓我爸爸、媽媽相當困擾。」

「因為三起也先生患有失憶症的關係嗎？」

「這當然也是原因之一，但更重要的原因，爺爺的自尊心實在是太強了。我爺爺從前是做什麼的，你應該知道吧？」

「他曾經是厚生省的審議官，退休後在許多民營企業擔任過社長。」

「你就直接老實說是『官僚下凡[23]』吧，他擔任社長的那些企業，不是藥廠就是產物保險公司，跟厚生勞動省的掛勾太明顯了。」

「並不是所有省廳官員退休後都能進入民營企業。你爺爺能擔任社長，代表他是很有分量的人物。」

「很有分量，並不代表很有能力。」

御子柴的讚美之詞，反而引來了啟久的酸言酸語。事實上御子柴的讚美之詞也隱含了三分譏諷，所以聽了啟久的回應，御子柴也沒有多說什麼。

「前陣子不是很流行『上級國民』這種稱呼嗎？我爺爺正是典型的上級國民。不過『上級』指的是他的地位，並不是他的為人。自從出現失智的症狀之後，他更是成為家人眼中的燙手山芋。或許是因為很多事情都記不住的關係，他常常遷怒家人，在家裡大發雷霆。罵人就算了，

23 「官僚下凡」的原文作「天下り」，指的是日本的政府高官在退休後進入民營企業擔任要職的現象。由於這牽扯到政商勾結的陋習，在日本被視為一大弊端。

他有時還會亂扔東西，連我爸爸也曾經因為爺爺的關係，而受了輕傷。」

御子柴事先讀過資料，對三起也的病症有一定程度的理解。他的症狀主要是失智症中的短期記憶障礙，當短時間之內接收到過量的訊息時，他的大腦會沒有辦法及時處理。

「例如他會忘記剛剛才吃過飯，或是剛剛才洗過澡。但是我們告訴他，他又會惱羞成怒。而且他明明記性不好，卻清楚地記得自己曾經是呼風喚雨的政府高官。這兩個問題合在一起，讓他變成了一頭自大的怪物。他還住在家裡的時候，家裡一天到晚傳出他的怒罵聲，我想鄰居們應該也都很無奈吧。幸好他的戶頭裡有一大筆退休金，我爸爸決定用那筆錢將他送進『幸朗園』。我知道爺爺給家裡添了很多麻煩，所以也不反對爸爸這麼做。」

「幸朗園」的職員證詞之中，確實曾提及田伏三起也的粗暴行徑。像這樣連看護師也頭疼的人物，當然會被家人趕出家門。

「爺爺忘不了從前當官時受到敬畏的感覺，當然沒有辦法忍受在家裡被當成了問題人物。他常常會把怒氣發洩在我爸爸、媽媽身上，我爸爸、媽媽也很討厭他。」

「一個有暴力傾向的人，被討厭也是沒辦法的事。」

「除了暴力傾向之外，我爺爺的言行舉止也是被我爸爸、媽媽討厭的另一個理由。他每次都喜歡誇耀他從前當審議官的時候，統率多少部下，立下了多少汗馬功勞。同樣的話，我們每天都要聽好幾遍。但因為他有失憶症的關係，每次他都以為自己是第一次說這些話。這也是我爺爺跟家人們處不來的原因之一。我爺爺心裡一定想著，自己難得要對家人們說一些從前的有趣往事，家人們竟然都露出一副不耐煩的表情。而且我老實說，天底下沒有一個孩子會認為父母的自賣自誇很有趣。」

御子柴不禁在心中暗自點頭同意。自我誇耀的言詞，大概只有說話的本人會覺得有趣。

「而且我爸爸是在一家跟厚生勞動省完全沒有關係的製造廠工作，所以對政府高官的『官僚下凡』文化相當反感。其實我爸爸也有點反應過度了，他也不想想，我們全家能夠過這麼好的生活，靠的還不是爺爺從前賺的錢。」

「你父母倒也厲害，竟然能勸你爺爺答應入住『幸朗園』。」

「我爺爺根本沒有答應。」

啟久帶著苦笑說道。

「剛開始的時候，他們還好言相勸。但我爺爺氣得暴跳如雷，一直說這棟房子是他出錢蓋的，他沒有理由要搬出去。我爸爸、媽媽於是想出了一些鬼點子，把我爺爺逼走。例如故意忘記煮爺爺的三餐，或是故意在地板上放東西，讓我爺爺跌倒。後來爺爺再也受不了，決定搬進『幸朗園』。他認為那個地方的生活管理至少不會像家裡那麼糟糕。」

原來田伏三起也在入園之前，曾經在家中受到排擠。這麼說來，三起也遭到殺害，他的兒子、媳婦或許反而會覺得忍野替他們除掉了一個大麻煩。御子柴正如此想著，啟久忽然又說道：

「不過我和我爸爸、媽媽不一樣。」

啟久露出了狡猾的微笑。

「我爺爺雖然有失智症，脾氣又暴躁，但是很疼我。我從小到大，一次都不曾被爺爺責罵過。雖然爺爺一天到晚說自己從前有多厲害，但我並不感到厭煩，反而覺得爺爺很可愛。或許是因為我跟爺爺的年紀差了六十歲以上，所以反而能相處得來吧。」

御子柴心想，或許確實是如此。一般人討厭聽他人炫耀自己的往事，是因為會和自己的親身經歷比較。但是啟久和三起也的年紀實在差距太大，不管三起也炫耀什麼樣的往事，聽在啟久的耳裡都像是另一個世界的幻想故事。

「所以我絕對沒有辦法原諒忍野。」

啟久的表情陡然大變。

「律師先生，或許你來我家拜訪，是希望我們能幫忙說說好話，保住忍野的性命。但我不僅絕對不幫他說好話，而且我無論如何都要讓他被判處死刑。既然你今天特地來訪，我就告訴你一個祕密。為了讓忍野沒辦法以《刑法》第三十九條逃過死刑，我正努力在社群網路平臺上煽風點火。只要網路上的輿論累積到一定的聲量，現實世界的大人就必須照辦，對吧？」

「那也不見得。根據統計，會在網路上大肆批評的人，只占了網路使用者的〇．五％。」

「政治方面的話題，或許確實是如此。但是幸朗園的案子，可就不一樣了。有九成以上的民眾，希望忍野被判處死刑。他殺了九個人，被判死刑也是理所當然的事。然而一旦《刑法》第三十九條成立，案情就有可能遭到逆轉。所以我想要在網路上說服那剩下的一成民眾改變心意。藉由輿論的壓力，徹底粉碎《刑法》第三十九條的可能性。這是我唯一能做的復仇。」

御子柴不禁心想，看來時代真的跟以前完全不一樣了。以前的人只能上街頭發宣傳單，現代人卻可以上網操控輿論。後者所能達到的宣傳效果，肯定是前者所遠遠不及。而且就像啟久所說的，在網路上只要一個人煽風點火，就有可能凝聚輿論的力量。

「律師先生，你是不是也會在網路上操弄輿論，讓風向變得對忍野有利？你是律師，在網路上看到什麼不順眼的發言，應該可以想辦法要求平臺公開那個帳號的個資吧？」

御子柴沒有回答這個問題。並不是因為沒有自信，而是基於完全不同的理由。

「總而言之，雖然對大老遠來到這裡的律師先生很不好意思，但我真的沒辦法答應你的請求。」

真是個聰明的年輕人。御子柴不禁如此想著。可惜他搞錯了一件事。

御子柴從頭到尾並不曾提出過任何請求。啟久自己想像了御子柴的請求，接著又拒絕了想像中的請求。

「請你離開吧。」

離開田伏家後，御子柴搭上電車。坐了一站，來到床舞由高的老家。

「律師先生，雖然你大老遠來到這裡，但我想你可能要失望了。我絕對不可能讓忍野的律師踏進屋內一步。」

敏江表情僵硬地說道。她是床舞由高的長媳。顯然她一直深自壓抑著，或許是擔心情緒突然失控，會說出失禮的話。

「好吧，等尊夫回來之後，我再來拜訪。」

「我先生要是見到你，肯定會出事。」

「怎麼說？」

「公公的過世，讓我及我先生，還有我們的女兒，內心像開了一個大洞。我不認為他們在你的面前能夠保持冷靜。」

「幸好妳似乎能夠保持冷靜。」

「你是故意在諷刺我嗎？」

「我只是想問問由高先生的生前為人。」

「你問這個做什麼？難道是要告訴忍野，好讓他懺悔？」

「我不排除這個可能，但前提當然是他希望這麼做。」

「到時候你就可以在法庭上說他已經懺悔了，所以情堪憫恕，對吧？你快滾吧，我絕對不會做任何對他有利的事情。」

御子柴見敏江已漸漸難以壓抑情緒，心想這樣下去也不是辦法，於是換了一套說辭。

「妳剛剛說，由高先生過世，讓你們的內心像開了一個大洞。既然如此，把由高先生的生前為人告訴忍野的律師，不也是一種告慰死者在天之靈的方法？當我得知忍野殺害的人對你們來說多麼重要，或許我會喪失為忍野辯護的動力。」

敏江以迷惘的眼神望著御子柴，半晌之後問道：

「你問這個，對你有什麼好處？」

「我身為辯護人，必須清楚瞭解委託人犯的是什麼樣的罪。我只知道他殺了九個人，但這只不過是一個數字而已。每位過世者都有自己的人生，都有自己的家人。我想要知道床舞由高生前是個什麼樣的人，過著什麼樣的生活。唯有這麼做，我才能確實理解委託人所犯之罪。」

敏江遲疑了一會，終於微微點頭。

但是當御子柴踏入門內，敏江卻又說道：

「你別想進我家的客廳。我們就在這裡談吧。」

由於大門已經關上，只要說話的音量別太大聲，基本上不用擔心被人聽見。對敏江來說，這已經是最大的讓步了。

就在這時，一個年約二十多歲的年輕女人，從屋內的樓梯上走了下來。
「媽，有客人？」
「美樹，妳回自己的房間待著。」
美樹聽出母親的口氣不太對勁，一臉詫異地說道：
「我口好渴，想去冰箱拿點喝的。」
「好，那妳先待在廚房，不要過來。」
敏江似乎不想讓任何家人看見御子柴，當然女兒也不例外。但是這樣的堅持，反而讓御子柴居於有利的地位。
「你想知道我公公的生前為人？」
「由高先生的為人，或是街坊鄰居對他的評價，甚至是他的興趣也可以。只要是關於由高先生的事，我都洗耳恭聽。」
「我公公是個作風很低調的人，他不喜歡拋頭露面，但很擅長人與人之間的協調工作。」
敏江的聲音陡然沉了下來。
那聲音充滿了對死者的哀悼之意。
「每次我跟丈夫，或是丈夫跟女兒發生爭執時，他一定會出來打圓場。他的臉上總是帶著平和的微笑，打圓場的時候也不例外。大家看了他的表情，自然而然就吵不起來了。他做的每一件事情，幾乎都是為別人著想，很少是為了自己。」
「他是個以和為貴的人？」
「他在退休之前，是在某連鎖便利商店的總公司工作，頭銜是營業策略課課長。他的工作簡單來說，就是協調總公司與各加盟店店長的想法。每當各加盟店與總公司出現意見分歧時，他就要設法說服雙方，找出讓雙方都能妥協的折衷辦法。」
根據「幸朗園」職員的證詞，床舞由高是B大寢的和事佬。顯然他是個相當擅長進行協調工作的人。
「他剛當上課長的時候，發生了一件事。有個加盟店的店長與總公司爆發爭執，當時我公公還不習慣這個工作，不知該怎麼處理才好。後來總公司與那個店長解除加盟契約，店長與他的家人頓時失去經濟來源。自從有了那次的教訓之後，我公公暗自下定決心，絕對不再讓加盟店長與其家人遭遇這樣的不幸。」
「他是一個很善良的人。」
「有時我們認為他善良得過了頭。他只要一聽見街坊鄰居有人發生爭吵，就算沒有人找他幫忙，他也會主動過去當和事佬。所以街坊鄰居給他取了個綽號，叫他『雞婆由高』。」
敏江說到這裡，眼眶中已滿是淚水。
「他追求的總是別人的幸福，把自己的幸福擺在一邊。但他後來罹患了腎衰竭，過起了洗腎的日子。」

日本約有九成的腎衰竭患者，必須定期接受洗腎（血液透析）。通常每星期要洗腎三次，每次洗腎都要花上四至五小時。而且長期洗腎很容易引起併發症，所以飲食的熱量及餐點都必須由醫療專業人士或營養師進行嚴格管控。

假如每次洗腎都必須往返於自家與醫院之間，實在是太耗費時間與精力，而且對病患的體力也是一大負擔。所以經過家庭會議討論之後，決定讓由高入住「幸朗園」。

「雖然費用很貴，但那裡號稱擁有最新的醫療設備及專業的服務團隊。而且就位在市川市內，所以最後我們還是選擇讓公公住進去。公公不想給我們添麻煩，不僅沒有反對，反而還舉雙手贊成。而且他入住的那間大寢，裡頭住的都是相當不好相處的病友，一般老人絕對不會想住在那種地方，公公卻反而像是燃起了鬥志一樣。」

「他在『幸朗園』內找到了自己的存在意義？」

「一個追求他人幸福的人，在哪裡都能找到自己的存在意義。但原本號稱專業的服務團隊，竟然躲藏著那種惡魔。不管你怎麼為他辯護都沒有用，我們絕對不會原諒他。」

就在這個時候，美樹突然從屋內深處衝了出來。

她將白色的粉末撒向御子柴。

「滾出去！」

美樹表情猙獰地大喊。剛剛御子柴與敏江的對話，大概都被她聽見了。

「你竟然為那種人辯護！開什麼玩笑！」

她一邊嘶吼，一邊撒出粉末。

「滾出去！滾出去！滾出去！」

「美樹！」

「媽，妳不要說話！你們竟然殺了那麼溫柔善良的爺爺！你跟那個忍野，全都給我下地獄！」

御子柴見狀，明白對話不可能再繼續下去，於是輕輕點頭致意。

「打擾了。」

「快滾吧！你這個惡魔！」

惡魔……

御子柴以背部承受著美樹的辱罵聲，離開了床舞家。迴盪在耳畔的那些聲音，竟然令御子柴感到異常懷念。

下地獄去吧！

像這樣的話，人生之中已不知聽過多少次。因為太過熟悉，在御子柴的耳裡已經跟搖籃曲沒有兩樣。

御子柴已經下過一次地獄了。多虧了一位教官、兩個兄弟，以及一曲鋼琴彈奏，自己才從地獄裡爬了上來。

現在輪到你將他人從地獄裡拉上來了。那位教官如此告訴御子柴。這就是御子柴選擇成為律師的原因。

御子柴拍掉了身上的白色粉末。指尖沾上了少許粉末，放在嘴裡一舔，果然是鹽巴。沒想到在如今這個年代，還會有人真的用撒鹽的方式對付不速之客。而且這不是普通的食鹽，是專門用來驅邪除穢的赤穗鹽[24]。

如此講究的做法，反而讓御子柴心裡多了三分佩服。

最後一個拜訪的對象，是布川久須男的家。從床舞家開車前往，約二十分鐘的車程。此時早已入夜，颳起了陣陣晚風。御子柴走進了一片新興的住宅區。

布川家在一棟擁有氣派大門的高級公寓內。鄰近車站及商店街，作為老夫婦最後的安身之所，可說是再合適也不過了。

布川久須男因為患有老年症候群，不得不入住「幸朗園」。所謂的老年症候群，指的是需要接受醫師診療及看護的各種老年症狀及徵兆的總稱，例如尿失禁、失智、妄想、步行障礙、跌傷及誤嚥等等。其特徵是同一名病患往往會帶有數種症狀，所以病患如果到分科很細的大醫院就診，必須在心血管內科、消化內科、呼吸胸腔科及神經內科之間往來奔波，相當耗費心神。老人搬進擁有各科別醫療團隊的「幸朗園」，大多是基於這樣的理由，布川久須男應該也不例外。

御子柴前往了布川家所在的樓層，按下了門鈴。應門的是久須男的妻子宏美。

「剛剛田伏家跟我聯絡了，說忍野的辯護律師正在到處拜訪受害者家屬。」

御子柴並不感到驚訝。從案發到現在已過了不少日子，受害者家屬應該早就建立起了互助會。

「那很好，省去了再解釋一次的麻煩。我想請教關於久須男先生的事，不曉得方不方便？」

「很抱歉，我不會讓你進家門。」

「就在這裡談，也沒有關係。」

宏美誇張地大歎一口氣，說道：

「你想問我丈夫的什麼事？」

24 「赤穗鹽」或稱「赤穗天鹽」，指的是由兵庫縣赤穗市所生產的鹽。這種鹽遵循古法製作，具有悠久的歷史，多使用於神道儀式，被日本政府認定為「日本遺產」。

「什麼事都可以。就算是對我的委託人不利的內容，也沒有關係。」

宏美惡狠狠地瞪著御子柴。半晌之後，她似乎發現這麼做沒有任何效果，只好搖了搖頭，說道：

「我丈夫退休前是電力公司的員工，這你應該知道吧？」

「根據資料上記載，他退休前的職稱是東關東地區的業務部長。」

「退休的時候，他其實很不滿，因為他認為自己原本應該能夠做到本部長。」

「大企業的業務部長，已經算是地位很高的工作了。」

「大企業裡頭的派系鬥爭很可怕，我丈夫不屬於任何派系，所以吃了不少苦。」

「不屬於任何派系，那也很好。至少擁有自由。」

御子柴在東京律師會裡同樣不屬於任何派系，所以幾乎沒有受到任何限制。

「我丈夫生前說過，所謂的自由，意思等同於沒有任何庇護。聽說他跟同部門的其他同事比起來，很明顯受到差別待遇。為了生存下去，他只好努力討好巴結公司裡說話最有份量的上司。」

御子柴回想起來，忍野在證詞中曾經提過，布川在仙川等體格魁梧的看護師面前總是客客氣氣，對身材削瘦的忍野卻是一副頤指氣使的態度。這樣的性格，或許正是在職場上求生存的必然結果。

「他在公司受了悶氣，回到家往往會發洩在我的身上。一下子說我命好，一輩子沒吃過苦；一下子罵我不知感恩，只會在家裡吃閒飯。」

「入住『幸朗園』之前，他一直住在家裡？」

「他說這房子是他買的，他要在這裡養老。但後來他的症狀越來越嚴重，不時會被地板的高低差絆倒，而且開始有尿失禁的症狀，所以我後來說服他搬進『幸朗園』。」

言詞之間，明顯可感受到這讓她著實鬆了一口氣。

「剛開始的時候，他只是暫時進去住一陣子，體驗一下那裡的生活。進去之後，他才發現那裡有非常完善的無障礙設備，還有隨時待命的醫生及看護師，外觀及內部裝潢都非常氣派，簡直像高級的大飯店。搬進去之前，他還抱怨連連，但才住了三天，他就完全適應了新環境，而且似乎相當樂在其中。那個時候，忍野已經是裡頭的看護師了。」

宏美的表情陡然變得嚴峻。

「忍野跟其他的看護師站在一起，裝出一副和藹可親的臉孔。雖然他看起來好像連蟲子也不敢殺，但我猜他那時候早就在物色下手的對象。」

「妳的意思是說，忍野是基於某種理由，才選擇久須男先生作為殺害的對象？」

「那當然，他一定是挑選能夠打得贏的老人。我丈夫不良於行，連走路都有困難，自然成了他眼中的肥羊。」

根據犯案現場的狀況，以及忍野的供詞，忍野殺光了兩間大寢室的老人，並沒有刻意挑選對象。

雖然宏美的臆測並不符合現實狀況，但御子柴並沒有加以糾正。

「律師先生，我想你應該是來求我饒了忍野的性命，但我勸你還是死了這條心吧。雖然我丈夫是個很愛抱怨的麻煩人物，但不管有再多的缺點，畢竟他是我的丈夫。生涯伴侶慘遭無情殺害的心情，你能夠體會嗎？」

類似的陳腔濫調，御子柴已不知聽過多少次。想要讓御子柴感到羞慚，這樣的臺詞還差得遠了。

「就連沒跟我們同住的兒子，也說絕對不會原諒忍野。在忍野被判處死刑之前，我們這些受害者家屬每天都夜不安枕。每當我閉上眼睛，我的腦海就會浮現丈夫的臉孔，以及忍野那副嘴臉。那種心如刀割的感覺，不知道還得忍受多久。」

御子柴不禁暗想，難道她以為只要忍野被送上絞刑臺，她晚上就能睡得安穩？如果她真的這麼想，只能說她有點太天真了。

「他殺死了九個人，光是這個數字就讓人難以置信。而且他殺的都是高齡人士，真的是社會的敗類。你為他辯護，代表你跟他是同一類人。」

御子柴心想，這個女人雖然前面說錯了不少事，這一點倒是說得一針見血。從離開醫療少年院之後，一直到今天，御子柴從來沒有一天認為自己不是敗類。

「到時候在法庭上，我一定會把忍野罵得狗血淋頭。」

「這是受害者家屬的權利，我沒有理由阻止。」

或許是因為情緒太激動的關係，宏美的聲音微微顫抖。

「你快滾吧，別再來了。」

5

隔天，御子柴前往了木更津看守所分所。這是第四次會見忍野。

走進會客室的忍野，跟精神鑑定時相比，一張臉明顯削瘦了不少。

「你瘦了。」

「強制過規律的生活，而且餐點都是低熱量的東西，想不瘦也很難。果然蹲苦窯真的會變瘦。」

「我拜訪過了所有受害者的家。」

忍野的雙眸驟然綻放神采。

「你是去請他們幫我求情吧？有幾個家庭答應了？」

「先別急著談求情的事。上次你不是說過，要反駁『受害家屬的感受』？」

「噢，我差點忘了。」

從土肥惠到布川久須男，御子柴娓娓道出了每個受害家屬的反應。除了他們對忍野抱持什麼樣的想法，以及他們心中的怨恨之外，御子柴還鉅細靡遺地描述他們每個人的表情、態度，以及家庭的環境背景。

剛開始，忍野只是一邊點頭一邊默默地聽著。大概聽了一半之後，他開始皺起眉頭。等待完全聽完時，他的表情已經變得相當難看。

「以上就是受害家屬的反應。」

「沒有一個家屬認同我的做法？」

「他們要是知道你原本以為能獲得他們的認同，大概又會破口大罵吧。」

「那求情的部分呢？」

「好幾次我根本還沒提到這個，就已經被趕出去了。」

「這怎麼可能……」

忍野顯得相當沮喪。他似乎真的以為家屬會站在他這一邊。

「明明是毫無用處的老人，卻因為是熟悉的家人，竟然被他們當成了寶。這根本是典型的公私不分。」

「你這句話聽起來，彷彿只要不是家人，就可以隨便迫害老人？」

「在很多貧困的國家，棄民政策都是常識。日本的社會福利制度也越來越岌岌可危了，捨棄老人及身障者的政策對我們國家來說，是刻不容緩的事情。」

御子柴越聽越感到不對勁。忍野的棄民思想雖然完全違背社會共識，卻有一定的理論基礎。當然所謂的社會異端分子，指的或許就是這種人，但若說忍野是社會異端分子，卻又有些似是而非。

「家人遭到殺害，絕大多數的人都會感到難過。理由不是因為熟悉，而是因為血濃於水的親情。你不認為這是理所當然的事嗎？」

「你好像是在暗示我因為沒有家人，所以欠缺常識？」

「從資料上看來，你的兩個兄長在你十歲的時候相繼過世。你的父母親在你十八歲的時候離婚。你跟母親一起生活了一段時期，但母親也在十年前過世了。」

「沒錯。」

「不管怎麼說，你至少跟母親一起生活過。你在那段時期，沒有學到什麼是親情？」

御子柴說到這裡，內心不由得湧起了一股強烈的自我厭惡。自己當年正是因為感受不到親情，才幹下了那起大案子。當上了律師之後，雖然一度與母親及妹妹重逢，但自己的情感幾乎沒有出現任何波動。自己也是一個與親情無緣的人，有什麼立場對忍野說教？

「當初你在接受偵訊的時候就曾提過，讓沒有生產性的老人從這個世上消失，對這個社會是一件好事？」

「是啊，這是我的核心理念。」

「殺人就是殺人，不要使用那麼冠冕堂皇的說詞。」

「可是……」

「在法庭上，你只要說出這種話一次，就等於是朝死刑臺走近一步。」

「唔……」

「我再問你一次，你的這些論調，都是你自己想出來的？」

「當然。」

「在進入『幸朗園』工作之前，你也做過看護的工作。你是打從那個時候，就抱持這些想法？」

「是在我做看護工作的過程中吧。我一邊照顧著老人，心裡一邊想著，社會大眾應該會希望，這些毫無生產性的老人及上級國民都該從世上消失……」

「你的理念內容，就不用再說一次了。我只問你，是否有哪一部文獻、哪一部電影，或是社群網路平臺上的哪一篇來路不明的文章，影響了你的想法？」

警方所扣押的忍野私人物品中，並沒有任何提倡棄民政策的書籍，智慧型手機之中也沒有相關網站的瀏覽紀錄。

「你的情況，實在讓人百思不解。請恕我直言，警方從你的房間裡扣押到的書籍，就只有介紹車子的雜誌，以及成人雜誌，並沒有任何關於思想提倡的書籍。你能說得那麼煞有其事，必定需要一些理論來武裝你的想法，但不管是從房間的書架，還是你的智慧型手機，都找不到相關的資訊來源。」

「我說過了，這全是我自己一個人想出來的。」

「要把腦中的想法化為語言，並不是一件容易的事。你能夠滔滔不絕地描述自己的想法，代表一定有某種書籍或影片之類的媒體，對你造成了某種程度的影響。」

忍野沉默不語。御子柴看得出來，那不是否定的沉默，而是不願意說出真相的沉默。

「既然警方扣押的物品之中，完全找不到相關的媒體，代表那個媒體已經被你銷毀或丟棄了。例如你可能刪除了某些網頁瀏覽紀錄，或是通話紀錄。要銷毀媒體，這是最簡單的方式。」

御子柴目不轉睛地看著忍野。忍野默默轉將視線轉向一旁，像個謊言被揭穿的孩子。他的那些棄民思想，絕對不是他自己所想出來的。因為他的心智年齡簡直像個小學生。

「你覺得坦承那些想法並不是你自己想出來的，是件很丟臉的事？」

「律師先生，我想你一定很聰明吧？司法考試一定也是一次就及格，對吧？像你這樣的人，絕對不會明白我的心情。」

「我根本不在乎你的心情。」

忍野聽到這句話，不由得瞪大了眼睛。

很好，就是這樣！御子柴在心中暗自叫好。如今御子柴採取的戰術，就是先卸下忍野的武裝，將他的自尊心一層層剝下來。

「你想要為了守護你那膚淺的尊嚴，而被判死刑？還是想要有效利用所有的線索，為自己贏得無罪判決？你自己決定吧。」

「當然是無罪判決。」

「那你就給我老老實實說出來，你的棄民思想到底是從何而來。」

「都是『老師』跟我說的。當然這只是他的暱稱，我不知道他的本名是什麼。」

忍野一臉慚愧地咕噥道。

「我在推特（Twitter）[25]上有一個使用本名的帳號。你也知道，我做的工作很容易累積情緒，但是我又沒辦法在上司或老人們的面前抱怨，所以我常常會在推特上發牢騷，例如強調看護的工作有多麼辛苦，或是說一些有暴力傾向的入居者的壞話。我使用了這個帳號大概半年左右，獲得了不少追蹤者，我也漸漸習慣在上頭說一些有的沒的。」

偏激的言論，以及赤裸裸的真心話，很容易在社群網路平臺上獲得迴響。不論什麼樣的時代，煽動人心的文字都有其市場需求。像螞蟻一樣聚集而來的追隨者們，也會因為網路的匿名性而為所欲為，不負責任地大肆吹捧，往往能讓訊息散播者一舉成名。御子柴不久前才因為網

25 推特（Twitter）在二〇二三年七月更名為「X」，但本書的日文版首次刊行於二〇二三年三月，所以依然使用「Twitter」這個名稱。

路上的「律師懲戒請求」匿名活動而忙得焦頭爛額，因此比一般人更明白問題的嚴重性。

「有一天，我在推特上抱怨有老人拿糞便丟我。有一位追蹤者給了我一個很好的建議，他說『把那個老人當成一萬圓鈔票，就不會那麼氣了』。我覺得這個想法真的很棒，後來我們就常常聊天……」

「那是什麼時候的事？」

「那時候我還在前一家安養院上班，將近六年前吧。」

「你跟那個『老師』說過些什麼話？」

「呃……」

忍野仰頭看著半空中，彷彿是在挖出塵封於心底的記憶。

「這個嘛……從生活、興趣到工作，幾乎什麼都聊。我在推特上說我丟了工作，得先找個打工來賺生活費，後來又說我開始在『幸朗園』上班。每次我說出自己的近況，『老師』就會對我說一些鼓勵的話。過了一陣子之後，我們就開始用電子郵件互相聯絡了。」

「就是那個老師給你洗腦，教了你那些思想？」

「才不是呢。『老師』才沒有給我洗什麼腦，別說得那麼難聽。有點像是你剛剛說的，『老師』把我心中的模糊想法轉化成了語言。他對我說，忍野，你真正想要幫助的，其實根本不是那些沒有用的老人吧？忍野，你是不是想要對這個社會有更多的貢獻，但是找不到方法？我聽他這麼說，才明白了自己真正的想法。沒錯，真的是這樣，這才是我想做的事。所以『老師』雖然是我的恩人，但是為社會排除上級國民及不具生產性的老年人，是原本就存在於我心中的想法。」

「你把所有的通聯記錄都刪除了？」

「並非只有『老師』而已。在闖入『幸朗園』之前，我把所有可能會被我連累的名字跟紀錄都刪除了。我要一個人背負這個責任，不能推給其他人。」

「背負責任？」

御子柴以尖酸刻薄的口吻重複了這句話。

「你一方面說要背負責任，一方面又想要獲判無罪，你不認為這兩個想法互相矛盾嗎？」

「我的責任只是接受審判，並不是接受懲罰。負責任與無罪是兩回事，完全不矛盾。」

「現在我們來練習幾個開庭時一定會被問的問題。你奪走了九條人命，是否受到良心呵責？」

「老實說，完全沒有。雖然我知道家屬們都很生氣，但我的行為是社會正義的一環。」

比起剛開始的時候，忍野的口氣多了幾分遲疑。顯然在得知家屬的憤怒之後，他的想法也有些許動搖。

「在法庭上發言的時候，禁止說出『社會正義』這四個字。記住，在你說出這四個字的當下，死刑就確定了。」

「那我要怎麼主張自己的正義？法官跟旁聽人都在聽我說話的時候，可是我的大好機會。」

「你的正義一點也不重要。當然如果你認為正義的重要性高過性命，那就隨便你吧。」

這次的交談，讓忍野氣焰全失，他無奈地點了點頭。御子柴見機不可失，對垂頭喪氣的忍野下達了另一個指示。

隔年（令和三年）一月八日，千葉地方法院。幸朗園案首次開庭。

畢竟是受到社會關注的重大刑案，新館一樓前方擠滿了想要申請旁聽券的民眾。御子柴無視那些人群，走向入口。

刑事法庭位在二樓、七樓及八樓。幸朗園案將在第八〇一號法庭進行審理。御子柴走進了八樓的休息室。開庭之前，御子柴坐在休息室裡，陷入了沉思。

上午九點五十五分，御子柴緩緩起身，走向第八〇一號法庭。

阿比留已早一步坐在法庭內。御子柴走進法庭時，他只是朝御子柴瞥了一眼，旋即別過視線。

御子柴入庭的不久後，忍野也在法警的帶領下進入庭內。自從遭到逮捕之後，這是忍野第一次出現在社會大眾的面前。而且注視著忍野的每一雙眼珠，都帶著滿滿的好奇心與敵意。忍野承受著大量的視線，變得有些畏畏縮縮，有如被丟入貓群中的鴿子。

「千葉地方法院提醒各位庭內人士，為了避免對審案過程造成妨礙，審案期間嚴禁使用手機，此外亦禁止攝影及錄音。」

不一會，包含楯岡在內的三名法官及六名裁判員魚貫而入。法官們的神色並無異狀，裁判員們的視線卻不約而同地往御子柴及忍野的方向射來，眼神中帶著露骨的好奇之色。不過這也怪不得他們。畢竟眼前的律師及被告，一個曾經是犯下滔天大罪的更生少年，一個是令和年代第一個殺人魔。一些唯恐天下不亂的好事之輩，稱這兩人的組合是「怪物夢幻隊」。裁判員充其量不過是一般民眾，當然難以壓抑滿心的好奇。

「現在開庭，審理令和二年（WA）第一八二五號案件。被告請上前。」

忍野於是邁步向前。

「現在進行人別訊問，被告請說出姓名、出生年月日、戶籍地、居住地址及職業。」

「忍野忠泰，昭和五十一年十月三日出生。居住地址是市川市國分〇―〇―〇，戶籍地不清楚。在私人安養院『幸朗園』擔任看護師。」

「檢察官，請宣讀起訴概要。」

「去年十一月八日深夜，被告闖入工作地點『幸朗園』，以束線帶捆綁住了三名值班同事。在接下來的兩個小時裡，他以尖刀連續殺害了九名入居老人，分別是神池美路、久代八重子、市田妙子、土肥惠、瀨名步美、田伏三起也、棟方弘務、床舞由高、布川久須男。擅自認定富裕及高齡人士不為社會所需，犯案動機極度自我中心且手法凶殘。罪名為殺人罪，刑法第一九九條。」

「辯護人，對於檢察官的起訴概要，有沒有疑義？」

「沒有。」

「接下來將確認罪狀。被告，你在法庭上說的每一句話都將成為證據，但你有權對不利於己的問題保持緘默，你明白嗎？」

「我明白。」

「現在我開始發問，請問剛剛檢察官宣讀的起訴內容是否屬實？」

「都是事實，但是針對自我中心及手法凶殘的部分，我不認同……」

「現在只是進行事實的確認，請不要作其他論述。辯護人，你是否要陳述意見？」

「辯方主張被告無罪。」

法庭內的空氣瞬間變得凝重。這句話一說出口，意味著辯護人接下來將為被告的清白進行辯護。

「被告殺害九名老人，這的確是事實，被告並不否認。但是辯護人會見被告多次，發現被告在犯案當下並無殺意。因此辯護人以殺意不存在為由，主張被告無罪。」

「辯護人，我再向你確認一次。被告在兩個小時之內，連續殺害九個人，你要主張他不存在殺意？」

審判長再次確認辯護人所陳述的意見，這是非常罕見的特例。光是這個舉動，就證明了御子柴的主張有多麼違背常理。事實上不僅是審判長，旁聽席上所有的人都對御子柴投以異樣的眼光。

「沒有錯，辯護人將針對檢方所提出的證據及主張，逐一進行反證。」

「好，被告請回座。」

忍野轉過身來，臉上滿是不安。顯然他那荒唐的自信已受到動搖。這對御子柴來說，正是求之不得的事情。

「檢察官，請進行開頭陳述。」

「被告忍野忠泰，高中畢業後取得看護師執照。三十三歲時，進入東京都內的『墨田看護中心』工作，五年後離職。其後約有一年的時間，在便利商店打工，賺取生活費。平成二十八年，進入私人安養院『幸朗園』擔任看護師。工作態度認真，獲得園長及同事們的信賴。去年十一月八日深夜十二時許，忍野闖入『幸朗園』內，以束線帶捆綁當時在值班室內的仙川、室伏、米田等三名同事，接著走向前述九名入居者的寢室。值得一提的是，被告做好了萬全的準備，除事先準備了束線帶等犯案工具之外，還在晚餐的膳食中加入安眠藥，並且切斷了緊急呼叫鈴的電線。」

阿比留的開頭陳述可說是相當高明。御子柴剛剛才主張忍野不存在殺意，阿比留立刻向庭內所有人強調忍野的殺人計畫有多麼周到而縝密。

「首先，被告在單人房裡，以生魚片刀刺入睡夢中的神池美路的胸口，將其殺害。接著忍野侵入A大寢，依序以相同手法殺害久代八重子、市田妙子、土肥惠及瀨名步美。殺害了A大寢內的所有人之後，忍野將生魚片刀棄置於現場，取出了第二把生魚片刀，回到走廊上，進入B大寢。在B大寢內，他先殺害田伏三起也及楝方弘務，接著換了第三把生魚片刀，又將床舞由高及布川久須男殺害。雖然受害者的餐點中皆摻入了安眠藥，但有些受害者並沒有熟睡。忍野遇上受害者反抗的情況，會連刺數刀，使受害者徹底斃命。所幸其後鶴見園長等三人趕到，將忍野壓制。根據忍野自身的供詞，他原本的計畫是將三十九名入居者全數殺死，只因為受到阻撓，所以只殺了九人。他所使用的三把生魚片刀，分別列為甲二號證、甲三號證及甲四號證，皆已事先提出。根據鑑定結果，三把生魚片刀上頭都有被告的指紋，而且沒有其他人的指紋。此外，被告本人已坦承了案情的來龍去脈，請見乙五號證的被告供述書。」

「辯護人，針對檢方陳述中提及的甲二號證、甲三號證、甲四號證及乙五號證，你是否同意？」

「辯方不同意乙五號證。」
辯護人不同意供述書的證據力，意即否定被告的自白內容。旁聽席上隱隱響起一陣騷動。
「乙五號證的供述書中，記載著被告是在帶有明確的使命感及殺意的狀態下犯案。辯方主張這個部分是檢察官的誤判。」
「審判長！」
阿比留旋即舉手說道：
「辯護人認定供述書內容是由檢方所杜撰。」
「辯護人，是這樣嗎？」
「我剛剛說的是誤判，我並沒有使用杜撰這種字眼。在調查的過程中，檢察官誤判被告懷有殺意。」
阿比留不等楯岡同意，立即搶著反駁。可見得才剛開庭，他已經失去了冷靜。
「如果受害者只有一人，或許還可以說是過失致死。被告連續殺害九個人，辯護人還硬要主張沒有殺意，未免太過荒謬。」
「如果檢察官可以找到『殺死一人可認定為過失，殺死兩人以上應認定為具有殺意』的判例，麻煩請提出。」
其實御子柴心裡所打的算盤，這些都只是在拖延時間而已。現階段的唯一策略，就只是盡可能反擊檢方的主張，讓庭審進展不要太快。

「辯護人。」楯岡看著御子柴問道：

「你有辦法證明乙五號證的內容存在誤判嗎？」

「我預計將在下次開庭時提出證據。」

「好，那就請你在下次開庭時舉證。」

楯岡立刻轉頭望向阿比留。從他的舉動，可以看出他一心想要盡早結束這場庭審。

「檢察官，請進行論告求刑。」

「檢方對被告求處死刑。」

「辯護人，你有什麼意見嗎？」

「如同前述，辯方主張被告無罪。」

「你打算現在就對被告進行詢問嗎？」

「不，今天不詢問。」

「好，那麼請在下一次開庭時，準備好乙五號證的反證。下一次的開庭時間，預定在一月十二日，閉庭。」

四

各自的十字架

1

一月十二日，第二次開庭。

聚集在地方法院新館一樓前申請旁聽券的民眾，似乎比第一次開庭時更多了。一般而言，刑事案件在第二次開庭之後，申請旁聽券的人數會逐漸減少。由此亦可看出幸朗園案在社會上受到關注的程度，與一般的刑事案件不可同日而語。

御子柴通過新館前方時，看見一群賣旁聽券的人。他們一方面相當低調，避免驚動警察，另一方面卻又表現出滿不在乎的態度，似乎並不認為自己是在做什麼壞事。

「要不要旁聽券？令和二年（WA）第一八二五號，幸朗園案！」

「我這裡有幸朗園案的旁聽券，兩萬圓！」

「我這裡只賣一萬八！」

以前演唱會會場的門口，常有一群所謂的「黃牛」，以昂貴的價格販賣演唱會門票。那些「黃牛」大多是當地的痞子、流氓，專門以高價轉賣門票牟利。然而在如今這個年代，有越來越多的一般民眾將自己取得的門票高價賣出。以前的職業黃牛，現在已逐漸被這些業餘的投機客取代。說穿了，不過是從前地痞流氓幹的事，現在變成了一般民眾的生財之道。如果是必須花錢取得的門票，那也就罷了，刑事法庭的旁聽券在申請時根本不須付費，這些人卻以高價賣出，這種行徑甚至比流氓更加惡劣。

經過了第一次開庭後，世間對幸朗園案的關心，以及新聞媒體的報導，似乎都有更加白熱化的趨勢。理由可想而知，當然是因為辯護人御子柴主張忍野無罪。絕大多數把這場審判當成娛樂表演的好事分子，都推測辯護方應該會以爭取減刑作為辯護策略。沒想到辯護人竟然大膽主張無罪，當然會令好事分子感到熱血沸騰。而且從第二次開庭之後，還多了連事不關己的局外人也會大感興趣的「特別活動」。

另一方面，御子柴的個人經歷，也成為新聞媒體的炒作重點。「『屍體郵差』為令和第一殺人魔辯護」。這種連報紙也不敢當作標題的詞句，在網路上迅速傳了開來。雖然毫無意境可言，但簡潔有力地點出了當前的狀況，連御子柴本人也不禁暗自佩服。

這一天距離第一次開庭已過了三天，御子柴還是沒有辦法實現當初與楯岡約定好的「證明乙五號證內容含有誤判」。但御子柴並不感到焦慮，因為從第二次開庭起，受害者家屬可參與庭審。

在刑事法庭中，獲准參加庭審的受害者或其家屬，有個法律術語稱作「受害者參加人」。受害者參加人在庭審期間被允許做的事情，包含以下五點。

一、原則上可在刑事法庭開庭當天出席，坐在檢察官的旁邊。
二、針對檢察官所進行的證據調查、論告求刑等訴訟行為，可表達意見或要求說明。
三、針對證人的供詞是否足以採信的情狀相關爭辯，可就必要事項對證人提出問題。
四、為了進行意見陳述，在經認定有其必要的前提下，可對被告提出問題。
五、證據調查階段結束後，針對事實或法律適用問題，可在法庭上陳述意見。

根據法院在開庭前的聯絡事項，幸朗園案九名受害者的家屬今天都會出庭。御子柴事先已經跟這些家屬們都有初步的接觸，這樣的做法是吉是凶，等等就會揭曉。

前面提到的「連事不關己的局外人也會大感興趣的特別活動」，指的就是受害者家屬的出庭。遭殺害者的家人們，將在今天的庭審期間首次與凶手對峙。許多觀望此案的好事分子，都期待今天能迸出什麼戲劇性的發展。每個人都在渴望著「血流成河」的場面，每個人都在期盼著最「原汁原味」的愛恨情仇。

今日的法庭，將墮落為娛樂表演的舞臺。大部分的司法相關人士，對這樣的現象只是搖頭歎息。至於御子柴本人，則暗自期盼這個特別的氛圍，可成為辯護方的一股助力。任何一名家屬對忍野說出的怨毒之語，都足以影響法官及裁判員的心證。

上午十點，開庭。

旁聽席上依然人滿為患。約有八成的旁聽者，是第一次開庭就已坐在臺下的老面孔。這些人絕大部分應該都是媒體從業人員吧。

「辯護人，你是否已經準備好證明乙五號證中的誤判？」

楯岡提問的口氣，不帶絲毫的焦躁與憤怒。

「還需要一點時間。」

楯岡也不追究或指責，似乎是早已猜到御子柴會這麼回答。

「好。檢察官，針對乙五號證，是否有想要補充的意見？」

御子柴不由得苦笑。楯岡問這個問題，簡直是多此一舉。

「審判長，關於乙五號證的供述書，受害者參加人想要提問。」

坐在阿比留身旁的四名「受害者參加人」，臉上都帶著等不及要發言的表情。

此刻坐在庭內的受害者參加人，分別是瀨名步美的丈夫瀨名讓、市田妙子的女兒志都子、久代八重子的丈夫信親，以及土肥惠的兒子健英。四個人都是A大寢受害者的家屬。

坐在御子柴身旁的忍野，跟上一次開庭比起來，臉上多了不少懼意。想必是因為根據御子柴的轉述，他得知這些家屬們都對自己恨之入骨。

「審判長，這次的參加人多達九名。因為人數實在太多了，不曉得能不能讓我們分成兩場？」阿比留說道。

「可以，但陳述時請注意時間，不要影響其他案子的審理。」
瀨名讓率先站了起來。
「我是瀨名讓，瀨名步美的丈夫。」
瀨名讓的年紀應該已超過七十五歲，聲音卻依然宏亮。不難想像他當年在國會中舌戰群雄的景象。
「我讀了被告的供述書。說真的，裡頭的文字讀起來非常痛苦。當我讀到自己的妻子，以及其他入居者是如何遭到殺害時，我憤怒得全身發抖。而最讓我感到憤怒的一點，是這個世間竟然沒有天理。」
其他家屬們聽到這裡，各自點了點頭。
「每一位入居者都有各自的苦衷，雖然需要看護，但沒有辦法在家療養。如果可以的話，我們多麼希望讓家人留在家裡，由我們自己照顧。但因為做不到，我們只好把家人交給號稱擁有專業設備及職員的『幸朗園』。但是萬萬也沒想到，在『幸朗園』的職員之中，竟然會有這麼一個喪盡天良的人物。」
瀨名讓惡狠狠地瞪著忍野。如果視線帶有實體，這一瞪就足以將忍野射殺。
「我想要詢問被告……」
瀨名讓的口氣從哀戚轉為嚴峻。

「根據供述書上的記載，你認為殺死不具生產性的老人，對他們是一種救贖，更是來自社會的天譴。供述書依據的是司法警察所製作的筆錄，不是一般的流言蜚語，裡頭絕對不會出現空穴來風的玩笑話。所以我們這些家屬們，只好相信這些供述內容都是你的真實心聲。」

御子柴不禁佩服這個人的話術。既不過度激昂，也不過度悲情。雖然只是說明著入居者及家屬們的現況，但瀨名讓的嗓音帶有一種與生俱來的說服力，足以獲得每個聆聽者的認同。光從這幾句話，便可聽出他非常清楚如何將自己說服他人的能力發揮得淋漓盡致。

「不具生產性的老人……這樣的說法，對於體能及精力都已減退的高齡者來說，就像一把無情的利刃。天底下真的有具生產性的老人嗎？不，我們應該問一個更加根本的問題。這樣的論述，不就等同於宣布沒有生產性的人，就沒有生存權？這樣的理論，在人的世界不可能行得通，因為它是禽獸的理論。」

瀨名讓故意使用他那粗獷的聲音，一字一句地說著，使其說服力提升至另一個境界。這樣的聲音及語調，足以擄獲每個聆聽者的心。

「我想詢問被告，供述書裡的『殺死不具生產性的老人，對他們是一種救贖，更是來自社會的天譴』這句話，是當初偵訊者杜撰出來的詞句嗎？如果是杜撰的，請你立刻澄清；如果真的是你親口說出來的，請你保持沉默。」

瀨名讓說完了他的問題，觀察著忍野的反應。忍野雙脣微動，並沒有答話。這也是理所當然的反應。畢竟瀨名讓說出的那幾句話，正是忍野想要強調的核心思想。他殺死九個人，正是為了向世人宣揚這套思想。

而且瀨名讓還使用了一個非常狡猾的話術。他為被告的緘默擅自賦予了「沉默就代表肯定」的意義，名正言順地剝奪了忍野的發言權。

當庭內的所有人都見證忍野保持緘默，瀨名讓接著說道：

「我想要提一件我自己的私事，在此先向諸位致歉。我瀨名讓從前曾經是國會議員。擔任議員的期間，我參與制定了許多法律。我內心深處一直相信著，所有的法律必定有其正當性，必定具備正義的思維。所以我在此懇求法官及裁判員們，請不要讓我們受害者家屬認為這個國家的法律是為了蹂躪弱者而存在。對於無情剝奪他人生命的窮凶極惡之輩，請給予同等的刑罰。請諸位不要忘記，這起案子正受到全國人民的關注，每個人都在見證正義與道德是否得以伸張。」

御子柴等瀨名讓全部說完之後，才舉手抗議：

「審判長，參加人剛剛的發言，可能會讓裁判員心生恐懼。」

「抗議成立。參加人請不要再作出任何對裁判員帶有脅迫意味的發言。」

楯岡的警告，並沒有任何實質上的意義。瀨名讓剛剛說的那幾句話，早已刺入了裁判員們的胸口，讓六名裁判員的臉色都變得極為難看。

瀨名讓一臉嚴肅地行了一禮之後坐下。御子柴暗想，不愧是隻老狐狸。沒有一絲一毫的感情用事，而且站在前立法者的立場，阻斷了辯方的退路。看來檢方已經先馳得點，拿到了一分。

第二名提問者是市田志都子。

「我是市田妙子的女兒，我叫志都子。」

志都子以充滿敵意的眼神望著忍野。那眼神所流露出的情感，是名副其實的不共戴天之仇。

「自從父親過世之後，母親和我一直過著相依為命的生活。但因為母親被診斷出罹患ADHD，需要接受醫師治療及專業的看護，所以我將她送進了網路評價相當好的『幸朗園』。剛進去的時候，職員們介紹了被告給我認識，說是負責照顧我母親的看護師之一。」

忍野垂下了頭，不敢與志都子四目相交。

「我告訴主治醫師及被告，我母親罹患了ADHD。當時被告對我說，『過去我照顧過很多有著相同症狀的老人家，非常有經驗，所以妳完全不用擔心』。當時他說得信誓旦旦，口氣又溫柔，我完全相信了他。我想其他入居者及家屬們應該也是一樣吧。」

御子柴轉頭望向阿比留。只見他露出一臉心滿意足的表情，顯然他自認為法庭策略進行得相當順利。

受害者參加人對被告的提問，並非只是單純的提問。而是讓家屬代替慘遭殺害的受害者說出心聲，藉此突顯出凶手的心狠手辣。

雖然在法庭上算是很基本的常套手法，但是相當有效。御子柴心想，假如自己是檢察官，應該也會採取相同的手段吧。

「我想應該有很多人知道，ADHD 就是所謂的『注意力不足過動症』。症狀是注意力無法集中，以及靜不下心來。發生在我母親身上的主要狀況，是做事情沒有辦法深思熟慮，以及說話前沒有辦法思考後果，導致她常常做錯事，常常說錯話。這樣的狀況長期持續，不僅很難交到朋友，就連家人的相處也會出問題。或許我這麼說，有些人會認為我很不孝，但我相信每一位和失智的父母同住的人，應該都能體會我的苦衷。」

志都子說到這裡，有數名裁判員及旁聽席上的民眾深深點頭。寥寥幾句話，已經成功獲得了法庭內絕大部分聆聽者的認同。

「『幸朗園』的入居費用相當高昂，所幸我父親留下了一些遺產，讓我們勉強還能負擔得起。我家從來不是上級國民，我賣掉父親生前收藏的書畫及骨董，才籌到了一些現金。但我相信關懷父母的心情，並沒有上級或下級之分。當父母在家裡沒有辦法得到完善的照顧時，若有制度完善的機構能夠代勞，我想大部分的子女，都會想辦法籌措入住費用。」

御子柴不禁感到懷疑。這提問的內容，是志都子自己想的嗎？抑或，她只是照本宣科，讀出了阿比留代筆的文章？不論作者是誰，御子柴都忍不住想要稱讚其精湛的文筆及詞句結構，能夠充分引發聆聽者的共鳴。

「任何人看見這麼一個態度和善又充滿自信的看護師，當然都會感到安心。沒想到……被告背叛了我們所有人。被告，你……」

忍野聽到呼喚，嚇得肩膀劇烈顫動。

「你對刑警說的那些話，我都聽到了。你說上級國民及沒有用的老年人都應該殺掉，是嗎？而且在你進入『幸朗園』之前，你就有了這樣的想法？這是否意味著，你雖然溫柔照顧我的母親，但你打從一開始就想要殺死她？如果不是的話，請你提出反駁。」

志都子就跟前一個提問的瀨名讓一樣，巧妙地剝奪了忍野的發言機會。或許所有的參加人早已事先研擬過策略，所以使用的話術大同小異。

在「是不是打算殺死」這個問題上，忍野不可能選擇「是」以外的答案。只見他不停將右手開開闔闔，卻是一個字也說不出口。

志都子在確認忍野無法反駁後，輕輕點頭說道：

「我已經徹底明白你的想法了。以上是我的提問。」

志都子坐下來的瞬間，御子柴很清楚己方又丟了一分。

第三人是久代八重子的丈夫，久代信親。

今天的信親看起來一臉嚴肅，與當初見御子柴時的態度截然不同。

「我那個遭忍野……遭被告殺害的老婆，有一點失智。不過還不到生活完全無法自理的地步，只不過常常會忘記親友的長相跟名字。有時她甚至會把我跟女兒也忘得一乾二淨。如果每天只是吃飽就睡，當然不會有任何問題，但住在家裡的話，畢竟還得顧慮跟街坊鄰居的互動關係。所以我一直在尋找能夠收容失智老人的機構，後來找到了『幸朗園』。我老婆剛搬進去的時候，職員就介紹了如今坐在被告席上的那個人，給我們認識。」

信親一臉怨毒地瞪著忍野。雖說憎恨殺妻凶手，乃是天經地義的事情，但信親的表情給人一種過度誇張的虛偽感。

「『幸朗園』是相當高級的安養院，入居費用及每個月的看護費相當驚人，我長期沒有工作，只能仰賴退休金及女兒的工作收入，勉強支應我老婆每個月的花費。雖然生活很辛苦，但為了家人，只好儘量節省每天的餐費、水電費及瓦斯費。身為一個人，這是理所當然的事情。在這個理所當然的前提下，我想要詢問被告一個問題。」

信親伸出食指，指著忍野說道。像這樣的小動作，應該也是為了獲取裁判員及旁聽者的認同吧。

「第一次見面的時候，你自信滿滿地告訴我，你照顧過非常多失智症患者。你說八重子的症狀還屬於輕症，只要交給你照顧，兩、三年之內就能搬回家住。你在說那些話的時候，其實你已經打算將她殺害，是嗎？你對我跟女兒說那些話，只是為了讓我們相信你，是嗎？」

信親依然以手指指著忍野，同時將身體往前傾。

「回答我！當初我老婆剛搬進去的時候，你對我們說的那些話，是真話還是假話？難道你說兩、三年之內就能搬回家，指的是搬屍體回家？」

忍野還是沒有答話。信親齜牙咧嘴，表現出強烈的敵意。

「就算你說那時候沒有殺意，也不會有人相信。我絕對不會原諒你。沒有感受過骨肉親情的你，想必沒有辦法體會。長年一起生活的生涯伴侶，就像是身體的一部分。你奪走了我身體的一部分，我跟你有血海深仇。我絕對不會原諒你。就算其他家屬原諒你，我也絕對不原諒。你去死吧！你必須以死賠罪！」

信親像發了狂一樣大吼，乍看之下已經徹底失去理智。沒想到坐在法官席上的楯岡正要出言制止，信親已經先坐了下來。

信親的這一席話，讓法庭內的氣氛瞬間沸騰。

御子柴心想，是時候潑點冷水了，於是舉起了手。

「抗議！」

「辯護人，請說。」

「在記錄這位受害者參加人的發言之前，我想先請大家聽聽這個。」

御子柴從胸前口袋取出錄音筆，貼近麥克風，按下播放鍵。

〈你願意幫助他獲得減刑？〉

〈明人不說暗話，你來找我不就是為了這個？〉

〈你的意思是說，你願意提出減刑請願書？〉

〈當然不願意，但我也得想辦法湊到律師費用。〉

除了信親本人之外，所有的法官、裁判員，甚至是阿比留，全都聽得目瞪口呆。

「你這該死的律師，竟然敢偷偷錄音！」

信親破口大罵，但聲音完全被錄音筆的聲音掩蓋了。

〈包含我家在內，受害者總共有九個家庭。如果我把價碼開得太高，你們一定付不出來。我看每一家就賠個兩百萬吧，這金額應該很合理。〉

「喂！夠了！立刻給我關掉！該死的律師，你太卑鄙了！」

〈這是個很吸引人的提案。但是金額的部分，我得先跟委託人討論過才行。〉

〈你們最多能出多少？〉

「快關掉！立刻關掉！大家不要再聽了！」

〈目前我無法回答這個問題。〉

〈好吧，看來也只能先這樣了。反正距離開庭還有一些日子，你們好好討論吧。〉

庭內的風向出現了巨大的變化。從對忍野的敵意，轉變為對信親的譴責。

在尷尬的氣氛裡，楯岡輕咳一聲，轉頭對御子柴說道：

「辯護人，我提醒過你，任何新的證據，都必須事先提出申請。」

「很抱歉，審判長。受害者參加人的發言內容，與我的認知差距太大，所以我才臨時決定播放出錄音內容。」

楯岡與右陪審法官低頭交談數語，有些無奈地開口說道：

「雖然剛剛的錄音內容不必從記錄中刪除，但請辯護人務必遵守提交證據的規則。」

御子柴在心中暗自竊笑。

錄音筆中的對話內容，證明了並非所有受害者家屬都希望忍野遭判處死刑。阿比留早已失去冷靜，一下子瞪著信親，一下子又瞪著御子柴。御子柴心想，看來是奪回一分了。

最後的提問者是土肥健英。

「法官大人，我是土肥健英，土肥惠的兒子。」

健英朝眾法官行了一禮，接著望向忍野。

「我跟被告，今天並不是第一次見面。當初家母剛搬入『幸朗園』時，我就曾見過被告。當時我以為被告是個性情溫和、做事認真的人。如今回想起來，只能說我真的是瞎了眼。」

健英的口吻異常淡定，不太像是面對殺母仇人時該有的態度。比起當初會見御子柴，他的自制力似乎又更強了幾分。

「今天，我是以受害者參加人的立場，站在這個地方。根據我事先聽到的說明，我今天除了能夠對被告提問之外，還能針對求刑之類的檢察官訴訟方針，陳述自己的意見。由於其他的幾位家屬已經對被告提問了，現在我想以家屬身分表達一點意見。」

旁聽席上響起了一陣交頭接耳的聲音。

「不過請大家放心，在開庭之前，我就被提醒過，法庭不是為了報仇而存在。所以雖然我萬分想要辱罵被告，但我會謹慎發言，不會說出有損法庭格調的言論。」

原本因信親而受創的參加人形象，在健英這幾句話之後有了明顯的回升。假如這原本就在健英的預料之中，代表他是一個老謀深算的人物。

「我過世的母親，生前和我父親一起經營一家保險經紀人公司。就算是國定假日，我的父母還是得接聽源源不絕的電話。我相信有些人一聽到保險兩個字，心裡就會產生反感。我父母不僅要忍受這樣的成見，而且每個月都有很大的業績壓力，只能說這絕對不是一個輕鬆的工作。因為我父母工作忙碌，我從小到大幾乎沒有父母陪我玩耍的記憶。學校的家長參觀日，他們也從來不會參加。所以我小時候曾經問過他們，為什麼要當保險經紀人。當時母親這麼回答我……『做我們這個工作，經常會被人討厭。但是當客戶的家裡發生意外狀況，例如負責賺錢養家的那個人突然過世，或是生了重病，客戶就會非常感激我們。每當那種時候，我就會覺得這是一個很有意義的工作』。」

健英說到這裡，刻意停頓了一下。像是在緩和內心的情緒，也像是在觀察聽眾的反應。

「我母親向來是個把別人的感受看得比自己更重的人。她決定搬入『幸朗園』，也是基於相同的理由。自從過了六十歲之後，她發現自己開始有輕微的失智症狀，她就積極尋找看護機構。我跟妻子一再對她說，她可以住在家裡，我們會照顧她，但是她說什麼也不肯答應。『我不能給你們添麻煩』……她總是這麼對我們說。她以自己的存款支付了所有的費用，就這麼搬了出去，完全不給我們選擇的餘地。我母親就是這麼一個不想給人添麻煩的人，就算是對家人也一樣。我身為她的兒子，原本對她的堅持感到不解。直到有一天，我才從母親那邊的親戚，得知了背後的原因。原來我的外公、外婆在上了年紀之後，給我母親添了很多麻煩。每天對著我的母親碎碎念，朝我母親投擲糞便，在街坊鄰居的面前說一些莫須有的壞話。我的母親為此吃了很多苦，所以她才會下定決心，等到自己年老時，絕對不會給周遭的人添麻煩。畢竟她是將我拉拔長大的母親，我和妻子曾經好幾次勸她住在家裡，但她已經決定要搬進『幸朗園』，我們實在勸不動她。總而言之，她是一個非常見外的母親，一直到最後都不肯給我機會好好孝順她。」

健英微低著頭，說話的過程中不時哽咽。旁聽席上也不時傳來啜泣聲。御子柴細細觀察，健英那神態並不像是裝出來的。假如那都是他的演技，應該可以拿奧斯卡金像獎吧。

對於自己的母親，御子柴從來不曾有過任何感傷，也從不認為自己應該抱持任何感傷。因此聽著健英緬懷母親，心中沒有辦法有一絲一毫的共鳴。

「母親剛搬進『幸朗園』時，職員介紹被告給我認識，我當時心想，看來我只能把母親託付給這個人了。畢竟我與母親並沒有住在一起，就算母親的病情突然發生什麼變化，我也幫不上任何忙。除了拜託負責的看護師好好照顧我母親之外，我沒有其他的選擇。被告乍看之下，是個非常和善、溫柔的看護師，我就這麼被他給騙了。直到現在，我依然無法原諒自己，那天我竟然對被告低頭鞠躬，請他好好善待我的母親。我萬萬也沒想到，我託付母親的對象，竟然是一個披著人皮的惡魔。命案剛發生的那一段日子，我沒有一天能夠入眠。每天晚上，我都在責罵自己的愚蠢。最近我請醫生開了安眠藥，才終於有辦法闔眼。所以我在這裡，想要詢問被告……」

健英緩緩抬起了頭，臉上的表情彷彿隨時會掉下眼淚。

「你為什麼要殺害我的母親？我的母親是個重視他人更勝於自己的人。保險經紀人的工作，也保障了很多往生者家屬的生活，受到許多人感謝。而且我還聽說，她在『幸朗園』裡非常守規矩，是模範入居者。我的母親是一個這麼好的人，為什麼你要殺了她？你不認為她是一個對社會有貢獻的人嗎？不，社會貢獻什麼的，其實一點也不重要。你根本不懂什麼叫人性的尊嚴。你以為從你那低能的腦袋所想出來的偏見，能夠適用於我們這個社會？如果你真的這麼想，代表你的智能比五歲小孩還不如。」

健英不屑地說完最後這幾句話，轉頭對楯岡說道：

「真的很抱歉，審判長。明明答應不會說出有損法庭格調的言論，最後還是說出了衝動之語。」

健英朝著楯岡深深低頭鞠躬。楯岡只是淡定地點了點頭，不置可否。

健英坐下之後，整個庭內彷彿燃燒著一股沉默的怒火。

御子柴心想，看來又被拿到一分了。

轉頭望向身旁，忍野依然沒有抬起頭。來自死者家屬的憎恨與怨恚，似乎終於讓他感受到了強烈的良心呵責。

御子柴將臉湊過去，在他的耳邊低聲說道：

「撐著點，別這樣就被擊垮。後面還有五個家庭，等著你去承擔。」

忍野望向御子柴，眼中滿是懼意。

從千葉地方法院回到事務所時，御子柴看見洋子正在認真擦拭著事務所的大門。去漬稀釋劑的臭味竄入了鼻腔。顯然昨天晚上事務所大門又被人噴漆了。

這不是御子柴本人或事務所第一次遭到騷擾。前陣子事務所好不容易恢復了寧靜，但御子柴一接下忍野的辯護工作，最近又開始頻繁受到騷擾。

「老闆，您回來了。」

御子柴甚至不用朝洋子瞧上一眼。光聽她的聲音，就知道她心情很不好。

「今天開庭順利嗎？」

洋子的這個問題，引起了御子柴的好奇。

她原本不是極度反對御子柴為忍野辯護嗎？

「妳對今天的開庭有興趣？」

「這起案子對事務所造成了有形及無形的損害，想不感興趣也不行。」

「有形的損害？例如說呢？」

「您好像沒看到我正在把門上的塗鴉擦掉？」

「或許我該對妳說聲辛苦了，但妳做這種事並沒有實質的助益。」

「大門是事務所的門面，能不弄乾淨一點嗎？」

「反正我們這間事務所本來就惡名昭彰，門上被人寫個『去死』或『惡魔』，才能襯托我們的地位。」

「讓正派的客人看了之後轉身離開，您覺得是不錯的點子？」

御子柴不想再跟她爭辯，轉身走進事務所內，洋子卻不肯善罷甘休，追上來說道：

「有形的損害還不止這個！我一天到晚接到沒聲音的電話，以及恐嚇電話！」

「妳也可以恐嚇回去。就說我們能追蹤訊號源頭，將會提出告訴。」
「您擔任忍野的辯護人，很可能已經嚇跑了許多客人。」
「我只要能多少為忍野爭取到一點減刑，這宣傳效果可不容小覷。」
「忍野有希望獲得減刑？」
「我以為妳站在道德的立場，沒有辦法原諒忍野的惡行？」
「我確實站在道德的立場，沒有辦法原諒忍野的惡行。但我更沒有辦法接受事務所蒙受這麼大的損失，您還輸了官司。」
這邏輯聽起來有些似是而非。但御子柴很清楚，以洋子的性格，假如沒跟她把話說清楚，她反而會糾纏不清。
「今天被得了三分。」
「三分？您當開庭是打拳擊嗎？」
「開庭就是打拳擊。唯一的差別，只是揍人的方式從拳頭變成了言論。今天在法庭上，忍野完全處於挨打的狀態。就好像每個人的拳頭，都在往他的身上招呼。畢竟今天來的都是受害者家屬，這是早就可以預期的結果。」
洋子沉默了好一會，似乎是在想像法庭裡的狀況。
「既然您也早已預期忍野會被打得滿頭包，為什麼沒有嘗試反擊？」

「面對深仇大恨，能怎麼反擊？忍野唯一能做的事，就是低著頭保持緘默。」

「就我所知，受害者參加制度是為了讓受害者或其家屬適度參與審判的過程。但聽您的描述，簡直就像是公開羞辱。」

表面上的意義，當然沒有辦法與現實劃上等號。在御子柴看來，受害者參加制度的產生，其實是一種反作用力。因為過去的司法制度長期漠視受害者家屬感受，所產生的反作用力。這樣的反作用力一旦發生，被告當然會首當其衝，成為攻擊的對象。

「站在檢察官的立場來看，讓法官及裁判員感受死者家屬心中悲痛，是影響其心證的一種手段。到目前為止，這個策略相當成功。有些裁判員聽了家屬的發言，忍不住掉下眼淚。」

「檢察官以死者家屬博取了裁判員的同情，恐怕會讓審判對檢方更加有利，是嗎？」

御子柴並沒有否認。但是在御子柴的心裡，這也沒什麼大不了。反正從忍野殺死九人的那一刻起，便已注定這起案子對檢方是壓倒性有利。

御子柴不經意地望向桌面，發現今天收到的書信中，包含了一封網路業者寄來的個資開示通知書。那應該是御子柴不久前透過法院向網路業者提出個資開示請求，網路業者所寄出的回覆信。

「這封個資開示通知書，是剛剛才收到的嗎？」

御子柴不等洋子回答，直接拆開了那封信。

忍野在闖入「幸朗園」犯案之前，曾經將有可能連累的對象與自己的通聯紀錄全部刪除。御子柴在第四次會見忍野時，要求忍野將他的智慧型手機內的所有帳號資料，轉移到另一支由御子柴另外準備的智慧型手機上。御子柴取得了忍野的帳號之後，進入Outlook.com網站，復原了當初忍野刪除的所有電子郵件。這麼一來，御子柴就能知道忍野曾經與誰通過信，以及曾經瀏覽過哪些網頁。

但是要復原推特（Twitter）上的對話，卻遇上了瓶頸。對方似乎把推特的帳號整個刪除了，所以透過忍野的帳號無法復原對話內容。御子柴於是以刑事被告的辯護人身分，向網路業者申請開示個資。

網路業者在通知書中的回答，是「發訊者的ＩＰ位址不明」。御子柴推測對方多半是以外國的伺服器作為跳板，所以沒有辦法追蹤ＩＰ位址。

當初搜查本部應該也曾以相同的手法，調查過忍野的手機。而且在起訴之前，多半也遇上了和御子柴相同的瓶頸，沒有辦法進一步追查ＩＰ位址。但是對檢察官來說，這並不是什麼大問題。反正忍野殺害了九個人，犯罪事實和動機都非常明確，證據已相當充分。

另一方面，御子柴則早已猜到發訊者會刻意隱藏身分。因此從ＩＰ位址查不出對方的身分，御子柴可說是一點也不意外。

御子柴仔細檢視起了忍野與發訊者之間的對話內容。

2

一月十四日，第三次開庭。

庭審的地點，同樣是八〇一號法庭。庭審的內容，同樣是受害者參加人的提問。這次出席的是B大寢受害者的家屬。田伏三起也的孫子啟久、棟方弘務的父親真樹夫、床舞由高的長媳敏江，以及布川久須男的妻子宏美。

忍野朝四名參加人瞥了一眼，立即避開了視線。上次的參加人提問，已經令他氣焰全失，變得有如驚弓之鳥。

阿比留朝御子柴的方向望來，一臉勝券在握的表情。繼續發動死者家屬的悲情攻勢，是非常正確的策略。徹底引誘裁判員對家屬抱持同情，讓裁判員對忍野的心證跌至谷底。御子柴心想，如果自己是阿比留，應該也會採用相同的策略。

「現在請參加人提問。」

在楯岡的指示下，最初的提問者田伏啟久站了起來。

「我是田伏三起也的孫子，田伏啟久。今天原本應該是我的父母坐在這裡，但他們剛好都有事無法到場，所以由我代替他們出席。」

御子柴心想，這多半只是場面話而已。田伏三起也生前與兒子夫妻不睦，阿比留想必知道這一點。與其讓和死者交惡的兒子、兒媳在法庭內發言，不如改由和爺爺關係良好的孫子開口說話。說穿了，這也是阿比留的策略。

「我爺爺患有短期記憶障礙。這是失智症患者的典型症狀。簡單來說，就是新的事情記不住，舊的事情忘不了。各位法官及裁判員，你們若有和這樣的老人同住的經驗，應該能夠想像我家的情況。」

幾名裁判員微微點頭。御子柴心想，這應該也是博取共鳴的策略吧。

「我爺爺曾經是厚生省的官員，所以他的自尊心很強。一個自尊心很強的老人，聽到有人說自己記憶力減退，當然會大發雷霆。所以在我家，小小的爭執與摩擦，可說是家常便飯。家裡有失智長者的人，應該不難想像那個場面。」

啟久或許是曾受阿比留指點，口氣中帶了幾分年輕人特有的輕浮。這顯然是為了引開聆聽者的注意，避免大家想到田伏三起也正是所謂的「上級國民」。

「我從小到大，因為父母忙著工作的關係，每天從學校回到家裡，就只有爺爺會陪我玩。我爺爺沒什麼個人興趣，所以除了陪我玩之外，他大概也沒什麼事情可以做。他會陪我讀書，陪我製作模型，對我疼愛有加。我的父母從來不曾帶我出門散步或買東西，就只有爺爺會這麼做。所以我從小就是個黏著爺爺的孩子。我想另一方面，應該也是因為爺爺跟我的個性很合得來。因為我的遊戲對象是爺爺，所以我小時候知道的歌手，就只有坂本九及石原裕次郎[26]，在班上完全是異類。如今回想起來，反倒成了美好的回憶。」

啟久說到這裡，停頓了一下。他緊閉雙脣，似乎是在強忍著悲傷，半晌後才又開口說道：

「真的很抱歉。我一想到我爺爺的事，差點又要哭了。隨著我爺爺的年紀越來越大，他的健忘症越來越嚴重，跟我父母之間也越來越多摩擦。幸好我爺爺有不少的退休金，經過家庭會議的討論，爺爺決定入住『幸朗園』。對我父母來說，爺爺搬了出去，家裡會清淨得多。至於我爺爺，他也認為身體健康的問題，應該交給專業的看護師來處理。所以在這一點上，爺爺與我的父母達成了共識。說得難聽一點，就是一個常常發脾氣的老頭，從住家搬到了安養院。聽說我爺爺在『幸朗園』裡也常常發飆，連看護師們也束手無策，這點我真的對看護師們感到很抱歉。但我爺爺的性情如此粗暴，跟他曾經當過政府官員，以及曾經『官僚下凡』，並沒有任何關係。我爺爺在我父母的面前是個不講理的糟老頭，但是在我面前，卻是個仁慈的好爺爺。他只不過是因為年紀大了，很多事情記不住，所以常常會發現事情跟他想的不一樣，這才是他鬧脾氣的主要原因。說穿了，他也不過就是個到處可見的平凡老人。」

啟久試圖強調自己的爺爺並不是什麼上級國民，而是相當平凡的後期高齡者[27]。雖說這很有可能是阿比留的建議，但啟久的表現實在是可圈可點。他成功讓爺爺三起也的形象，從「脾氣暴躁的上級國民」，變成了「隨處可見的平凡老人」。同樣的話，如果讓感情不睦的父母來說，絕對達不到這樣的效果。

「我想詢問忍野。不，其實也不是詢問。我只是想要說出心中的疑問，你不想回答也沒關係。我想問你，我爺爺在『幸朗園』裡，真的那麼惹人討厭嗎？他真的那麼壞，壞到你非殺了他不可？」

原本輕佻的語氣，驟然轉為悲愴。但這樣的轉變，不但沒有任何唐突感，而且還讓所有的裁判員及旁聽者更加聽得入神。這樣的高明話術，絕對不是惡補一、兩個晚上就能達成。顯然這個年輕人原本就有說話的天分。

「我每隔一段時間就會到『幸朗園』探望爺爺，針對爺爺的近況詢問看護師們。我爺爺常會對你們動粗，這我也聽過好幾次。你們告訴我，我爺爺就只是個有點麻煩的入居者。我們也很抱歉，送了一個有點麻煩的入居者來給你們照顧。但你如果真的照顧不了，大可以跟我們家

26 坂本九及石原裕次郎皆是日本戰後六〇年代至八〇年代的著名歌手。坂本九過世於一九八五年，石原裕次郎則過世於一九八七年，現代日本年輕人都是在這兩人過世之後才出生，所以基本上不會聽他們的歌。值得一提的是石原裕次郎是已故日本著名政治家石原慎太郎的弟弟。

27 「後期高齡者」是日本的特殊用語。日本政府將高齡者區分為前期及後期，前期指的是六十五至七十四歲，後期指的是七十五歲之後。

屬反應，何必把人殺了？為什麼你的選擇一定要那麼極端？沒有辦法照顧的老人，為什麼就要把他殺死？我說了很多次，田伏三起也只是個非常平凡的老爺爺。他可能給一些人添了麻煩，但是他對我非常好。我希望你永遠不要忘記，有一個平凡的無辜老人，就這麼死在你的手裡。」

啟久越說越激動，但終究沒有讓情緒爆發出來。御子柴心想，看來又被拿到一分了。

啟久坐下之後，換棟方真樹夫站了起來。

「我是棟方弘務的父親，真樹夫。」

真樹夫先對楯岡深深鞠躬，接著才說道：

「我老婆對忍野的恨意更深，今天原本應該由她站在這裡發言，但她沒有自信能在見到忍野時依然保持冷靜，所以只好由我代為說出她的心聲。當然我不會因為我家有兩個人，就要求雙倍的時間。我發言的時間會跟大家一樣長，請大家放心。」

真樹夫將手放在胸口，似乎想要讓自己保持冷靜。

「我兒子弘務，在大學三年級的時候，出車禍撞傷了頭，從此他的記性就變得很差，而且脾氣變得很暴躁。

他沒有辦法讀完大學，也沒有辦法找工作。但在我的店裡幫忙，基本上沒有什麼大問題。因為料理要怎麼做，很大一部分不是用腦袋記住，是用身體記住。所以我本來打算將來讓他繼承我的餐廳。但有一次，他去參加高中同學會，好像被說了什麼很過分的話。從那天之後，他就經常在工作時，突然大吼大叫。還曾經在處理食材的時候，拿菜刀割自己的手腕。我知道不能再這樣下去，所以把他送進了『幸朗園』。我聽到入住費用及每個月的看護費之後，本來有些猶豫，但我後來還是把他送了進去。因為只要讓他的病情有所好轉，花這些錢也是值得的。幸好我的餐廳經營得還不錯，經濟上不至於有太大的問題。」

真樹夫說到這裡，才終於將臉轉向忍野。

「弘務剛搬進『幸朗園』，他們就向我介紹了坐在那裡的忍野，以及兩位身強體壯的看護師。我努力向他們說明，弘務原本是個非常溫柔，而且有些膽小的人。可惜弘務在生病之後，有時心情不好，會出現暴力傾向。我很擔心他的性格遭到誤解，可能會受到不好的對待。忍野，當初我說的那些話，不曉得你還記不記得？」

忍野聽見真樹夫這麼問，依然不敢和他四目相交。依真樹夫這個人原本的粗野性格，就算他用威脅的口吻，要求忍野把頭轉過來，似乎也不足為奇。但他今天相當自制，這顯然也是出自於阿比留的建議。

「光是家裡養的貓死了，他都可以哭上三天三夜。有時我甚至不禁擔心，我兒子有些善良過了。這個社會充滿了危險，這我當然相當清楚。天底下總是有些罪大惡極的傢伙，並不是每個人都是善人，這我也明白。但我真的沒有想到，縣內首屈一指的看護機構裡頭，既然躲藏著這麼一個妖魔鬼怪。而且那個妖魔鬼怪，竟然還是看起來最瘦弱的那一個。忍野，轉過頭來，看著我。」

忍野受到挑釁，卻依然動也不動。真樹夫似乎已看穿忍野心中的恐懼，沒有再多說什麼。

御子柴將臉湊向忍野，說道：

「至少要把臉對著他，不然法官對你的心證會越來越差。」

「審判長。」

真樹夫忽然口氣一變，轉頭對楯岡說道：

「忍野的所作所為，連畜生也不如。老實說，我很想拿刀子把他刺死，就像他當初對我兒子做的那樣。我想在座的其他家屬們，應該也抱持著相同的心情。但如果我那麼做，我們就跟他一樣，變成了畜生。弘務地下有知，也不會開心。所以我希望他受到審判，被判處死刑。我希望以正當的程序、正當的方法，讓他受到懲罰。這就是我們受害者家屬最佳的復仇手段。」

「參加人。」

楯岡一臉無奈地說道：

「法庭不是復仇的地方。」

「對，非常抱歉。我絕對沒有忘記這一點，請不要理會我最後說的那句話。」

真樹夫嘴上說不要理會，實際上他很清楚這不可能做得到。他以最具效果的方式，強調了自己的訴求之後，心滿意足地坐了下來。

「我是床舞由高的媳婦，我叫敏江。」

敏江先朝法官恭恭敬敬地行禮，接著又朝阿比留及旁聽席的方向行禮。

「今天我是以床舞家代表的身分，站在這個地方。我只是個平凡的家庭主婦，我完全不懂法律，當然也不懂審判程序。但是對於遭殺害的公公，我甚至比我的丈夫更加瞭解。所以我今天才會來到這裡。」

本來不擅長對著眾人說話的受害者家屬，鼓起勇氣站在法庭上。真是感動人心的舞臺設定，讓人忍不住想要為她加油打氣。想必阿比留對每一個參加人都賦予了一個適當的人設。

「自從高中的文化祭之後，我就不曾在這麼多人的面前說話……對不起，離題了，我要說的是公公的事。我公公非常熱心助人，還被取了個綽號叫『雞婆由高』。每當他聽到街坊鄰居有人吵架，他總是會趕去當和事佬。他沒有辦法漠視有人遇上困難，或是發生爭吵。他每次都喜歡把別人的不幸攬在自己身上，明知道這麼做會讓自己肩上的擔子變得更加沉重，但他從來沒有怨言。我是在嫁進了床舞家之後，才知道世上竟然有這麼奇特的人。所以在公公的面前，我跟丈夫完全不敢有任何爭執。只要我跟丈夫之間的氣氛有一點不太對勁，公公馬上就會跳出來打圓場。以結果而言，我發現這樣的家庭對孩子的教育非常有幫助。大家都說我女兒脾氣很好，正是因為她從來不曾看見家人爭吵。」

一個會對客人撒鹽的女兒，原來叫做「脾氣很好」？御子柴不由得露出苦笑。

「我公公在幾年前罹患了腎臟病，必須靠洗腎才能活下去。我想應該很多人知道，洗腎就是血液透析，是一種必須定期執行的醫療行為。考量到就醫的麻煩，我們都知道應該讓公公住進看護機構比較好。問題是在心情上，我們一家人實在捨不得把公公送出去。沒想到當我們還在煩惱該怎麼做的時候，公公已經一個人辦完了『幸朗園』的入住手續。公公這麼做，當然是因為不希望給我們添麻煩。如今回想起來，我實在是很後悔，當初實在應該全力反對他搬出去才對。就算會惹公公不高興，還是應該阻止公公入住『幸朗園』。只要沒有搬進去，公公就不會平白無故丟掉性命。」

敏江說到這裡，忽然垂下了頭，開始啜泣。

法官席上的楯岡，並沒有催促她。乍看之下似乎是體諒參加人並不習慣在法庭上發言，但從另一個角度來看，也有可能是故意要讓檢察官站在更優勢的地位。不管是哪一種情況，對辯方來說恐怕都不是一件好事。

「……抱歉，讓大家見笑了。我一看見那個人，就忍不住激動起來。說起來這真的很沒有道理，那麼善良仁慈的公公慘遭殺害，凶手卻依然活得逍遙自在，政府還得用人民的稅金來提供他住宿及一日三餐。如果這不叫做沒天理，那什麼才叫做沒天理？」

敏江以咄咄逼人的口吻，對著忍野及法官們說話。楯岡感到有些尷尬，忍野則瑟瑟發抖，像隻被逼上絕路的小動物。

「我公公是個就算遇上天大的難題，也會帶著笑容解決問題的人。相較之下，忍野則號稱只要除掉沒有用處的人，問題自然就會迎刃而解。我並沒有愚蠢到跟大家談論哪一邊的想法才正確。我們一家人只是覺得真的很不甘心。善人的性命像螻蟻一樣遭到踐踏，那種沒心沒肺、只會為社會帶來悲傷的惡人，卻可以厚著臉皮過得輕鬆自在。我真的覺得好恨、好無奈。」

敏江這段聲淚俱下的發言，道出了無辜家人遭殺害者的最真實心聲。或許有法官會認為這幾句話說得太過感情用事，可能不夠理性。但整體而言，敏江的發言具有十足的效果。正因為她使用了最直白的用字遣詞，絲毫沒有加以修飾，反而更具有撼動人心的力量。就算是完全不知道詳情的人聽了，想必也會對受害者家屬產生同情。

「我希望法官能夠判忍野死刑。這種人絕對沒有教化的可能。讓他活在世上，只是繼續禍害人間。」

「審判長。」

御子柴看準了時機點，舉手說道：

「參加人剛剛的發言，嚴重侮蔑被告的人格。」

「抗議成立。用字遣詞請更加謹慎小心。」

「很抱歉，我的發言到此結束。」

敏江坐下後，今天最後一名參加人起身說道：

「我叫布川宏美，布川久須男的妻子。」

在敏江抽抽噎噎的期間，宏美一直緊閉雙眼，似乎不喜歡在眾人面前顯露感情。

她朝忍野瞪了一眼，做了一次深呼吸，才開始說道：

「我丈夫罹患了老年症候群，所以搬進了『幸朗園』。老年症候群這名稱聽起來好像很不得了，其實說穿了就是每個人上了年紀都會發生的那些事。例如失智、失禁，還有走路容易跌倒等等。不管什麼樣的狀況，都可以搞個病名出來，對吧？我丈夫生前是個只敢在家裡耀武揚威的人，每次他在公司受了什麼悶氣，回到家裡就會把氣發洩在家人身上。尤其是當他上了年紀之後，就算在家裡也沒辦法自由來去，沒辦法想做什麼就做什麼，他更是會遷怒給家人。剛開始的時候，他只是發發牢騷，但後來他開始會有暴力傾向。再加上他的症狀也越來越惡化，所以在我的說服下，他住進了『幸朗園』。」

宏美稍微停頓了片刻，再度朝忍野瞪了一眼。忍野在御子柴的指示下，不敢再將頭別開，但是與宏美四目相交的瞬間，他還是退縮了。

「『幸朗園』的入住費用相當昂貴，我們為了養老而存下的積蓄，一下子就花掉了一大半。不過當初我們存這些錢，本來就是為了這種用途，所以我沒有什麼不滿。我唯一的不滿，是對忍野這個人，因為他讓我們忍痛付出大把鈔票的決定，在一瞬間變得毫無意義。我的丈夫雖然是個很麻煩的人，但是再怎麼說，他還是我的老伴。忍野刺了我的丈夫好幾刀，奪走了他的性命，我對這個人恨之入骨。忍野以最惡毒的方式，奪走了我們以一生的積蓄換來的平靜生活，以及我的丈夫。聽說日本的死刑一律採用絞刑的方式，因為這是所有的死法當中，最不痛苦的一種。我覺得讓忍野接受絞刑，還是太便宜他了。」

因為壓抑情緒的關係，宏美的口氣異常平淡。但正因為如此，其一字一句反而更讓人聽得心驚肉跳。

「受害者被亂刀刺死，凶手忍野卻只要上絞刑臺就好，我真心認為實在是太不公平了。但既然法律這麼規定，我們也只能遵守。審判長，請你將忍野判處死刑。請你不要讓這個人留下任何一點活著的證據。這是我唯一的心願，也是所有家屬唯一的心願。我很清楚詛咒一個人去死是非常膚淺的念頭，但如果這個男人不死，我們所有家屬都沒有辦法踏出人生的下一步。求求你，我求求你。」

宏美好幾次向審判長低頭懇求，接著才坐了下來。

雖然她的態度非常冷靜，但她的言詞充分傳達出了對忍野的怨恨。而且她最高明的一點，是她讓辯方沒有辦法以任何理由提出抗議。

看來今天又丟了四分。御子柴在心中深深歎息。

「辯護人，下次開庭的時候，你有辦法證明乙五號證的內容存在誤判嗎？」

「可以。」

「好，下次開庭，聽完最後一位參加人的陳述後，就進入辯護人的意見陳述階段。只要過程沒有拖延，預計在下下次進行最終辯論，閉庭。」

楯岡等人離去後，坐在旁邊的忍野哭喪著臉說道：

「律師先生，我已經撐不下去了。」

「你是被告，不管你撐不撐得下去，法警都會把你拖到這個位置。」

「被法官或是檢察官罵，我還能忍受。反正他們只是公事公辦，做做樣子而已，誰死了都跟他們無關。毫無關係的人不管怎麼罵我，我都不痛不癢。但我親手殺死的那些人的家屬責罵我，我真的沒有辦法忍受。」

「已經走到這塊田地，說這種話不嫌太晚了？你不是說過，殺死毫無生產性的老人，對社會有益無害？你不是說過，大部分的老人不僅是社會的負擔，也是家庭的負擔？這些都是你說過的話，難道你忘了？」

「我原本是這麼想的，但我發現我錯了。」

忍野彷彿用力擠出了聲音，聽起來依然疲軟無力。御子柴毫不理會，繼續說道：

「很抱歉，我只能重複同一句話。已經走到這塊田地，認錯不嫌太晚了？連小學生都懂的道理，可惜你不懂，事情不就是這麼簡單嗎？打從開庭之前，我就知道我們的最大敵人，是死者家屬的復仇心理。我要你盡可能在法官面前留下好印象，正是基於這個道理。」

「你的意思是要我踐踏尊嚴，向法官求饒？」

「你現在已經一無所有，除了踐踏尊嚴之外，你認為你還能為自己做什麼？」

「律師先生，你真的是站在我這一邊的嗎？」

「辯護人永遠以追求委託人的利益為最大宗旨。如果你不相信這個大前提，我為你辯護就沒有任何意義。」

忍野不再開口說話，但臉上依然帶著明顯的焦躁之色。

御子柴離開千葉地方法院之後，驅車前往了東京都心。

踏進位於千代田區神田的帝都大學醫學部附屬醫院時，剛好到了約定的時間。御子柴立即被帶進了診療室。

「敝姓兼房。」

醫師有著一張娃娃臉，令人不敢相信他已四十二歲年紀。

「或許因為我的病患大多數都是孩子，所以我做了這麼多年，外貌完全沒有變老。」

「兼房醫師，你不是神經科醫師嗎？」

「神經科門診的病患，孩童的比例很高。」

兼房露出了溫柔的微笑。御子柴心想，這個人確實有著容易受孩童喜愛的特質。

「御子柴先生，你在信中提到，你想要詢問的是關於學習障礙（Learning disability）的問題，是嗎？只要能對你的辯護活動有所幫助，我很樂意提供我的專業知識。」

「我想請你先看看這個。」

御子柴取出了一份文件，上頭列印著由網路業者提供的「忍野與發訊者的交談內容」。

「從發訊者所寫的文章，能不能看出什麼？」

亷房仔細讀起了交談內容，半晌之後才抬頭說道：

「由於我沒有實際見過這個人，沒有辦法進行明確的診斷，只能站在推測的立場。根據我的推測，這位發訊者很可能罹患了學習障礙。御子柴先生，你對學習障礙有多少瞭解？」

「只有一般常識的程度。」

「學習障礙屬於發展障礙的一種，其特徵是閱讀、書寫、計算或聆聽的能力明顯不足。醫學界一般認為其原因是先天性的腦部機能異常，但值得注意的是學習障礙患者的智力發展通常沒有問題，有些患者的智商甚至高過一般人。」

「學習障礙會造成生活上的不便嗎？」

「只要早期接受治療，並且建立適當的學習環境，要學會各種生活技能完全不成問題。」

「你是根據什麼樣的特徵，推測發訊者可能罹患學習障礙？」

「這個人的文章，不論句子長短，都不使用『逗號』。這是學習障礙者最常見的問題。逗號的使用方式，雖然有一定的規則，但沒有嚴格的對錯之分。就算是完全不使用逗號的文章，也不能算是錯誤，所以不太會遭到指正。當然有些句子如果不使用逗號，意思可能會遭到誤解。但是像這種情況，只要把句子寫短一點，多使用句號，就可以避免意思上的混淆不清。」

御子柴再次檢視發訊者的文章，確實就像箕房所說的。文章完全沒有逗號，但在意思的理解上完全沒有任何問題。有可能造成誤解的部分，都使用句號，把句子分割了開來。

「從這個發訊者的文章結構，看得出來他很努力想要克服學習障礙的問題。所以我猜測學習障礙並沒有對這個人的日常生活造成困擾，而且他的智商可能超過一般人的平均值。」

「會寫出這種文章的人，說話也會受到影響嗎？」

「或多或少吧。」

箕房似乎不敢給予肯定的答案。

「我並沒有見過這個人，所以我只能就我個人的理解進行說明。」

「當然，這就是我今天前來叨擾的目的。」

「文章的結構，其實和我們的生理現象息息相關。我剛剛提過，逗號的使用方式並沒有嚴格的規範。我想大部分的人，都會下意識地認為需要加上逗點的地方，就是說話時需要換氣的地方。換句話說，只有在需要換氣之處，才需要加上逗號。而書寫與說話，也有著密不可分的關係。所以一個寫文章完全不使用逗號的人，在說話上應該也可以聽出一些端倪。」

3

一月十八日，第四次開庭。

或許是因為距離最終辯論已近，每個人都在期待著最後的重頭戲。法庭內劍拔弩張的氣氛，比起過去可說是有過之而無不及。

座無虛席的旁聽區裡，每個人都流露出期待的神情。而忍野的臉上，只看得見絕望。

「請參加人進行陳述。」

神池清十郎聽了楯岡的話，起身說道：

「我是神池美路的舅舅清十郎。美路的母親咲麻工作太忙所以由我代替出庭。請各位法官多多包涵。」

清十郎環顧庭內，彷彿在確認聽眾的人數有多少。

「我從美路很小的時候就看著她長大。她小時候是個天真又開朗的孩子。她的爽朗笑容能夠讓半徑一公尺的空間明亮三分。不過她也是個任性的孩子。她幾乎無時無刻都在吃著喜歡的食物。所以長大後罹患糖尿病也是理所當然的結果。她的母親咲麻白手起家建立了『哥斯』企業。簡直就像是偉人傳記裡頭的人物。咲麻很早就成了寡婦。所以她一直與美路過著相依為命的生活。她完全將美路當成了掌上明珠。疼愛美路的程度簡直逾越了常理。疼愛美路與擴大『哥斯』的企業版圖讓咲麻每天都忙得不可開交。所以咲麻一直沒有機會尋找第二春。沒想到如今美路竟然慘遭惡鬼殺害。姊姊咲麻得知時哭到連我也不知如何是好。我姊姊平時是個相當冷靜的人。那是我第一次看到姊姊陷入歇斯底里的狀態。」

清十郎這一番話說得鏗鏘有力。再加上他的聲音中氣十足，讓每個聆聽者都聽得入神。

「我們真的沒有想到治療機構裡躲藏著一頭怪物。我姊姊非常後悔當初將美路送進『幸朗園』。她說那是她一生中最錯誤的判斷。她很後悔為什麼沒有好好調查看護師的底細。以她的財力要把忍野忠泰的人生經歷查得一清二楚並不是什麼難事。姊姊和我在考慮對『幸朗園』及社會福利法人『千葉援護會』提告。」

受害者家屬打算以「對忍野監督不周」為由，向「幸朗園」及「千葉援護會」提起訴訟，這點御子柴也有所耳聞。聽說「千葉援護會」打算直接與家屬們對簿公堂，並不會私下和解。然而忍野這場審判的結果，很有可能會為局勢帶來變化。

「我姊姊咲麻委託我代替她說幾句話。『奪走美路就是奪走我的未來。忍野這個人罪該萬死。殺害九個人不可能逃得過死刑。但是只死一次根本不夠。如果能殺他九次不知該有多好』。我姊姊神池咲麻很少說出這麼偏激的話。請大家見諒。她實在是沒有辦法壓抑心中的怒火。當然我自己也是一樣。」

清十郎瞪著忍野，接著說道：

「對我來說美路就像女兒一樣。我沒有辦法原諒被告以如此莫名其妙又自我中心的理由殺害她。我與其他家屬一樣希望將這個人處以極刑。」

這幾句話說得振振有詞。如果不是法庭內必須保持肅靜，旁聽席可能會發出如雷的掌聲。若加上這一分，總共已經丟了八分。想要扳回一城，現在是唯一的機會。

「辯護人，現在請你提出乙五號證存在誤判的主張。」

終於到了這一刻。御子柴霍然起身。

「針對乙五號證，也就是被告的供述書，辯方打算對其中的部分內容提出異議。」

「請具體說明辯方想要提出異議的內容。」

「供述書的末尾，『這次的案子，是由我忍野忠泰在帶有明確的使命感及殺意的狀態下犯案』這一句，乃是由檢察官參考縣警本部搜查一課司法警察峯坂所製作的筆錄，加以整理而成。在驗證這一句的真實性之前，我想請大家看一看我事先提出的辯一號證。」

「辯護人，你的這份辯一號證，是在今天開庭前才提出的。如今審判已接近尾聲，你卻在這個時候提出整理程序並未提及的證物。我必須明白地告訴你，你這樣的做法很不可取。」

除了楯岡之外，阿比留也不滿地皺起了眉頭。但是御子柴當然絲毫不放在心上。這次的案子，御子柴完全沒有餘裕理會對手的心情。

「非常抱歉，我花了很多時間在確認證物之間的一致性，所以直到今天才得以提交。」

「這份證據文件看起來，似乎是網路上的對話紀錄？」

「沒錯，這是被告與帳號名稱為『老師』的人物，在社交網路平臺的對話紀錄。而且對話的時間，正是犯案的前一天晚上。被告在犯案之前，刪除了所有的通聯記錄與網站瀏覽紀錄。辯護人在被告的同意下，重新取得帳號，復原了帳號內的對話紀錄。值得一提的是名稱為『老師』的人物似乎已經將帳號刪除了，我向網路業者申請開示發訊者個資，得到的回答是『發訊者的ＩＰ位址不明』。所以我手邊只有兩人的對話紀錄，現在我唸出其中一部分內容。」

御子柴從桌上的包袱巾內取出一份文件夾。裡頭的文件，與提交給楯岡等眾法官與阿比留的文件完全相同。

忍野〈最近我在工作上有很大的煩惱。不管我再怎麼妥善照顧入居者，還是完全沒有辦法獲得成就感。〉

老師〈我猜你真正想幫助的不是那些沒有用的老人。而是對社會真正有助益的人。我猜你很想貢獻社會但找不到具體的方法。我推薦你讀《對抗全體主義的選民思想》這本書。我相信你一定會有很多新發現。〉

忍野〈最近我剛到「幸朗園」上班，這裡有很多老人都是上級國民。他們似乎認為自己的

地位比看護師高，每天都在耍大牌。我一天到晚承受他們的暴力，被他們投擲汙穢物，真心覺得照顧這些老人只是浪費社會資源。〉

老師〈財富與權力的不公平分配是這個社會長久以來的問題。如今我們的國家早已成為只有富人及窮人的M型社會。富人只會消耗社會資源卻沒有任何生產性。另一方面窮人卻擁有生產性及革新性。富人的存在是讓國家再度榮耀的最大阻礙。〉

忍野〈你的意思是說，讓上級國民與不具生產性的老年人消失，反而對社會是一種貢獻？〉

老師〈這些人消失可以促進資產流動。當資產開始流動時只要保持耐心一定能夠看見景氣開始回溫。每個富人都懂這個道理。但他們基於自私心態不肯輕易放棄資產。〉

兩人的對話緩慢而確實地朝向選民思想及棄民思想邁進。御子柴可以清楚感覺到隨著自己唸出交談內容，整座法庭逐漸被一股恐懼感所籠罩。

忍野〈財富集中在不具生產性的人手上，確實是一件很奇怪的事，得重新進行分配才行。〉

老師〈沒錯。社會要步上正軌就必須重新分配財富。每個人都知道這一點但是沒有人願意說出口。〉

忍野〈為什麼？〉

老師〈因為真相往往太過殘酷且不符合人性。但財富與權力的不平均分配其實才是最不符合人性的現象。〉

這份通聯紀錄所呈現出的，正是忍野遭「老師」洗腦的過程。「老師」巧妙操控忍野的潛意識，使忍野誤以為這一切都是原本就存在於自己腦海中的思想。

忍野〈像我這種小人物，也能夠參與社會的改革嗎？〉
老師〈近水樓臺的環境讓你更有機會達成你的使命。〉
忍野〈你的意思是，我應該將那些有錢的入居者處理掉？〉
老師〈處理這種說法有可能會引來誤解。這是一種排除毒害的行動。應該稱作淨化。〉
忍野〈但我要是執行了淨化，我恐怕會受到法律制裁。〉
老師〈站在法律界頂點的人都很清楚正義的真相。法院一定會針對你的義行做出正確的判決。法庭的存在意義是判斷有無罪責及量刑。法庭並不是為了替受害者家屬報仇而存在。就算法院作出不適當的判決也不用擔心。你一定會受到祝福。〉
忍野〈怎麼說？〉
老師〈《新約聖經》裡頭有這麼一句話。一粒麥子不落在地裡死了仍舊是一粒。若是死了

就結出許多子粒來。〉

御子柴讀到一半，暗自觀察法庭內所有人的反應。整座法庭一片寂靜，連咳嗽聲也沒有。

「審判長。」

阿比留舉手說道。這是他今天第一次開口說話，聲音卻異常沙啞。

「被告或許受了綽號『老師』的人物相當程度的影響，但『老師』有可能只是一時無聊才說出疑似教唆犯案的言論，被告也有可能反過來利用這一點來掩人耳目。」

「審判長。」

「辯護人，請說。」

「只要看了對話紀錄的時間就會明白，被告與『老師』在社群網路平臺第一次接觸，是被告還任職於前一個看護機構『墨田看護中心』的時候。既然檢察官已經使用了教唆這個字眼，那我們就當『老師』的行為是教唆吧。連續長達數年的洗腦與殺人教唆，不會是什麼一時無聊，必定是經過縝密安排的詭計。」

「但是這個『老師』教唆被告殺害『幸朗園』的入居者，能夠獲得什麼利益？總不可能是為了好玩才做這種事吧？」

「當然是有實質的利益，才會安排下這麼多年的漫長計畫。各位看了這份對話紀錄，不知道有沒有發現，『老師』的文章有個特徵？那就是他的句子從來不使用逗號。」

有些人是聽御子柴這麼說了之後才發現。裁判員之間響起細微的驚歎聲。

「如此多年的文字對話，『老師』的文章不論句子長短，一次都不曾使用逗號，這樣的特徵可說是相當罕見。我曾為此拜訪帝都大學醫學部附屬醫院神經科，請專業的醫師鑑定這些對話詞句，醫師認為這是非常典型的學習障礙。」

御子柴接著說明了學習障礙與標點符號的關係。

「雖說是典型的例子，但學習障礙本身並不是常見的病症，並不到隨處可見的程度。而且這個典型的例子雖然在醫學上稱之為障礙，但充其量也只是一種比較罕見的書寫特徵。然而有這種特徵的人，成年人只有數萬至數十萬分之一。這麼罕見的書寫特徵，在我們這個法庭內卻剛好就有一個。」

「你說什麼？」

阿比留驚愕地站了起來。

「受害者家屬要參與庭審，必須經過法院的同意。法院會審酌被告的犯罪性質、家屬與被告的關係，以及其他諸般條件，在確認合理性之後，同意讓受害者家屬進入法庭。實際上的做法，是先由家屬向檢察官提出書面申請，檢察官在評估後加上自己的意見，送交法院審查。這次我特別檢視了所有受害者家屬親筆所寫的申請書，在九名參加人之中，剛好有一人的文章具有這個特徵，也就是完全不使用逗號。」

「那是誰？」

「神池清十郎。」

就在這一瞬間，法庭內的所有視線都集中在美路的舅舅身上。就連忍野，也微微張著嘴，目瞪口呆地望著清十郎。

「就像我剛剛說的，不使用逗號的文章特徵，數萬至數十萬人之中只有一人。受害者參加人之中剛好就有一人，這絕非偶然。」

「等等！」清十郎不待許可，大聲說道：

「你這麼說，彷彿我是教唆忍野犯下幸朗園案的幕後黑手。」

「不是彷彿，我認為這是事實。」

「你不要隨便誣賴人。我教唆忍野殺死九個老人，對我有什麼好處？」

「『哥斯』企業創始人神池唉麻只有兩個親人，一個是女兒美路，另一個是弟弟清十郎，也就是你。美路一死，你就是唯一的法定繼承人。唉麻已屆八十四歲高齡，你只要靜靜等上幾年，唉麻的個人資產及『哥斯』的企業資產都會由你一個人繼承。」

清十郎一時語塞，半晌後才反駁道：

「這全部都是你瞎猜，你有什麼證據？」

「為什麼你會認為我需要證據？我的責任是證明被告曾受『老師』教唆殺人，並不是證明『老師』的身分。不過如果你真的想要證據，或許可以從你的手機下手。『老師』以外國伺服器作為跳板，難以追查ＩＰ位址，但如果能夠直接取得發訊者的手機，那就連ＩＰ位址也不用查了。只要從你的手機裡，找到你與被告的對話紀錄，就可以讓你百口莫辯。就算已經刪除了，也可以想辦法復原。」

清十郎聽得瞠目結舌，不斷發出低沉的怒吼，卻是一句話也說不出口。

「我剛剛提到的那位專業醫師還曾說過，『書寫與說話有著密不可分的關係。寫文章從不加逗號的人，說話應該也有著明顯的特徵』。清十郎先生，就我的觀察，你在說話時會一口氣把一句話說完。當初我一得知學習障礙的典型特徵，馬上就聯想到了你與『老師』的文章的相似處。從那天之後，我就對你產生了懷疑。以下都是我的想像，你可以聽聽就好。根據我的推測，你在孩提時代曾經患有學習障礙，但你非常努力地加以克服了。在你的努力之下，你的文章雖然完全不使用逗號，但是傳達語意基本上沒有什麼大問題。你一直很希望把自己的學習障礙完全治好，所以你多年來持續有著蒐集相關資訊的習慣。醫療從業人員或看護師在社群網路平臺上的帳號，也是你關注的對象之一。因為這個緣故，你注意到了被告這個人。透過網路上的交流，你發現被告是個非常容易洗腦的人物。剛開始的時候，你對被告灌輸違背看護師職業道德的可怕思想，或許只是抱著惡作劇的心態。但是當你得知被告進入高級安養院『幸朗園』

工作後，你開始訂定縝密的謀殺計畫。你先安排外甥女入住『幸朗園』，然後教唆被告動手將外甥女除去。」

「你這說法也太多巧合了吧？天底下哪可能會有這麼不切實際的計畫？」

「我還記得當初我拜訪神池家的時候，你說過這樣的話……『為了她的健康著想與其在家療養不如住進有專業照顧團隊的看護機構。我從符合條件的看護機構名單中挑選了『幸朗園』。姊姊看過之後也同意了』。換句話說，這不是什麼巧合。早在美路女士入住『幸朗園』之前，你就已經在『幸朗園』內安排了忍野忠泰這個殺手。你安排外甥女入住『幸朗園』，正是因為忍野已經在裡頭了。接下來你只要靜靜等著，忍野就會依循你所灌輸的棄民思想，大量殺害入居者。遭殺害的人數越多，就越不會有人發現你為了搶奪遺產而殺人的陰謀。這真是高明的殺人手法。美路女士以外的八人，都是為了掩飾你的殺人動機而遭到連累。」

阿比留緊緊抓住了坐在隔壁的清十郎的手腕。

裁判員們全都嚇傻了眼，旁聽人也個個臉色大變。

「肅靜！」

楯岡試圖管理秩序，但法庭內的混亂久久無法恢復平靜。

「下一次開庭，將進行最終辯論。參加人神池清十郎在閉庭後請暫時不要離開，檢察官似乎有事要向你確認。閉庭。」

4

「主文

被告判處死刑。

理由

〈犯罪事實〉

第一：被告在私人收費安養院「幸朗園」擔任看護師期間，於令和二年十一月八日深夜十二時許，闖入該安養院，捆綁了當時值班的同事仙川、室伏、米田三人，接著連續殺害入居者。

第二：被告首先進入單人房內。睡在房內的神池美路（當時六十歲）因被告摻入晚餐中的安眠藥而睡得正沉，被告以生魚片刀刺入其胸口，將其殺害。接著被告進入A大寢，以相同凶器陸續殺害久代八重子（當時六十五歲）、市田妙子（當時六十四歲）、土肥惠（當時六十六歲）、瀨名步美（當時七十歲）。殺害該寢室內所有入居者之後，因生魚片刀沾上了脂肪而不堪使用，被告丟棄該生魚片刀，取出第二把預藏的生魚片刀，走向B大寢，先後殺害了田伏三起也（當時八十五歲）、楝方弘務（當時六十二歲）。接著被告又取出第三把生魚片刀，陸續又殺死床舞由高（當時八十二歲）、布川久須男（當時七十八歲）。

（中略）

（證據編號：省略）

（爭點及其判斷）

1　本案之爭點包含①第一事實，殺害動機的可信度。②第二事實，被告是否對各受害者存在殺意。③第三事實，教唆殺人的有無及責任能力的有無。以下依序進行說明。

（中略）

另一方面，辯護人主張被告的犯行，乃是受了綽號『老師』的教唆者洗腦的結果，由此印證被告犯案當下明顯欠缺判斷能力。然而即便遭到洗腦，亦不能否認被告事前訂定了非常縝密的犯案計畫。包含準備了數把生魚片刀，以及使用束線帶將三名同事捆綁。由此可見被告是在擁有正常判斷能力的狀況下犯案，故本庭並不採納辯護人之主張。

再者，辯護人亦主張被告於殺害九名入居者的過程中並不存在自發性的殺意。然而以市田妙子為例，被告以生魚片刀刺入其咽喉，受害者沒有立即斷氣。被告又以渾身的力氣再刺兩、三刀，直到完全斷氣為止。如此惡行難認定毫無殺意，即便有前述事由，亦難證明殺意之不存在，故辯護人之主張不足採信。

鑒於以上諸點，足可認定第三事實，被告對神池美路、久代八重子、市田妙子、土肥惠、瀨名步美、田伏三起也、楝方弘務、床舞由高、布川久須男等諸人之行為具暴力性及蓄意性。

（法令之適用：省略）

（量刑理由）

1　如上所述，本案包含了殺害九人，以及對其他三十人的殺人未遂（第2事實），情節堪稱重大。且考量下述犯行態樣之殘虐性及受害結果之重大性，被告並無情堪憫恕之餘地，故採納檢察官之主張，應判處死刑或無期徒刑。是故以第2事實為主要依據，依循最高法院之永山判決所示之死刑基準，檢視被告之犯罪性質、動機、態樣、結果嚴重性、死者家屬感受、社會影響、凶手年齡、有無前科及犯案後的行逕。

2　首先關於犯罪性質。被告對安養院內所有入居者抱持一種偏頗的選民思想。以其扭曲之信念，主張殺害即為救贖。被告之信念無法為社會常識所接納，自不待言。

3　接著檢視犯行態樣。依據檢察官之主張，被告事先準備了七把生魚片刀，毫不猶豫地殺害毫無抵抗能力的受害者，由此可知被告的殺人及殺人未遂各犯行態樣皆極為毒辣、冷酷及凶殘。不難理解受害者家屬們異口同聲表示「希望判處死刑」的心情。從受害者家屬所抱持之感受，足以判斷受害結果的重大性及嚴重性，作為量刑之參考依據。

基於以上諸點，本庭研判被告受教化的可能性極低。

有鑑於前述事由，特別是犯行態樣之殘虐與受害結果之重大，足見被告罪孽深重，即便考量被告已然悔悟等有利於被告的諸點，亦難以認定被告具備不應處以極刑之要素。無論是依循罪狀與刑罰之比例原則，抑或依循預防犯罪之立場，皆可得出應對被告處以極刑之結論。

據此下達主文判決。

（求刑：死刑）

令和三年三月二十四日

千葉地方法院刑事第二部

審判長　楯岡慎司

法官　桑江真里

法官　邦安峰雄」

終章

在落櫻紛飛的時節，御子柴再度造訪了木更津看守所分所。御子柴心中有股預感，這應該是最後一次會見忍野了吧。

一審宣判之後，忍野決定不再上訴，因此本案就以死刑定讞。忍野的態度轉變如此之大，社會大眾皆感到相當詫異，但沒有任何新聞媒體試圖追查其背後的來龍去脈。

忍野走進會客室內，神色相當平靜，彷彿依附在身上的妖魔鬼怪終於離開了。當初他得知自己所敬仰的「老師」竟然是神池清十郎時，一度失去理智，歇斯底里地大吼大叫。此刻他的表情與當時相比，簡直判若兩人。

「最近過得如何？」

「我在給九名受害者的家屬們寫懺悔信。」

「結果呢？」

「一封回信都沒收到，聽說還有家屬拒絕收信。」

「連家屬肯不肯讀信都不曉得，你還是繼續寫？」

「嗯，我也不知道該怎麼說……我總覺得這麼做是為了我自己。」

一審宣判的不久後，千葉縣警搜查一課就以教唆殺人的罪嫌逮捕神池清十郎，如今已移送地檢廳。據說警方扣押清十郎的手機後，復原出了清十郎與忍野的對話紀錄。

御子柴可以輕易想像出清十郎在檢察官的面前會如何辯解。但御子柴並沒有特別關注這個案子。除了自己負責的案子之外，御子柴基本上對任何刑案都是抱持漠不關心的態度。

「御子柴律師，我得向你道謝。」

忍野一臉嚴肅地說道。

「你被判死刑，有什麼理由向我道謝？」

「有罪或無罪並不重要，重要的是你讓我清醒了過來。如果我不知道真相，我一直到死都是『老師』……不，神池清十郎的殺人工具。」

「不管有沒有清醒，你的刑罰都不會改變。」

「是嗎？但不知道為什麼，明明被判處死刑，我卻覺得心情安詳平靜。當然一想到死刑的事，我還是會很害怕，兩條腿會不由自主地發抖。但除此之外的時間，我的內心可以說是風平浪靜。如果一直被蒙在鼓裡，我的心情絕對沒有辦法這麼平靜。」

「你開始自我分析了？」

「我從小到大，日子過得很不快樂。因為我是拖油瓶，繼父邦松對我很冷漠。我媽媽每天從早工作到晚，我能見到她的時間並不多。我的兩個哥哥都已經死了，在學校也遭到排擠，可以說是完全想不到什麼開心的事情。或許正是這樣的人生讓我感到很自卑，才給了神池可趁之機，在我的腦袋裡灌輸那些愚蠢的想法。我真的覺得自己很窩囊，對那些被我殺害的人感到很抱歉……」

忍野陷入了沉默，御子柴也沒有催促他。

「但至少我現在懂得懺悔了，這讓我感覺自己並不是無可救藥。如果同樣是要被判處死刑，我寧願以人的身分受刑，而不是一頭怪物。」

忍野露出了寂寞的微笑。

果然……和那個人好像。御子柴如此想著。

「你在裡頭有什麼需要的東西嗎？」

「我有一顆恢復了理智的心，以及足夠的懺悔時間。該要有的，都已經有了。」

「那很好。」

御子柴緩緩起身。忍野坐在座位上，朝御子柴低頭鞠躬。

「真的非常感謝你。」

「我說過了，在審判中落敗的律師，沒有接受道謝的理由。」

御子柴轉身走出門外，一次都不曾回頭。

走在看守所外的行道樹之間，御子柴回想著三十多年前的往事。

有幾件事，御子柴從不曾對忍野提過。

忍野的母親，名叫景織子。她改嫁邦松勝治郎之前，長子與次子相繼過世。次子的死因是車禍，而長子的死因則是在關東醫療少年院內咬舌自盡。

自殺的長子，名叫磯崎來也。他為了保護經常遭父親毆打的母親，殺害了親生父親。景織子在丈夫死後恢復了舊姓忍野，沒有等兒子從少年院出來，就與邦松再婚了。

在醫療少年院裡，來也是御子柴寥寥可數的好友之一。來也有個綽號叫「噓崎雷也[28]」，是個很喜歡說謊、吹牛皮的少年。但不知道為什麼，兩人很合得來。御子柴成為律師，最初的動機之一是想要實現雷也的夢想。

成為律師之後，御子柴一直很在意忍野母子的下落。但御子柴只知道忍野母子的姓名，其他一無所知，自然也不知道從何找起。因此當御子柴在報紙上看見忍野的名字時，御子柴立刻決定為他辯護。為什麼會做出這樣的決定？是基於對雷也的友情嗎？御子柴自己也說不出個所以然來。但是當好友在絕望中自盡時，御子柴完全沒辦法幫上任何忙，若說御子柴心裡完全沒有遺憾，那是騙人的。

御子柴雖然接下了辯護工作，但面臨的是一場不可能打贏的官司。即便教唆殺人的部分獲得法官承認，在受害者多達九人的情況下，忍野多半還是難逃一死。

28 「噓崎雷也」的「噓」在日文中為「謊言」的意思。

律師永遠以追求委託人的利益為最大宗旨。如果能夠幫助忍野逃過死刑，那當然是再好也不過的事。但御子柴眼見死刑幾乎已成定局，只好設法追求另一種利益。

那就是解除忍野身上的詛咒，讓忍野恢復人性。讓他以人的身分接受懲罰，讓他以人的身分贖罪。說穿了不過是自我安慰，這一點御子柴當然心知肚明。但在從怪物變成人的當下，內心會萌生什麼樣的絕望，以及什麼樣的希望，御子柴是過來人。至於有沒有辦法接受，那就是忍野自己的問題了。

回想起忍野那寂寥的微笑，御子柴的心中既感到不安，又感覺終於放下了一塊大石。

雷也，我這麼做是對的嗎？

浮現在腦海裡的莫逆之交，一句話都沒有說。

驀然一陣清風拂來。滿天飛舞的櫻花花瓣，幾乎完全掩蓋了御子柴的身影。

【特別附錄】

惡德律師系列創作歷程

中山七里

御子柴這個系列的撰筆過程，幾乎就跟御子柴的人生一樣峰迴路轉。

當年我以音樂推理作品[1]得獎並出道之後，第一部構思出大綱的作品，便是《贖罪奏鳴曲》。由於是得獎之後的第一部作品，我想要嘗試完全不一樣的風格。得獎作品的主角是個幾乎零缺點的英雄式人物，所以我把得獎後第一作的主角設定成了一個「聰明但缺德」的黑暗英雄。至於故事的類型，我打算將它寫成一部法庭推理劇。大綱一寫出來，馬上就過了編輯[2]那一關。我就這麼寫了一百張稿紙左右，完全沒有遇上任何問題。沒想到就在我打算寫完剩下的四百張稿紙時，編輯把我叫了出來。

「你的得獎處女作賣得非常好，我們希望你能立刻寫續集。」

「咦？那我寫到一半的《贖罪奏鳴曲》該怎麼處理？」

「你想怎麼處理，就怎麼處理吧。」

剛好那個時候講談社也來向我邀稿，於是我決定把《贖罪奏鳴曲》交給講談社。

事後證明這是一個正確的決定。在資訊雜誌及資訊節目的推波助瀾下，《贖罪奏鳴曲》賣得比我原本的預期還要好。值得一提的是在那個資訊節目剛播完的當下，我正好看完一場電影，走出電影院，進入一家大型書店。我在那裡親眼目睹自己的作品一本本被人買走的景象，那樣的經驗可說是相當難得。

其實我原本打算讓御子柴禮司在第一集的最後死去。後來為了增加讀完後的餘韻，我將結局改成了生死不明。這又是另一個正確的決定。第一集的風評意外地好，我立刻著手撰寫第二集。假如我在第一集就殺死了御子柴，當然就沒有第二集可以寫了。

不過因為我剛開始時，並沒有打算讓這部作品成為系列作，所以我把所有想到的點子都塞進了第一集裡。這讓我在撰寫第二集《追憶夜想曲》時，可說是吃足了苦頭。人家說「絞盡腦汁」，那時的我真的就像是把腦袋當成一條乾抹布，想盡辦法要擰出僅存的一點水分。費盡苦心之後，我終於構思出了讓前後兩集互相呼應的結局。我心裡暗想，這樣一來不管是讀者還是編輯，應該都會允許我為這部作品劃下句點。

沒想到書才剛出版，責編立刻對我說了這麼一句話：

「馬上開始寫第三集。」

我根本沒有打算寫第三集好嗎？但人家說天底下什麼人都可以惹，就是別惹莊官跟編輯。我只好繼續擰起腦袋裡那條乾得像石頭的抹布，擠出了《恩仇鎮魂曲》。

沒想到（以下無限循環）。

1 指中山七里的得獎處女作《再見，德布西》。
2 指出版《再見，德布西》的出版社編輯。

不知不覺，御子柴系列已經在日本國內出版了六本。值得一提的是當初告訴我「你想怎麼處理，就怎麼處理」的處女作出版社編輯，竟然跑來向我抱怨「為什麼御子柴系列沒有給我們出版」。只能說人生海海，什麼鳥事都有可能發生。

話說回來，寫了這麼多本之後，我的擰抹布技術也變得越來越高明了。即便抹布已經乾得像石塊，不，甚至是鐵塊也無所謂，我總是能擰出一點什麼出來。

只要你還想知道御子柴接下來的遭遇，我就會一直擰下去。■

【系列導讀】

高唱不協和音向地獄伸手的反英雄

留名日本推理小說青史的「罪與罰」

／喬齊安

「犯罪是對社會組織的不正常現象的抗議。」

——杜斯妥也夫斯基《罪與罰》（一八六六）

二〇〇〇年出現一本在媒體上大量報導、引起日本大眾搶購熱潮，甚至排隊在書店等待補書的暢銷書——作者來自一位致力為更生少年犯辯護的女性律師大平光代，她的親筆自傳《所以，你也要活下去》，光是當年度的銷量就逼近三百萬冊。

大平光代的經歷十分傳奇，曾因遭受嚴重霸凌而自殺、尚未成年就刺青加入黑道逞兇鬥狠，被黑道老大拋棄後，又淪落酒店陪酒。在貴人・義父大平浩三郎的多番勸導與協助下，她重拾學業苦讀，以原本只有國中的學歷，不可思議地接連考取職業證照，甚至通過了被譽為全日本最難考的司法考試，在三十一歲時正式取得律師資格。光代此後活躍於幫助少年犯，晉身街頭巷尾讚不絕口的名人楷模。

然而，現實是並非每一位改過自新的律師，都能夠獲得諒解與肯定。推理作家中山七里便說，以前有一起被埋在角落的新聞讓他印象更為深刻。一個男孩砍下了朋友的腦袋，在少年院裡苦讀，當上了律師。但他被揭露了殺人犯的過去後，事務所遭受到各種惡意攻訐，終究倒閉

並銷聲匿跡。正因司法考試艱難，通過考試，得以法條掌管人命的這群法界人上人：法官、檢

察官與律師，在日本一向享有高收入與良好名譽。但是，就像上述的新聞，如果一個優秀的律

師，其實有另一個身分的話，人們會怎麼樣看待呢？這就是「惡德律師．御子柴禮司」系列的

概念由來。

自二〇一一年發表的首作《贖罪奏鳴曲》起，本系列已經出版到第六集《殺戮狂詩曲》（二〇二三），是中山七里筆下最長青的系列之一，甚至兩度被改編為電視劇，分別由三上博史與要潤主演這位「惡魔辯護人」，受歡迎程度比起音樂偵探岬洋介系列、刑警犬養隼人系列是有過之而無不及的代表作。與其他兩位主角不同的是，御子柴禮司是一個光看設定便讓讀者感到震撼、極具強勢存在感的主人翁。

《贖罪奏鳴曲》的開頭，佩戴著律師徽章的他便背著一具屍體進行棄屍；第二集《追憶夜想曲》（二〇一三）的開頭中，年少的他更在殘忍地分屍幼童……原來，御子柴是入獄後取的新名字，他過去是十四歲就毫無理由地殺害幼女，四處擺置屍塊，被冠上「屍體郵差」惡名的殺人犯園部信一郎。因為少年法的保護，他無須被判刑，在醫療少年院受到教官稻見武雄的教誨、以及某名服刑少女美妙的鋼琴聲喚醒了「感情」，從原本對一切無感冷漠的反社會人格，

逐漸生成「人性」。他與同伴逃亡導致的意外令稻見受到半身不遂的傷害，也就此將稻見告別的箴言銘刻至靈魂：

「你必須贖罪！贖罪並非義務，而是鑄下大錯者應得的權利：回歸正道的權利。有些人放棄了這個寶貴的權利，真是太悲哀了。這些人將一輩子無法爬出自己所挖的深穴，一直到臨死前心中依然充滿黑暗與悔恨。但願意贖罪的人，將可以獲得安祥與光明。」

不惜以非法手段的魔功來行正道，在布滿荊棘的贖罪之旅中蹣跚前行，便成為御子柴禮司這號人物的中心思想。而中山七里也將「前科犯」人設的可塑性發揮得淋漓盡致，筆者認為本系列有三大引人入勝之魅力：首先是每一集都設計了與其黑暗過去關聯的角色，並在這些深入御子柴生命的事件埋藏戲劇性衝突，甚至是石破天驚的爆點。如第三集《恩仇鎮魂曲》（二〇一六）中，御子柴視為再造父母的稻見，一生俯仰無愧，卻在安養院中動手殺了看護師，並一心求刑；第四集《惡德輪舞曲》（二〇一八）裡親生妹妹園部梓找上門，要求他為再婚後疑似吊死第二任丈夫的生母郁美辯護……藉由這些撕扯主角內心的艱困挑戰，小說也跟著探討了犯罪者本人、受害者家屬、加害者家屬在捲入刑案後的悲哀處境。

第二是社會派、本格派寫作能力兼具的中山，不喜玩弄複雜的詭計或猜兇手，卻能在每一集設計富含懸念的獨特謎團，做為令讀者想要持續看下去的閱讀推進器。例如《追憶夜想曲》裡，總是從無良客戶身上榨取大筆金錢的御子柴，不惜請黑道協助，也要爭取為一名殺人嫌疑百分百、態度又糟糕的平凡主婦辯護，幕後有何玄機？第五集《復仇協奏曲》（二〇二〇）更在開頭就下了猛料，在前四集看似ＮＰＣ的寡言事務員日下部洋子，暗藏驚人的身分。她主動前來應徵，在御子柴底下工作這麼久，是否正如書名預示，燃燒著伺機而動的復仇之火？

由松本清張發揚光大的社會派推理小說中，描寫人類的「行為動機」是一大精髓。但御子柴系列並非只著重在傳統的「兇手為何要犯罪」，而是奠基於主角遊走邪惡與正道極端的特殊性上，賦予上述配角群和犯罪者們心理的謎團。有的人可能是冤枉的卻主動頂罪、有的人動手殺了人卻刻意隱藏真正的動機，更有的人是在毫不自覺中手染鮮血，到底過程發生了什麼事？除了指責他們以外，難道我們可以安心地置身事外旁觀？在抽絲剝繭這些行為意義的時候，宛如釀酒一般濃醇有力的社會派深度躍然紙上、叫人大呼過癮。

最後一點，就是中山七里素有「逆轉的帝王」稱號，每每在結局神來一筆、殺得讀者措手不及，也是筆者一向喜愛他的原因。高明的是，中山把擅寫逆轉的特徵搬到這套「法庭推理」

上後，為小說的娛樂性拉高了好幾個層次，塑造出與過去警察小說截然不同的痛快。因為御子柴是一名律師，他不能查案緝凶了事，真正的任務是「打贏官司」。而在日本律師要打贏官司，難度比起當偵探還要大得多。

日本刑事案件只要檢察官立案起訴，法官判罰有罪的機率高達99.9%。這個特色常被法庭作品拿來運用。先天環境不利，御子柴往往還得在故事中面臨看不到半點勝算的絕境。可能是「點」（案件起點及發生事由）與「線」（審判前的事態發展）都奇差無比、找不到酌量減刑機會的案子；或者更糟糕的三大事實證據「機會、方法、動機」俱全，根本無可開脫的情況。有時候還有委託人本人隱瞞祕密、不願坦誠相告的情況。迷霧中的御子柴不僅需要查出真相，更得擬定辯護戰略，用口才與證據正面擊敗占有優勢的檢察官，打破日本書面證據審理的法庭傳統，以破天荒的戲劇手法逆轉鐵一般的事實以及法官、裁判員的認知。精彩的演出讓小說中作者也忍不住借用檢察官之口幽了一默：「刑事法庭的有罪判決率，不是99.9%嗎？大家都說剩下的0.1%，大多是御子柴的傑作。」

比日本頭號律政劇《王牌大律師》（二〇一二）中的古美門還要早問世的御子柴禮司，儘管主角人設爭議，但完成度與業界口碑、銷售量都是無庸置疑地出色，本來中山七里根本沒預計把這個角色寫成系列，卻在講談社的敲碗下，就這樣延續了十幾年。為什麼這套作品如此受到喜愛？江戶川亂步賞得主下村敦史指出，過去日本的法庭推理大多讓律師扮演偵探，蒐集新證據後回到法庭上開戰。但他更喜歡歐美的法庭作品橋段：以「言語的力量」顛覆陪審團的心證。正好日本在二〇〇九年中開始實施裁判員制度，國民開始有參與判決權力。御子柴那種在場上說服人心的辯論技巧相當吸引讀者，非常符合時代的需求。這個制度對社會是好是壞？小說中更以數據、專業人士的想法，提供發人深省的思考空間。

中山七里以塑造了巨大的「中山宇宙」聞名，幾乎筆下角色都活在同一個世界，彼此相互連結、甚至在別的系列作品中登場。這是他想成為職業作家的鬥志：一開始就構思四種類型，每一種都寫下去，即使有一種賣不好，其他類型還是能夠讓他謀生。喜歡御子柴系列的讀者，建議萬勿錯過中山起源作《連續殺人鬼青蛙男》（二〇一一）。本作與《贖罪奏鳴曲》互為表裡，御子柴與曾碰面過的《青蛙男》兇手具備類似的成長軌跡，為何他能回頭是岸、對方卻淪為更恐怖的惡魔？再一塊與今年也改編成電視劇的《嘲笑的淑女》系列主角蒲生美智留對比，勢必有番宿命般的感慨。曾有讀者質疑御子柴被音樂喚醒良知的設定過於「奇幻」，但《青蛙男》中早已透露出作者的理念：

「世界上，一方面是虛偽與慾望、瘋狂與憎惡胡纏蠻攪，一方面是真實與奉獻、理性與愛情和諧共生。汙濁之物和清淨之物始終並存著，而清淨物當中的一個，就是音樂。那麼，可能用音樂來淨化精神上的汙濁嗎？」

音樂具有洗滌邪惡的能量，但不同的「父親」帶來的境遇，也讓惡德律師與殺人鬼青蛙男最終蛻變為日本社會的光與影。青蛙男留下的遺憾，由御子柴的熱血填補，也是繼岬洋介系列後，再度呼應「音樂」在中山七里文學中的崇高地位。另一方面御子柴的原始人設來自《怪醫黑傑克》（一九七三），無照醫師黑傑克因臉部傷痕和向患者索要巨額手術費而惡名昭彰，不為醫界所容。起初看似反派人物，但後續展現出重視生命與醫療資源，義無反顧奉行信仰的醫學之道令人動容。御子柴那不擇手段、不惜自曝前科身分等代價贖罪，承擔罵名唾棄甚至人身傷害也無所動搖的決心，正與中山七里所崇敬的手塚治虫思想相互輝映。

筆者綜觀中山七里出道以來發表的七十七本小說，除了「中山宇宙」的相互串聯，亦與時俱進地深化他關懷社會弱勢、司法癥結的創作核心。《贖罪奏鳴曲》是中山在《再見，德布西》（二〇一一）勇奪「這本推理小說真厲害！」大獎出道後開寫的第一部作品，當時訂下的主題是「沒有被法律懲罰的人要如何贖罪？」由於法律是重要一環，主角就自然而然成為了律師。東野圭吾曾指出，日本司法制度有著過度優待犯罪加害者，還對被害者及其家屬刻薄的狀況，中山七里也認為，「上級國民」犯了罪可能被輕輕放過，但有一些人因為做錯事卻遭受過重的處罰，這種不平等現象衍生的種種問題被他長年著力詰問，如《青蛙男》中的「心神喪失者行為不罰」、《泰米斯之劍》（二〇一四）裡環環相扣的冤罪悲劇、《零目擊者現場》（二〇二三）的「私刑處刑人」也不再是幻想中的產物。

環繞在司法爭議的職人角色也逐漸擴增，從《青蛙男》的基層警察古手川到御子柴律師、《交給靜香奶奶》系列的祖母孫女檔法官、《能面檢察官》系列的不破俊太郎，他們站在不同的立場與觀點抵抗荒謬的現實，在阻礙重重的組織規範、社會常識中奮力維護自我的信念，為讀者撥開被主流媒體所掩蓋忽視的思辨空間。中山在二〇二四發表的新作《AI告訴我有罪》裡，更探索了「人工智慧法官」引入日本後可能會發生的事，AI總是擁有正確答案，但時常欠缺正確答案的人類，真的該將審判結果交給AI來決定嗎？

而位居於中山七里創作核心裡最不可或缺的一塊拼圖，肯定就是御子柴系列。每日讀報、關注時事的作者，在這套小說中融入了第一手的思維與資訊。從系列最新的《殺戮狂詩曲》中可以發現，內容大膽引用了發生在二〇一六年的日本戰後最大規模屠殺案——相模原市身心障礙者福利院殺人事件。兇手是福利院離職員工植松聖，他「淘汰障礙者」的優生學說引發社會恐慌，人人疑惑為何精神正常的陽光青年會培育出如此扭曲思想。中山則將其事件的影響、漣漪，以另一種可能的動機轉化為嘗試救贖犯罪關係人的故事，再展大師身手。

御子柴系列鏗鏘有力地刻劃時代的印記、紀錄律師產業的變遷、批判裁判員制度的弊病、以及描繪歧視更生人的人性卑劣與良善之現象，筆者認為這個系列之成就，乃足以留名日本推理小說青史的《罪與罰》經典。引言俄國文豪杜斯妥也夫斯基的金句意指，有的罪惡純屬個人行為，但有更多源於「不公」的犯罪是社會上每一份子可以挺身相助的。御子柴禮司這位以「贖罪」為原動力、高唱著「不協和音」向身處地獄的人們伸出援手的反英雄，或許正是中山七里本人的化身，以筆鋒控訴當代失序亂象，並渴求著理想中的「正義」吧。

導讀者簡介／喬齊安（Heero）

台灣犯罪作家聯會理事，百萬書評部落客，日韓劇、電影與足球專欄作家。本業為製作超過百本本土推理、奇幻、愛情等類型小說的出版業編輯，成功售出相關電影、電視劇、遊戲之ＩＰ版權。並擔任 KadoKado 百萬小說創作大賞、島田莊司獎、林佛兒獎、完美犯罪讀這本等文學獎評審，興趣是文化內涵、社會議題的深度觀察。

TITLE

殺戮狂詩曲

STAFF

出版	瑞昇文化事業股份有限公司
作者	中山七里
譯者	李彥樺
創辦人 / 董事長	駱東墻
CEO / 行銷	陳冠偉
總編輯	郭湘齡
文字編輯	徐承義　張聿雯
美術編輯	朱哲宏
國際版權	駱念德　張聿雯
排版	朱哲宏
製版	明宏彩色照相製版股份有限公司
印刷	龍岡數位文化股份有限公司 紘億彩色印刷有限公司
法律顧問	立勤國際法律事務所　黃沛聲律師
戶名	瑞昇文化事業股份有限公司
劃撥帳號	19598343
地址	新北市中和區景平路464巷2弄1-4號
電話	(02)2945-3191
傳真	(02)2945-3190
網址	www.rising-books.com.tw
Mail	deepblue@rising-books.com.tw
港澳總經銷	泛華發行代理有限公司
初版日期	2025年2月
定價	NT$520/HK$163

國家圖書館出版品預行編目資料

殺戮狂詩曲/中山七里作；李彥樺譯.
-- 初版-- 新北市：瑞昇文化事業股份有限公司, 2025.01
336面；14.8 X 21公分
譯自：殺戮の狂詩曲
ISBN 978-986-401-799-7(平裝)

861.57　　113018607

讀小說
Reading Novel